The Great Gatsby

The ClaSSic BookS

위대한 개츠비

F. 스콧 피츠제럴드

북로드

차례

제1장 … 7

제2장 … 37

제3장 … 59

제4장 … 89

제5장 … 117

제6장 … 140

제7장 … 162

제8장 … 214

제9장 … 236

작가 및 작품에 대해 … 263

제1장

지금보다 어리고 감수성이 예민하던 시절 아버지께서 충고 한마디를 해주셨다. 그 뒤 나는 늘 그 충고를 마음 깊이 되새기곤 한다.

"누군가를 비난하고 싶을 때는 항상 이 점을 기억하거라. 세상 모든 사람들이 너처럼 유리한 상황에 놓여 있지 않다는 것이란다."

그 이상 말씀하지 않았지만 나는 아버지의 충고에 훨씬 더 큰 뜻이 담겨 있다는 것을 알았다. 그렇게 우리는 늘 신기하리만큼 마음이 잘 통했다. 그 뒤로 나는 모든 일에 대해 판단을 미루는 습관을 가지게 되었다. 그러다 보니 성격이 괴상한 사람들이 종종 나에게 접근했고, 그 진저리 나는 친구들 때문에 몹시 괴롭고 성가셨다.

비정상적인 사람들은 이런 성격을 가진 정상적인 사람들을 귀신같이 알아채고 얼른 접근한다. 그 바람에 대학 때 나는 억울하게도 정치적이라는 비난을 받기도 했다. 그럴 수밖에 없었던 것이 나는 험상궂고 존재감 없는 친구들이 지닌 남모르는 슬픔이나 비밀을 많이 알고 있었기 때문이다. 물론 이런 비밀들은 대부분 내가 알고 싶어 하지 않아도 그들 스스로 찾아와 얘기한 것들이었다. 그래서 나는 그들이 비밀을 털어놓으려고 하면 잠든 척하거나 다른 일을 하느라 못 들은 척 시치미를 떼거나 아니면 별 관심 없다는 듯 일부러 막 대하곤 했다. 왜냐하면 젊은 친구들이 털어놓는 비밀이란 대부분 남의 표현을 그대로 사용하거나, 감정을 드러내지 않으려다 보니 사실과 다르게 왜곡되기 일쑤였기 때문이다. 판단을 미루면 무한한 희망을 갖게 되는 모양이다. 아버지가 짐짓 진지하게 말씀하셨고 지금 내가 같은 모습으로 되풀이하듯이 인간이 지켜야 할 예의범절에 관한 기본적인 인식이 태어날 때부터 제각기 다르다는 사실을 간과하면 다른 어떤 것을 놓칠 수 있다.

이렇듯 나는 너그러운 심성을 장점으로 여기고 자부심을 가졌는데 너그러움에도 한계가 있다는 것을 알게 되었다. 인간의 행동은 단단한 바위 위나 질척한 늪 어디든 뿌리를 둘 수 있지만 일단 어느 단계를 넘어서면 나는 그것이 어느 쪽에 뿌리를 두고 있는지 신경 쓰지 않는다. 작년 가을 동부에서 돌아왔을 때, 나는 이 세상이 언제까지나 제복을 차려입고 일종의 '도덕적 차렷' 자세를 취했으면 했다. 특권 어린 시선으로 인간의 마음을 내려다보는 요란한 답사를 더 이상 하고 싶지 않았던 것이다. 내가 이런 식으로 반응하지 않은 오직 한 사람이 바로 이 책에 등장하는 개츠비였다. 개츠비, 그는 내가 지금까지 경멸했던 모든 것을 대변하는 인물이었다. 그러나 개성이란 것이 성공을 향한 몸짓이라면 그에게는 뭔가 번뜩이는 것, 마치 1만 마일 밖에서 일어난 지진까지 너끈히 감지하는 정교한 기계와 연결되어 있는 듯 희망찬 삶을 날카롭게 포착하는 감각을 지니고 있었다.

이 감각은 '창조성'이라는 말로 아름답게 포장되는 그런 따분한 감성과는 거리가 멀었다. 그것은 일찍이 어느 누구에게서도 보지 못한, 그리고 영영 다시 볼 수 없을 것 같은 낭만적인 감수성이었다. 그것은 희망에 재빨리 반응하는 비상한 재주였다. 결국 나는 개츠비가 옳았다는 것을 깨달았다. 가슴 벅차게 기뻐하다가도 돌연 슬픔에 빠져 허우적거리는 인간들을 내가 잠시 외면했던 것은 개츠비를 희생양으로 삼았다는 것, 그리고 그의 꿈이 스러진 자리에 감도는 더러운 먼지 때문이었다.

우리 집안은 중서부 도시에서 3대에 걸쳐 명성을 떨친 부유한 가문이다. 일족을 이루고 있는 캐러웨이 가문은 버클루 공작(영국 스튜어트 왕조 찰스 2세의 서자—옮긴이)의 후손이라는 말도 있지만 우리 가문의 실질적인 시초는 나의 큰할아버지다. 큰할아버지는 1851년 이곳에 왔으며 남북전쟁 때 본인 대신 다른 사람을 전장에 내보내고 자신은 철물 도매상을 열었다. 그 사업은 아버지가 이어받아 오늘날까지 운영하고 있다.

나는 큰할아버지를 한 번도 본 적이 없는데 사람들은 내가 그분을 닮았다고 했다. 아버지의 사무실에 걸려 있는 좀 완고한 모습의 초상화를 보고 하는 소리였다. 나는 1915년 뉴헤이번에 있는 대학(예일대학교를 가리킨다.—옮긴이)을 졸업했다. 아버지가 같은 대학을 졸업하신 지 꼭 25년 되는 해였다. 졸업 후 얼마 안 되어 나는 때늦은 게르만 민족의 대이동이라고 할 수 있는 제1차세계대전에 참가했다. 이후 미국의 역습을 실컷 즐기고 고향에 돌아오니 한동안 들뜬 마음이 가라앉지 않았다. 그 바람에 활기 넘치는 세계의 중심지이거니 싶었던 중서부 지방이 이제 우주의 오래되고 허름한 변방처럼 느껴졌다. 그래서 나는 동부 지방으로 옮겨가 증권업에 뛰어들기로 결심했다. 내가 아는 사람들 모두 증권업에 종사하고 있어서 내 딴에는 거기 가면 나 하나쯤 더 쓰는 것은 일도 아닐 듯싶었던 것이다. 친척 아주머니와 아저씨 등은 이 문제를 두고 대학 예비학교를 고르듯 쑥덕공론했다. 마침내 그분들은 꽤 엄숙한 표정으로 내키지 않지만 어쩔 수 없다는 듯 "괜찮겠지."라고 말했다. 아버지께서 1년 동안 필요한 경비를 보내주기로 했다. 이런저런 일로 몇 차례 미루다가 1922년 봄, 나는 아주 정착할 요량으로 동부 지방에 왔다.

시내에 집부터 얻어야겠다고 생각하던 차에 같은 회사에 다니는 젊은 친구가 통근 거리에 같이 집을 얻는 게 어떠냐고 제안했다. 따뜻한 계절인 데다 넓은 잔디밭과 정겨운 나무들로 둘러싸인 전원에서 이제 막 도착한 몸이라 퍽 좋은 생각 같았다. 그 친구는 비바람에 바랜 판지 방갈로를 한 달에 80달러 주고 빌렸다. 그런데 정작

이사하려는 순간 회사에서 그 친구를 워싱턴으로 전근 발령을 내리는 바람에 나 혼자 그 집으로 들어가야 했다. 나는 며칠 데리고 있었는데 집을 나가버린 개 한 마리와 중고 다지 자동차 한 대를 마련했고, 이부자리 시중과 아침 식사를 마련해줄 핀란드 출신 가정부를 구했다. 그녀는 전기난로 위로 몸을 숙이고 곧잘 핀란드 속담을 중얼거리곤 했다.

하루 이틀 적적하게 보내던 어느 날 아침 나보다 늦게 이사 온 사람이 불러 세우더니 물었다.

"웨스트에그 중심가는 어떻게 가야 하죠?"

어찌해야 할지 모르겠다는 듯 허탈한 목소리였다. 그에게 길을 가르쳐주고 다시 걸어가는데 어느새 적적함이 사라졌다. 이제 나는 안내자이자 처음부터 이곳에 정착한 개척자가 되어 있었다. 뜻밖에 그는 내가 이 마을 사람이라는 것을 일깨워준 것이다.

그래서 쑥쑥 돋아나는 나뭇잎과 햇살을 바라보며(영화에서 사물들이 급속도로 자라듯이 말이다) 바야흐로 여름과 함께 새로운 삶이 시작되었다고 확신하게 되었다.

책도 많이 읽어야 했고 맑고 신선한 공기를 마시며 건강도 챙겨야 했다. 그래서 은행 경영과 신용, 그리고 투자 증권에 관한 책을 여남은 권 샀다. 책은 조폐국에서 방금 나온 새 돈처럼 금빛과 붉은빛을 반짝이며 책장에 꽂혀 있었다. 그것들은 마치 미다스(손만 대면 모든 것이 황금으로 변하는 프리지아의 왕—옮긴이)와 J. P. 모건(미국의 유명한 은행가—

옮긴이), 마이케나스(고대 로마 아우구스투스 시대의 정치가—옮긴이)만이 알고 있는 신묘한 비밀을 알려주겠다고 약속하는 듯했다. 이 밖에 다른 책들도 많이 읽어야겠다는 의욕이 솟구쳤다. 사실 나도 대학 때 글깨나 쓰는 편이었다. 1년 동안 《예일 뉴스》에 아주 신중하고 명확한 논조의 논설을 연재한 적도 있다. 이제 나는 그 모든 것을 삶에 끌어들여 전문가 중에서도 가장 드문 '여러 방면에 뛰어난 사람'이 되고자 했다. 삶은 단 하나의 창으로 내다보면 훨씬 더 성공적으로 보이게 마련이다. 이것은 결코 단순한 격언이 아니다.

내가 북아메리카 대륙에서도 가장 특이한 지역에 집을 얻은 것은 정말 우연이었다. 그 집은 뉴욕에서 정동방으로 뻗은 가늘고 북적거리는 섬에 있었다. 그 섬에는 희한하게 생긴 자연 지형이 많은데, 그중 특히 2개가 눈에 띈다. 뉴욕에서 20마일(약 32킬로미터—옮긴이) 떨어진 곳에 똑같이 거대한 달걀 모양으로 생긴 두 지역이 있는데, 두 곳은 이름만 만(灣)일 뿐인 작은 만으로 갈라져 있다. 이 두 지역은 서반구에서 개발이 가장 활발했던 습한 롱아일랜드 해협으로 불쑥 튀어나와 있었다. 정확히 타원형은 아니지만(마치 콜럼버스의 달걀처럼 서로 맞닿은 양쪽 끝부분이 둘 다 평평했다) 어쨌든 모양이 너무 똑같아서 그 위를 날아다니는 갈매기조차 항용 놀라곤 할 것이다. 그러나 날개 없는 인간들에게 더욱 흥미로운 사실은 이 두 지역이 모양과 크기 빼고는 하나도 닮은 데가 없다는 것이었다.

나는 두 지역 중 하나인 웨스트에그에 살았는데 나머지 한 곳인이스트에그보다 상류사회 분위기가 조금 덜한 곳이었다. 물론 이것이 두 지역의 기묘하고 자못 예사롭지 않은 차이점을 설명하기는 힘든 피상적이고 상투적인 표현이라는 것을 안다. 내가 사는 곳은 롱아일랜드 해협에서 50야드(약 45미터—옮긴이)밖에 떨어지지 않은, 달걀 모양 지역의 맨 끝쪽에 자리 잡고 있었으며, 한 계절 임대료가 1만 2천 달러에서 1만 5천 달러 정도 되는 2개의 큰 저택 사이에 있었다. 오른쪽은 여러 가지 면에서 규모가 큰 저택이었다. 노르망디 시청을 그대로 본뜬 저택 한쪽에는 가는 수염 같은 담쟁이덩굴로 뒤덮인, 오래된 것 같지는 않은 탑이 솟아 있었다. 이 밖에 대리석을 깐 수영장과 40에이커(약 5만 평—옮긴이)가 넘는 잔디밭과 정원이 있었다. 이것이 개츠비의 저택이었다. 아니, 개츠비를 잘 모를 때였으니 그런 이름을 가진 신사가 사는 저택이라고 표현하는 것이 적당하리라. 그 집에서 보면 내가 사는 집이 몹시 거슬릴 만했지만 너무 작고 볼품없어서 신경도 쓰지 않았다. 나는 바다와 이웃집 잔디밭 한 귀퉁이를 볼 수 있고, 백만장자가 이웃이라는 데 뿌듯함을 느끼기도 했다. 왜냐하면 월세 80달러로 이 모든 것을 누릴 수 있었기 때문이다.

만이라고 부르기도 뭣한 좁디좁은 만 건너편의 상류층이 모여 사는 이스트에그에는 바닷가를 따라 눈부시게 하얀 저택들이 휘황찬란하게 늘어서 있었다. 그해 여름의 역사는 톰 뷰캐넌 부부와 함께 저녁을 먹으려고 그리로 자동차를 몰고 가면서 시작되었다. 데이지는 나의 먼 친척 여동생이었고 톰은 대학 때부터 알고 지내는 사이였다. 전쟁 직후 시카고에서 이들 내외와 이틀을 같이 지낸 적도 있다.

데이지의 남편 톰은 운동에 재능이 있었다. 특히 예일대학교의 미식축구 선수로 일찍이 보기 드문 엔드(최전방의 양쪽 끝 포지션—옮긴이)였다. 어떻게 보면 미국 전역에 이름이 알려진 인물이었다. 그러나 스물한 살에 정점을 찍은 이후 모든 면에서 내리막길을 내닫는 것처럼 보였다. 그의 집안은 어마어마한 부자였다. 대학 때부터 돈을 물 쓰듯 해서 남의 빈축을 사기도 했다. 그런 그가 시카고를 등지고 동부로 왔는데, 그의 행차는 모두 깜짝 놀랄 만큼 호화로웠다. 예를 들어 폴로 경기를 하려고 경주용 말 한 떼를 레이크포리스트(시카고 교외의 부촌—옮긴이)에서 데려왔다. 내 또래가 그런 호사를 누릴 만큼 부자라는 사실이 도무지 실감 나지 않았다.

그 부부가 왜 동부로 왔는지는 알 수 없었다. 그들은 이렇다 할 이유도 없이 프랑스에서 1년을 보낸 적도 있다. 이후 그들은 부자들이 폴로 경기를 일삼는 곳이라면 어디든 찾아다녔다. 다른 지역으로 옮겨갈 때마다 데이지는 꼭 나에게 전화를 걸어 이번에는 영영 눌러앉을 것이라고 했지만 나는 그 말을 곧이듣지 않았다. 그녀의 마음은 알 수 없었지만 톰은 두 번 다시 누릴 수 없는 미식축구의 드라마틱한 감동을 좇아 언제까지고 떠돌아다닐 것 같았다.

그래서 나는 따스한 바람이 부는 어느 날 저녁 옛 친구들을 만나러 자동차를 몰고 이스트에그로 갔다. 옛 친구라고는 하나 사실 별로 친하지 않았다. 그들의 저택은 예상했던 것보다 더 정성껏 가꿔져 있었다. 붉은색과 하얀색이 조화를 이룬 조지 왕조 식민지 시대풍의 쾌적한 저택 아래로 바다가 내려다보였다. 잔디밭이 해안에서부터 집 현관까지 무려 0.25마일(약 4백 미터—옮긴이)이나 죽 깔려 있었다. 잔디밭은 해시계와 벽돌길, 햇볕이 쏟아져 불타는 듯한 정원을 뛰어넘어 달려오다가 마치 관성의 힘이 작용한 듯 밝은 빛깔의 덩굴처럼 집 옆으로 뻗어 올라갔다. 저택 정면에는 한 줄로 가지런히 프랑스식 창이 나 있었다. 햇빛을 받아 황금색으로 번쩍이는 창문이 활짝 열려 있어 오후의 훈훈한 바람이 집 안까지 통했다. 톰 뷰캐넌은 승마복 차림으로 두 다리를 벌린 채 현관에 서 있었다.

그는 뉴헤이번 시절과는 많이 달라 보였다. 건장한 몸집에 밀짚색깔의 머리칼을 가진 서른 살의 남자였다. 꽉 다문 입매 때문인지 어딘가 남을 얕보는 듯한 분위기가 감돌았다. 거만하게 희번덕거리는 두 눈이 얼굴 전체를 틀어쥐고 있는 듯이 두드러져서 당장에라도 와락 덤벼들려고 몸을 앞으로 기울이고 있는 인상이었다. 여자 옷처럼 우아한 승마복 차림이건만 그의 몸집이 지닌 억센 힘을 덮어 숨길 수는 없었다. 번쩍이는 장화도 부풀어 올라 맨 위의 끈이 팽팽하게 죄어 있었다. 얇은 윗옷 밑에서 어깨가 들먹일라치면 우람한 근육이 사뭇 꿈틀거리는 듯했다. 거대한 지렛대처럼 어마어마한 힘을 지닌, 한마디로 굉장한 체격이었다.

무뚝뚝하고 높은 톤의 허스키한 목소리는 그렇지 않아도 성질이 조급해 보이는 인상에 한몫 더 보탰다. 자신이 좋아하는 사람들을 대할 때도 어른이 아이를 대하는 투의 깔보는 심사가 목소리에 섞여 있었다. 그래서 뉴헤이번 시절에 그를 싫어하는 사람들이 한둘이 아니었다. 그의 태도는 마치 이렇게 말하고 있는 듯했다. "이봐, 내가 이 일에 대해 단정적으로 말한다고 생각지는 말라고. 내가 당신보다 더 힘이 세고 사내답다는 이유로 말이야." 그와 나는 같은 4학년 사교 클럽에 들어갔는데, 서로 친하게 지내지는 않았지만 그가 늘 나를 인정하고 내 호감을 사려는 듯한 인상을 받았다. 성격이 억세고 덤빌 듯한 태도였지만 말이다.

우리는 볕이 잘 드는 현관 베란다에서 잠시 얘기를 나눴다.

"참 좋은 곳이야."

그가 사방을 두리번거리며 말했다. 그는 한 팔로 내 몸을 홱 돌리더니 넓적한 손으로 눈앞의 경치를 가리켰다. 그의 손이 가리킨 곳에는 조금 낮게 위치한 이탈리아식 정원이 있었고, 0.5에이커(약 6백 평—옮긴이)나 되는, 코를 찌를 듯 진한 향을 풍기는 장미 정원이 있었으며, 바닷가에는 뱃머리가 매부리코처럼 생긴 모터보트가 물결을 따라 너울거리고 있었다.

"드메인의 집이었지. 석유 사업가 말이야."

그는 내 몸을 다시 돌려세웠다. 느닷없지만 부드러운 손길이었다.

"안으로 들어가세."

우리는 천장 높은 복도를 지나 밝은 장밋빛 방으로 들어갔다. 양쪽 끝이 프랑스식 창문으로 가까스로 집과 이어진 공간이었다. 살짝 열린 창문이 집 안으로 들어온 듯 돋아난 파릇파릇한 잔디밭을 배경으로 하얗게 반짝이고 있었다. 산들바람이 불어와 새하얀 깃발 같은 커튼 한쪽 끝은 안으로 또 한쪽 끝은 밖으로 나풀거렸다. 커튼은 설탕을 입힌 웨딩 케이크 같은 천장을 향해 배배 꼬며 솟구쳤다가 마치 바람에 바닷물이 넘실거리듯 잔물결 같은 그림자를 드리우며 와인빛 양탄자 위를 지나갔다.

방 안에 있는 물건 중에서 꿈쩍도 하지 않는 것이라고는 엄청나게 긴 소파뿐이었다. 젊은 여자 둘이 마치 끈으로 고정해놓은 풍선 위에 앉은 듯 그 소파에 앉아 있었다. 둘 다 하얀 옷을 입고 있었는데 이제 막 집 근처를 한 바퀴 빙 날아 돌아온 듯 옷이 잔물결처럼 나풀거렸다. 커튼이 바람에 펄럭이는 소리와 벽에 걸린 그림이 움직일 때의 신음 같은 소리를 들으며 나는 잠시 그대로 서 있었다. 그때 톰이 창문을 쾅 닫았다. 그러자 방 안에 몰려 있던 바람이 가라앉았고, 동시에 커튼과 양탄자, 젊은 두 여자도 천천히 바닥으로 내려앉는 듯했다.

둘 중 나이 어린 여자는 처음 보는 얼굴이었다. 그녀는 소파에 몸을 쭉 펴고 앉아 꿈쩍도 하지 않았다. 턱을 약간 치켜든 모습이 마치 턱 위에 뭔가를 올려놓고 그것을 떨어뜨리지 않으려고 균형을 잡고 있는 듯했다. 슬쩍 나를 보았는지는 모르지만 그런 내색은 전혀 하지 않았다. 나는 방에 불쑥 나타나서 죄송하다고 나지막이 사과할 뻔했다.

다른 편에 앉은 데이지가 일어나려고 했다. 굳은 표정으로 있던 그녀는 몸을 조금 숙이면서 멍해 보이지만 매력적인 미소를 지었다. 나도 미소 지으며 방으로 들어갔다.

"너무 행복해서 몸이 굳어버릴 지경이네요."

데이지는 재치 있는 말이라도 한 듯 다시 웃었다. 그러고는 잠시 내 손을 잡고 얼굴을 쳐다보며 에두르지도 않고 이렇게 보고 싶었던 사람도 없었다고 말했다. 이것은 데이지의 천생 말버릇이었다. 그러고는 귀엣말로 저기서 균형을 잡고 있는 여자가 조던 베이커라고 일러주었다(데이지가 귀엣말을 하는 것은 듣는 사람이 자기 가까이 몸을 숙이게 하려는 의도라는 말을 들은 적이 있다. 그러나 그런 얼토당토않은 험담에도 그녀의 귀엣말은 여전히 매력적이었다).

하여간 베이커 양이 입술을 실룩거리면서 거의 눈에 띄지 않을 정도로 살짝 고개를 끄덕이고는 곧바로 다시 머리를 젖혔다. 그녀는 균형을 잡고 있던 몸이 조금 흔들리자 흠칫했다. 나는 이번에도 죄송하다고 말할 뻔했다. 나는 원래 조금도 거리낌 없이 자신만만한 사람을 보면 무턱대고 추어올린다.

나는 친척 누이동생을 돌아보았다. 그녀가 다시 나지막하고 살짝 떨리는 목소리로 나에게 이것저것 묻기 시작했던 것이다. 데이지의 목소리는 두 번 다시 연주되지 않을 어떤 악곡을 들을 때처럼 그 높낮이에 맞춰 듣는 사람이 귀를 아래위로 움직여야 했다. 그녀의 얼굴은 반짝이는 눈빛과 정열적인 입술로 사랑스러우면서도 애달픈 분위기가 감돌았다. 그녀를 좋아했던 남자라면 좀처럼 잊지 못할 야릇하게 들뜬 목소리는 여전했다. 노래처럼 마음을 흔들어놓는, "자, 들어봐요."라고 속삭이는 듯한 그 목소리는 이제 막 신나게 즐겼고 다음에도 흥겨운 일이 생길 거라고 다짐하는 듯했던 것이다.

나는 동부 지방으로 오는 길에 시카고에 들러 하룻밤 묵었다는 얘기며 남자 10여 명이 안부를 전하더라고 말했다.

"나를 보고 싶어 하던가요?"

데이지는 들뜬 목소리로 소리쳤다.

"온 시내가 허전하더군. 자동차는 장례식 꽃다발처럼 죄 왼쪽 뒷바퀴를 검게 칠하고, 북부 해안을 따라 밤새 구슬픈 울음소리가 끊이지 않더군."

"어머나, 근사하네요! 우리 돌아가요, 톰. 내일 당장!"

그러고는 난데없이 말했다.

"오빠, 우리 아이 봐야죠."

"음, 그래야지."

"지금 자고 있어요. 이제 세 살인데 한 번도 못 봤죠?"

"못 봤지."

"그럼, 꼭 봐야겠네요. 그 애는……."

그때 계속 안절부절못하고 방 안을 서성거리던 톰이 뚝 멈춰 서더니 내 어깨에 손을 얹었다.

"닉, 자네 요즘 무슨 일 하나?"

"증권 쪽에서 일하네."

"어디서?"

나는 말해주었다.

"들어본 적이 없는데."

그는 딱 잘라 말했다. 나는 이 말에 기분이 상했다.

"알게 될 거야."

나는 짧게 대꾸하고 덧붙였다.

"자네가 동부에 눌러앉으면 자연히 알게 되겠지."

"그야 동부에서 계속 살 테니 걱정 말게."

그는 눈치를 살피는 듯 데이지를 힐끔 쳐다보고는 다시 나에게 시선을 돌렸다.

"멍청이가 아니고서야 다른 데 가서 살 리 있나."

바로 그때 베이커 양이 느닷없이 입을 열었다.

"물론이죠!"

갑자기 말하는 바람에 나는 깜짝 놀랐다. 내가 이 방에 들어오고 나서 그녀가 처음 내뱉은 말이었다. 그녀 자신도 나만큼이나 놀란 듯 하품을 하고서는 날랜 몸짓으로 일어나 방 한가운데로 걸어왔다.

"몸이 뻑적지근하네요. 소파에 너무 오래 앉아 있어서 그런가 봐요."

그녀가 투덜거렸다.

"나한테는 그런 말 하지 마. 난 오후 내내 너를 뉴욕에 데려다 주려고 무진 애썼단 말이야."

데이지가 쏘아붙이듯 말했다.

"안 마실래요. 컨디션 조절 중이거든요."

베이커 양은 방금 식료품실에서 가져온 네 잔의 칵테일을 바라보며 말했다.

주인은 곧이들리지 않는다는 듯 그녀를 바라보았다.

"그러든지! 당신이 어떻게 해내는지 도무지 모르겠단 말이야."

그는 술잔에 술이 한 방울밖에 남지 않은 듯이 꿀꺽 들이켰다.

나는 베이커 양이 도대체 무엇을 '해낸다'는 것인지 궁금해서 새삼 눈여겨보았다. 그녀를 보고 있자니 흐뭇했다. 호리호리한 몸매에 가슴이 자그마한 여자로, 사관생도처럼 어깨를 뒤로 탁 젖히고 있어서 안 그래도 곧은 몸이 더욱 돋보였다. 내 눈빛에 응답하려는 듯 햇빛을 받아 피로해 보이는 그녀의 회색 눈동자가 나를 바라보았다. 핏기 없이 하얗고 매력적인 얼굴이었지만 짜증 섞인 표정에 호기심 어린 눈빛이었다. 그때 문득 사진이나 아니면 다른 데서 본 적 있다는 생각이 들었다.

"웨스트에그에 사신다고요? 거기에 아는 사람이 있어요."

그녀가 코웃음 치는 투로 말했다.

"저는 아직 아는 사람이 한 명도 없습니다만……."

"개츠비 씨라고 모르세요?"

"개츠비? 어떤 개츠비 말이야?"

데이지가 갑자기 캐물었다.

바로 이웃에 사는 사람이라고 대답하기도 전에 식사 준비가 되었다는 기별이 왔다. 톰 뷰캐넌은 다짜고짜 우악스러운 팔로 내 겨드랑이를 감싸더니 체스 판에서 말을 옮겨놓듯 나를 방 밖으로 이끌었다. 두 젊은 여자는 우리 앞에서 손을 엉덩이에 살짝 올리고 나른한 발걸음으로 석양이 비쳐 드는 장밋빛 현관 베란다로 걸어갔다. 식탁 위에 놓인 촛불 4개가 조금 잠잠해진 바람에 하늘거렸다.

"촛불은 또 왜 켰을까?"

데이지가 인상을 찌푸리며 말하더니 손으로 꺼버렸다.

"이제 2주일만 있으면 1년 중 낮이 가장 긴 날이에요."

그녀가 생기 가득한 얼굴로 우리를 바라보았다.

"1년 중 낮이 가장 긴 날을 기다리다 정작 그날이 되면 깜빡 잊고 지나가버리지 않나요? 나는 매년 그랬는데."

"무슨 일이든 계획을 세워야죠."

베이커 양이 잠자리에 드는 사람처럼 하품을 하며 식탁 앞에 앉았다.

"그래, 우리 무슨 계획을 세울까요?"

데이지는 거들어달라는 듯 나를 보며 말했다.

"남들은 어떤 계획을 세우나요?"

내가 미처 대답하기도 전에 데이지가 겁먹은 표정으로 자신의 새끼손가락을 들여다보며 말했다.

"봐요! 손가락을 다쳤어요."

데이지가 하소연을 했다.

우리 모두 그쪽을 바라보았다. 손가락 관절 부위가 시퍼렇게 멍들어 있었다.

"톰, 당신 탓이에요."

데이지가 원망하는 투로 말했다.

"일부러 그런 게 아니라는 건 알지만 어쨌든 당신이 이렇게 만들었잖아요. 이게 다 야수 같은 남자하고 결혼한 때문이죠. 어마어마하게 덩치 큰 거인 같은 사람의 전형이라고 할 수 있는 사내하고……."

"농담이라도 거인 같다는 말은 말라고."

톰이 불쾌한 표정으로 말했다.

"어마어마한 거인 같은 사내."

데이지가 기죽지 않고 말했다.

가끔 데이지와 베이커 양은 둘만 얘기를 나눴다. 그러나 이야기를 나눌 만한 내용도 아니었고 여담이라고 할 수도 없는 시시한 대화였다. 그들이 입고 있는 하얀 옷이나 어떤 의욕도 찾아볼 수 없는 무심한 눈빛처럼 차갑고 무미건조했다. 그들은 예의를 갖춰 적당히 기분 좋게 대접하고 자기네들도 그런 대접을 받고자 애쓰면서 나와 톰을 대할 뿐이었다. 두 여자는 얼마 안 있으면 식사가 끝나고, 조금 더 있다가 그저 그렇게 저녁이 끝나리라는 것을 잘 알고 있었다.

서부와는 완전히 달랐다. 서부에서는 바라는 대로 되지 않을 것 같은 예감이나 두려움 섞인 긴장감이 끊임없이 밀려오는 가운데 쫓기듯 저녁이 지나간다.

"데이지, 너하고 있으니 왠지 내가 미개인이 된 것 같다."

나는 코르크 냄새가 풍기기는 하지만 맛이 좋은 레드와인을 두 잔째 마시며 심정을 털어놓았다.

"농사라든가 뭐 그런 얘기는 할 수 없는 거니?"

별 뜻 없이 한 말이었는데 이야기가 엉뚱한 방향으로 흘러갔다.

"이 사람아, 문명이 아주 산산조각 날 판일세."

톰이 갑자기 사납게 내뱉었다.

"나는 극단적인 비관론자가 되어버렸어. 자네 고더드라는 사람이 쓴 《유색인종 제국의 발흥(勃興)》이라는 책 읽어봤나?"

"아니, 못 읽어봤어."

나는 조금 놀란 투로 대답했다.

"음, 좋은 책이지. 누구나 한 번쯤 읽어봐야 할 책이야. 우리 다 정신 차리지 않으면 백인종이 완전히 멸종되고 만다는 내용이야. 일일이 과학적인 근거를 제시하고 있어."

"요즘 톰이 점점 진지해지고 있어요. 긴 단어들이 잔뜩 나오는 심각한 책들만 읽거든요. 뭐더라, 그……, 우리가……."

데이지가 무심하고 우울한 표정으로 말했다.

"글쎄, 다 과학적인 책이라니까."

톰이 마음 졸이듯 데이지를 쳐다보며 말했다.

"이 친구가 모든 것을 파헤쳤어. 지배 인종인 우리가 정신을 차려야 한다는 거야. 안 그러면 다른 인종이 이 세상을 지배한다는 거지."

"그들을 타도해야죠."

데이지가 너무 눈이 부신 듯 눈을 심하게 깜박거리며 속삭였다.

"두 사람은 캘리포니아에 사는 게 좋을 텐데……."

베이커 양이 말을 꺼냈지만 톰이 육중한 몸을 고쳐 앉으면서 그녀의 말을 끊어버렸다.

"그 책에서 말하고자 하는 것은 우리가 북유럽 인종이라는 거야. 나나 자네, 베이커 양도, 그리고……."

그는 잠시 머뭇거리더니 고개를 끄덕이면서 데이지도 포함시켰다. 그러자 데이지는 다시금 나를 보고 눈짓을 했다. 톰이 계속 말했다.

"……그리고 문명을 형성하는 데 필요한 모든 것을 우리가 만들었거든. 과학, 예술, 그 모든 것을 말이지. 무슨 말인지 이해하겠나?"

예전보다 훨씬 더한 자만심으로도 만족할 수 없는 듯 열변을 토하는 그의 모습이 어딘지 애처로워 보였다. 그때 전화벨 소리가 들렸다. 집사가 집 안으로 들어가자 데이지는 한순간 얘기가 중단된 틈을 타 내 쪽으로 몸을 기울이며 말했다.

"우리 집 비밀 하나 얘기해줄게요."

데이지는 사뭇 신이 나서 속삭였다.

"저 집사의 코 얘기인데 들어볼래요?"

"내가 여기 온 것도 그 때문인걸."

"그런데 저 사람 원래 직업이 집사가 아니었어요. 전에는 뉴욕에서 은그릇 닦기를 했대요. 2백 명분의 은그릇을 비치해둔 레스토랑에서 말이에요. 아침부터 밤까지 은그릇을 닦다가 그만 코가……."

"상태가 더 안 좋아졌겠네."

베이커 양이 거들었다.

"그렇죠. 상태가 점점 더 나빠져 결국 그 일을 그만뒀대요."

데이지의 얼굴에 아름다운 석양빛이 살포시 내려앉았다. 나는 그녀의 목소리에 이끌려 더 가까이 다가가 귀를 기울이지 않을 수 없었다. 거리에서 신나게 놀던 아이들이 해 질 무렵 하나둘 집으로 돌아가듯이 한창 타오르던 햇살이 못내 아쉬운 듯 차츰 그녀의 얼굴에서 사라졌다.

집사가 돌아와서 톰의 귀에 입술을 바짝 갖다 대고 무언가 속삭였다. 그러자 톰이 얼굴을 찌푸리고 의자를 뒤로 물리더니 아무 말 없이 집 안으로 들어갔다. 남편이 자리를 뜨자 데이지는 어떤 충동이라도 느꼈는지 다시 몸을 숙이고 노래를 부르는 듯한 달뜬 목소리로 말했다.

"닉 오빠를 우리 집에 초대해 식사를 하게 되어 너무 기뻐요. 오빠를 보면 나는 늘 장미가 생각나요. 순수한 장미 한 송이 말이에요. 안 그래?"

데이지가 베이커 양을 돌아보며 말했다.

"순수한 장미 말이야."

이것은 진심이 아니었다. 나는 털끝만큼도 장미 같은 구석이 없었다. 데이지는 그저 생각나는 대로 말한 것이었다. 그러나 그녀는 사람을 들뜨게 하는 기운이 흘러넘쳤다. 상대를 압도하는 떨리는 그 한마디와 함께 그녀의 심장이 튀어나올 것 같았다. 그러더니 갑자기 냅킨을 식탁에 던지면서 "미안해요."라고 툭 내뱉더니 집 안으로 들어가버렸다.

베이커 양과 나는 짐짓 부질없이 눈빛을 주고받았다. 내가 막 입을 떼려고 하자 그녀가 얼른 일어나 조심하라는 투로 "쉿!" 하고 말문을 막았다. 방에서 격한 감정을 애써 억누른 목소리가 들려오자 그녀는 당돌하게도 엿들으려고 몸을 기울였다. 나지막하게 계속 주고받던 격앙된 목소리가 뚝 그쳤다.

"아까 말씀하신 개츠비란 사람은 제 옆집에 삽니다……."

내가 말했다.

"조용히 해보세요. 무슨 얘기가 오가는지 들어보게요."

"무슨 일이라도 있는 건가요?"

나는 천진난만하게 물었다.

"아니, 아무것도 모르세요?"

베이커 양이 정말 놀란 표정을 지었다.

"다 알고 있는 줄 알았는데."

"저는 아무것도 모릅니다."

"그렇군요……."

그녀가 멈칫거리다 말했다.

"톰은 뉴욕에 여자가 있어요."

"여자가 있다고요?"

나는 얼떨떨한 표정으로 그 말을 되뇌었다. 베이커 양이 고개를 끄덕였다.

"저녁 먹는데 전화를 하다니, 정말이지 예의 없는 여자 아니에요?"

그녀가 무슨 말을 하는지 이해하기도 전에 옷자락 펄럭이는 소리와 저벅거리는 부츠 소리가 나면서 톰과 데이지가 식탁으로 돌아왔다.

"그건 어쩔 수 없었어요!"

데이지가 애써 밝은 목소리로 소리쳤다. 그리고 자리에 앉더니 눈치를 살피는 듯 베이커 양과 나를 차례로 쳐다보고 나서 나에게 말했다.

"잠깐 봤는데 바깥 풍경이 아주 아름다워요. 잔디밭에 새 한 마리가 날아와 앉았던데 커나드나 화이트스타 해운 회사의 배편으로 건너온 나이팅게일일 거예요. 재잘거리며 날아가버렸는데……."

데이지가 노래하듯 말했다.

"낭만적이지 않아요, 톰?"

"그래, 아주 낭만적이야."

톰이 대꾸하고는 난처한 듯한 표정을 지으며 나를 보고 말했다.

"저녁을 먹고 난 뒤에도 날이 훤하면 마구간 구경을 시켜주겠네."

그때 또 전화벨이 울렸다. 데이지가 톰을 보며 단호하게 고개를 흔들자 마구간 이야기, 아니 사실상 모든 이야기가 공중으로 흩어져 사라졌다. 저녁 식사가 끝나기 전 5분 동안 있었던 일 중에 지금까지 기억나는 것은 공연히 촛불을 다시 켰다는 것이었다. 나는 모두 어떤 표정을 짓고 있는지 궁금했지만 눈을 마주치고 싶지는 않았다. 톰과 데이지가 무슨 생각을 하고 있었는지는 알 길이 없다. 아무리 불편한 분위기도 능히 감내할 것 같았던 베이커 양도 그 다섯 번째 불청객의 귀를 찌르는 듯한 쇳소리를 머릿속에서 깨끗이 씻어낼 수 있었는지는 의문이다. 이런 상황을 흥미진진하게 바라보는 사람들도 있겠지만 내 성격으로는 즉시 경찰서에 전화를 걸어 신고하고 싶은 심정이었다.

말할 필요도 없이 마구간 얘기는 쏙 들어갔다. 톰과 베이커 양은 마치 시체 곁에서 밤을 새러 가기라도 하는 양 몇 걸음 떨어져서 어스름한 저녁 빛 속을 걸어 서재로 들어갔다. 한편 나는 기분이 좋은 척, 제대로 못 들은 척하며 데이지를 따라 베란다를 돌아서 정문 현관으로 갔다. 어둡고 후미진 곳에서 우리는 고리버들로 만든 긴 의자에 나란히 앉았다.

데이지는 자신의 예쁜 얼굴을 느껴보기라도 하려는 듯 두 손으로 얼굴을 감쌌다. 그리고 벨벳과 같은 어둠 속으로 차츰 눈길을 옮겼다. 나는 격한 감정에 복받쳐 있는 그녀를 위로해줄 양으로 그녀의 어린 딸 얘기를 꺼냈다.

그러자 데이지가 불쑥 말했다.

"오빠나 나는 서로를 잘 몰라요. 친척이라고는 하지만 오빠는 내 결혼식에 오지도 않았어요."

"전쟁터에 있을 때였으니까."

"아 참, 그랬죠."

동생이 망설이는 투로 말했다.

"그동안 너무 힘들었어요. 그래서 무슨 일이든 비꼬는 버릇이 생겼죠."

그녀에게 분명 그럴 만한 이유가 있다는 생각이 들었다. 나는 다음 말을 기다렸다. 그러나 데이지는 잠자코 있었다. 얼마 뒤 나는 무심하게 다시 딸아이 얘기를 꺼냈다.

"이젠 말도 할 줄 알고 또…… 혼자 밥도 먹고 별짓 다 하겠군그래."

"그럼요."

데이지가 물끄러미 나를 바라보았다.

"오빠, 내가 그 애를 낳았을 때 뭐라고 했는지 알아요?"

"뭐라고 했는데?"

"그 말을 들으면 내 심정을 알 수 있을 거예요. 왜 모든 일에 지금과 같은 반응을 보이는지 말이에요. 글쎄, 애를 낳고 채 한 시간도 안 됐는데 톰이 어디 간다는 말도 없이 사라진 거예요. 마취에서 깨어나 정신을 차렸을 때 나는 마치 버림받은 여자 같았어요. 곧바로 간호사한테 사내아이인지 여자아이인지 물어봤죠. 그랬더니 딸이라더군요. 그 순간 고개를 돌리고 울어버렸어요. '좋아. 딸이면 어때. 하지만 이 애가 아무것도 모르는 어리숙한 여자로 자라면 좋겠어. 차라리 바보 같은 여자가 나아. 예쁜 바보.' 이렇게 스스로를 위로했죠."

그녀가 확신에 찬 어조로 계속 말했다.

"매사 넌더리 내는 내 심정을 이해하겠어요? 다 그렇게 생각해요. 상당히 깨어 있다는 사람들도 마찬가지죠. 그리고 나는 알고 있어요. 안 가본 데도 없고 안 해본 짓도 없거든요. 다 가보고 다 해봤어요."

그녀는 톰처럼 사나운 눈빛으로 사방을 둘러보더니 소름 끼칠 정도로 경멸에 찬 웃음을 웃었다.

"나는 순진한 여자가 아니에요. 세상사에 시달릴 대로 시달린 여자라고요."

그녀의 목소리가 더 이상 내 마음을 끌거나 자기 말을 믿게 하려 하지 않고 멈추는 순간 나는 그녀의 얘기가 근본적으로 거짓이라는 것을 알았다. 그러자 마음이 산란했다. 그야말로 오늘 저녁은 온통 동생이 나로부터 어떤 보탬이 될 만한 감정을 끌어내려고 꾸민 일종의 연극이 아닌가 하는 생각이 들었다. 다음 말을 기다리자 아니나 다를까 그녀는 이내 그 예쁜 얼굴에 정말로 앙큼한 웃음을 띠며 나를 바라보았다. 마치 자기와 톰이 세상에 꽤 알려진 비밀단체에 속해 있다고 주장하는 것 같은 인상이었다.

집 안에 들어서니 꽃이 핀 것처럼 진홍색 불빛이 환하게 빛났다. 톰과 베이커 양은 소파 양쪽 끝에 앉아 있었다. 베이커 양은 큰 소리로 〈새터데이 이브닝 포스트〉를 톰에게 읽어주고 있었다. 부드러우면서도 한결같은 톤의 목소리는 아이를 달래는 듯했다. 톰의 부츠에 어려 번쩍이던 램프 불빛이 노란 낙엽 빛깔과 같은 그녀의 머리카락에 흐릿하게 비쳤다. 그리고 그녀가 날씬한 팔을 가볍게 움직이며 책장을 넘길 때마다 램프 불빛이 종이를 따라 반짝거렸다.

우리가 들어가자 베이커 양이 손을 들어 좀 기다려달라는 시늉을 했다.

"다음 호에 계속."

베이커 양이 잡지를 탁자 위에 던지고 무릎을 불편하게 움직여 자세를 바로잡더니 벌떡 일어났다.

"벌써 10시네요. 우리 착한 아가씨는 꿈나라로 떠날 시간이에요."

베이커 양이 천장에 시계가 매달려 있어 그것을 보기라도 한 듯 말했다.

"조던은 내일 웨스트체스터에서 시합이 있대요."

데이지가 설명했다.

"아, 아가씨가 조던 베이커였군요."

나는 그제야 이 여자의 얼굴이 낯설지 않은 이유를 알았다. 남을 깔보는 듯하면서도 밝은 표정을 애슈빌과 핫스프링스, 팜비치에서 선수 생활을 할 때 찍은 숱한 사진에서 이미 보았던 것이다. 그녀에

대한 악평도 있었지만 무슨 내용인지는 기억나지 않았다.

"잘 자요."

그녀가 부드럽게 말했다.

"8시에 깨워주세요. 알았죠?"

"일어날 수 있을까?"

"그럼요. 안녕히 가세요, 캐러웨이 씨. 또 봬요."

"물론 또 봐야지."

데이지가 단정적으로 말했다.

"사실 나는 오빠 장가보낼 궁리를 하고 있어요. 그러니 자주 오세요. 뭐랄까……. 오, 그렇지! 두 사람을 한데 묶어놓을 생각이에요. 그러니까 두 사람을 옷장에 집어넣고 문을 잠가버리거나 보트에 태워서 바다 멀리 보내버리는 거죠. 아시겠죠?"

"잘 자요. 난 한마디도 안 들은 걸로 하겠어요."

베이커 양이 계단에서 큰 소리로 말했다.

"멋진 여자야. 이렇게 시골이나 떠돌아다니게 해서는 안 되는데."

잠시 뒤 톰이 말했다.

"누가 그러는데요?"

데이지가 차갑게 쏘아붙였다.

"그 집 식구들이지 누구야."

"식구라고 해봤자 천 살은 먹어 보이는 숙모 한 분뿐이에요. 그건 그렇고 이제부터는 닉 오빠가 신경 써줄 거죠? 그렇죠, 오빠? 그 애는 올여름 주말을 대부분 여기서 보낼 예정이에요. 그 애한테는 가정적인 분위기가 좋을 거예요."

데이지와 톰은 잠시 말없이 서로 마주 보았다.

"뉴욕 출신이니?"

내가 얼른 물어보았다.

"루이빌 출신이에요. 거기에서 우리는 순수한 소녀 시절을 함께 보냈어요. 아름답고 순수한……."

"베란다에서 닉한테 터놓고 얘기 좀 해봤어?"

톰이 갑자기 묻자 데이지가 나를 보며 말했다.

"내가 그랬나요? 기억이 안 나요. 북유럽 인종 얘기를 한 것 같은데. 그래요, 정말 그랬군요. 어쩌다 그런 얘기가 나왔는데, 맨 먼저 알아둬야 할 것은 말이죠……."

"닉, 무슨 말을 들었는지는 모르겠지만 이 사람 말 믿지 말게."

그가 나에게 귀띔해주었다.

나는 아무 말도 듣지 않았다고 짧게 말하고, 조금 있다가 집으로 돌아가려고 일어섰다. 그들은 문까지 따라 나와 환한 불빛 아래 나란히 섰다. 차에 막 시동을 걸려고 하는데 데이지가 갑자기 명령하듯 소리쳤다.

"잠깐만요! 물어볼 말이 있었는데 깜박했어요. 아주 중요한 얘기예요. 오빠가 서부에서 약혼했다고 들었는데 사실이에요?"

"참, 그렇다지?"

톰도 은근히 거들었다.

"그건 뜬소문이야. 나 같은 빈털터리가 무슨."

"하지만 분명히 그렇게 들었어요. 세 사람한테요. 그러니까 틀림없죠, 뭐."

그렇게 억지를 부리는 데이지의 얼굴이 다시 꽃처럼 환하게 피어나는 것을 보고 나는 놀랐다.

그들이 무슨 말을 하는지는 알고 있었지만 나는 약혼이라고는 꿈에도 한 적이 없다. 사실 동부로 온 데는 내가 교회에서 결혼 예고를 했다는 소문도 한몫했다. 뜬소문 때문에 오랜 친구와 인연을 끊을 수도 없고 그렇다고 소문에 휩쓸려 결혼할 생각도 없었다.

그들 부부의 관심에 나는 적이 감동했으며 그로 인해 그들이 다가가기 힘든 대단한 부자라는 느낌도 덜했다. 하지만 나는 차를 몰고 집으로 돌아가는 내내 머릿속이 뒤숭숭하고 기분이 좋지 않았다. 나는 데이지가 당장 어린 딸을 안고 집을 나와야 한다고 생각했다. 그러나 그녀는 그럴 생각이 전혀 없을 것이다. 톰으로 말할 것 같으면 '뉴욕에 여자가 있다'는 사실보다 더 놀라운 것은 그가 책 한 권을 읽고 침울하다는 것이었다. 자기중심적인 건강한 육체로는 더 이상 거만한 마음을 지탱할 수 없는 것처럼 무언가가 그의 낡은 사고방식을 가장자리부터 야금야금 갉아먹고 있었던 것이다.

길가에 자리 잡은 여관 지붕과 불빛 아래 빨간색 최신 주유기가 서 있는 자동차 정비소에는 벌써 여름이 짙어가고 있었다. 나는 웨스트에그 집에 도착해 차를 차고에 몰아넣고 마당에 아무렇게나 놓인 잔디 깎기 기계 위에 잠시 앉아 있었다. 한차례 바람이 불자 나무들의 날개 부딪는 소리에 소란스러운 달밤이었다. 대지(大地)라는 풀무가 개구리들에게 생기를 잔뜩 불어넣어 풍금 소리가 끊임없이 울려 퍼졌다. 지나가는 고양이 그림자가 달빛에 어른거렸다. 그것을 눈여겨보려고 고개를 돌린 순간 나는 그곳에 나만 있는 것이 아님을 알았다. 50피트(약 15미터—옮긴이) 떨어진 이웃집 그림자 속에서 한 사람이 나타나더니 두 손을 호주머니에 넣고 서서 은빛 후춧가루를 뿌려놓은 듯 별이 흩어진 밤하늘을 쳐다보았다. 여유 있는 몸짓과 잔디를 딛고 선 굳건한 자세로 보아 개츠비라는 것을 알 수 있었다. 그는 마치 하늘 어디까지가 자기 몫인지 가늠해보는 듯했다.

나는 그를 불러보기로 했다. 저녁 식사를 할 때 베이커 양이 그 사람 얘기를 했으니 그것으로 충분히 말을 걸 거리가 있을 것 같았다. 그러나 나는 그를 부르지 않았다. 그가 은연중에 혼자 있고 싶다는 뜻을 내비쳤기 때문이다. 그는 어두운 바다를 향해 두 팔을 뻗었는데, 멀리서 보기에도 그의 몸이 떨리고 있다는 것을 분명히 알 수 있었다. 나도 무심결에 바다를 바라보았다. 그러나 저 멀리 부두 끝머리에 작은 초록 불빛 한 점이 보일 뿐 다른 것은 눈에 띄지 않았다. 나는 다시 개츠비를 돌아보았다. 하지만 그는 어느새 사라졌고, 나는 산란한 어둠 속에 또다시 혼자 남았다.

제2장

웨스트에그와 뉴욕 중간쯤에는 황폐하고 쓸쓸한 지역을 피하려는 듯 차도가 0.25마일(약 4백 미터—옮긴이)가량 철로와 나란히 달리는데, 이곳이 바로 재의 골짜기다. 이곳은 재가 밀처럼 자라 용마루가 되기도 하고 산등성이 혹은 기괴한 정원이 되기도 하는 기상천외한 농장이었다. 재는 또 집과 굴뚝, 굴뚝에서 솟아오르는 연기 모양이 되었다가 모진 노력 끝에 마침내 잿빛 인간으로 변형되어 뽀얀 먼지 속에서 희미하게 움직이다가도 어느새 땅바닥에 흩어져버렸다. 가끔 잿빛 자동차들이 보이지도 않는 길을 따라 한 줄로 기어가다가 오싹하리만큼 끼익 하는 소리와 함께 멈추면 그 즉시 잿빛 사람들이 납으로 만든 삽을 들고 우르르 몰려들어 앞을 분간할 수 없는 먼지구름을 일으켜 그렇잖아도 무엇을 하는지 알 수 없는 작업이 그나마도 보이지 않는다.

그러나 잠시 뒤 잿빛 땅과 그 위에서 발작하듯 끊임없이 일어나는 먼지 너머로 T. J. 에클버그 의사의 눈이 보인다. T. J. 에클버그 의사의 거대하고 푸른 눈의 망막 높이가 1야드(약 91센티미터—옮긴이)나 된다. 눈은 얼굴이 아니라 보이지 않는 코에 걸친 어마어마하게 큰 노란 안경 너머로 이쪽을 바라보고 있었다. 유머러스한 안과 의사가 퀸스 구(區)에서 고객들을 끌어모으려고 설치했는데, 나중에 자신은 영영 눈이 멀어버렸거나 아니면 이 광고판을 까맣게 잊어버리고 어디 다른 곳으로 이사를 가버린 게 분명했다. 오랫동안 페인트칠도 하지 않은 채 햇볕에 그을리고 빗물에 바래기는 했지만 그 눈은 아직 그대로 웅장하고 위엄 있는 재의 골짜기를 굽어보고 있었다.

재의 골짜기 한쪽 끝으로는 작고 지저분한 강물이 흐른다. 그래서 도개교가 올라가고 화물선이 지나갈 때는 기차가 멈춰 서기 때문에 승객들은 자그마치 30분이나 그 음침한 풍광을 묵묵히 지켜보아야 했다. 그렇지 않다 해도 항상 거기에서 최소한 1분간 정차하는데, 톰 뷰캐넌의 애인을 처음 만난 것도 그때였다.

톰에게 애인이 있다는 소문은 그를 아는 곳이라면 어디에서나 사람들 입에 오르내렸다. 그가 카페에 여자를 데리고 와서 혼자 남겨두고 이리저리 다니면서 아는 사람마다 붙잡고 떠들썩하게 이야기 나누는 것을 사람들은 몹시 못마땅해했다. 나는 어떤 여자인지 궁금하기는 했지만 만나고 싶지는 않았다. 그러나 결국 만나고 말았다. 어느 날 오후 톰과 함께 기차를 타고 뉴욕으로 가는 길에 기차가 재의 골짜기에서 멈춰 섰을 때 그가 벌떡 일어나더니 내 팔꿈치를 잡아끌고 막무가내로 기차에서 내렸다.

"지금 내려야 해. 내 애인을 보여줄게."

그는 우격다짐하듯이 말했다.

나는 그가 점심때 술을 잔뜩 마셨나 하는 생각이 들었다. 폭력을 써서라도 나를 데려갈 기세였던 것이다. 그는 일요일 오후에 내가 그다지 할 일이 없을 거라고 자기 멋대로 생각한 모양이었다.

나는 그를 따라 하얗게 석회칠을 한 나지막한 담장을 넘었다. 에클버그 의사가 줄곧 내려다보는 가운데 우리는 길을 따라 1백 야드(약 91미터—옮긴이)가량 거슬러 올라갔다. 눈에 띄는 것이라고는 황폐한 땅 끝에 서 있는 작고 노란 벽돌 건물뿐이었다. 그곳에서는 이 건물이 중심지 역할을 하고 있었지만 주변에는 아무것도 없었다. 건물에는 가게가 3개 들어서 있었다. 하나는 세를 놓는 중이었고 다른 하나는 재의 골짜기와 면해 밤새 문을 여는 식당이었으며, 나머지는 자동차 정비소였다. 그곳에는 '조지 B. 윌슨 자동차 매매, 정비소'라는 간판이 붙어 있었다. 나는 톰을 따라 정비소 안으로 들어갔다.

장사가 시원찮은지 안은 텅 비어 있었다. 눈에 띄는 차라고는 어둠침침한 구석에서 먼지를 잔뜩 뒤집어쓰고 있는 폐물 포드 한 대뿐이었다. 나는 언뜻 어두운 정비소는 눈가림일 뿐이고 머리 위에 화려하고 낭만적인 방이 숨어 있을지도 모른다는 생각이 들었다.

이때 주인이 헝겊으로 손을 닦으며 사무실 문간에 나타났다. 금발에 잘생긴 남자였지만 빈혈기라도 있는 듯 맥없어 보였다. 우리를 보는 그의 엷푸른 두 눈에 희망의 빛이 떠올랐다.

"여! 윌슨. 장사는 잘되나?"

톰이 그의 어깨를 툭 치며 반갑게 인사했다.

"그저 그렇죠."

윌슨이 불퉁스럽게 대꾸했다.

"그 차는 언제 파실 건가요?"

"다음 주에 보자고. 지금 우리 정비사가 수리하고 있거든."

"일이 너무 더딘 거 아닙니까?"

"무슨 소리. 그렇게 생각한다면 아예 다른 사람한테 팔아버리지."

톰이 쌀쌀맞게 말했다.

"아니, 그게 아니라 저는 그저 좀……."

윌슨이 말끝을 흐리자 톰은 초조한 눈빛으로 정비소를 쓱 둘러보았다. 그때 계단을 내려오는 발소리가 들리더니 몸집이 풍만한 여자가 비쳐 드는 햇빛을 가로막고 사무실 문간에 섰다. 30대 중반으로 보이는 여자는 통통한 편이었지만 몸짓은 남달리 육감적이었다. 물방울무늬의 검푸른 실크 드레스를 걸친 그녀의 얼굴은 예쁘지는 않았으나 몸의 신경이 끊임없이 기운을 내뿜고 있는 듯 생기가 넘쳤다. 여자가 슬며시 미소 지으며 마치 유령이기라도 한 듯 남편을 쓱 지나치더니 톰의 눈을 빤히 보면서 악수를 건넸다. 그러고는 입술을 적시면서 고개를 돌리지도 않은 채 괄괄한 목소리로 나지막하게 말했다.

"의자 좀 가져와요. 이분들 좀 앉게요."

"아, 그래."

윌슨이 서둘러 시멘트 벽과 이어진 자그마한 사무실로 들어갔다. 재의 골짜기 근처에 있는 것은 무엇이든 뿌연 먼지가 덮여 있듯이 그의 검은 양복과 푸석한 머리칼도 예외는 아니었다. 먼지를 뒤집어쓰지 않은 것은 그의 아내뿐이었다. 그녀는 톰에게 바싹 다가섰다.

"만나고 싶으니 다음 기차에 타."

톰이 들뜬 목소리로 말했다.

"좋아요."

"지하 신문 가판대 앞에서 기다릴게."

여자는 고개를 끄덕였고, 조지 윌슨이 의자 2개를 가지고 사무실 문턱에 나타나자 곧 톰한테서 떨어졌다.

우리는 남의 눈에 띄지 않도록 길 아래쪽으로 내려가서 그녀를 기다렸다. 그날은 독립기념일(7월 4일—옮긴이) 며칠 전이어서 이탈리아계의 비쩍 마른 잿빛 아이들이 선로를 따라 폭죽을 죽 늘어놓고 있었다.

"무시무시한 곳이야. 그렇지 않아?"

톰이 찡그린 표정으로 에클버그 의사를 바라보며 말했다.

"그렇군."

"그러니까 저 여자도 이곳을 떠나는 게 좋아."

"남편이 가만있을까?"

"윌슨 말인가? 그자는 아내가 뉴욕에 있는 처제를 만나러 가는 줄 알고 있어. 워낙 아둔한 사내라 자신이 살아 있다는 것조차 인식 못 할걸."

그렇게 해서 톰과 그의 애인과 나는 같이 뉴욕으로 갔다. 정확히 말하면 '같이'라고 할 수 없었다. 윌슨 부인이 분별 있게도 다른 칸에 탔기 때문이다. 톰은 혹시 타고 있을지 모를 이스트에그 사람들을 염두에 두고 그 정도 예의를 차릴 줄은 알았던 것이다.

그녀는 갈색 무늬의 모슬린 드레스로 갈아입고 왔는데, 톰의 부축으로 뉴욕의 플랫폼에 내렸을 때 그 옷이 풍만한 그녀의 엉덩이에 팽팽하게 달라붙어 있었다. 그녀는 신문 가판대에서 〈타운 태틀〉 한 권과 영화 잡지를 샀다. 그리고 역 매점에서 콜드크림과 작은 향수 한 병을 샀다. 지상으로 올라와 차 소리가 요란하게 울려 퍼지는 차도에서 택시 네 대를 보낸 뒤에야 비로소 회색 가죽 시트를 장착한 라벤더색 새 택시를 잡았다. 택시를 타고 사람들로 들끓는 역을 빠져나와 햇볕이 내리쬐는 거리로 들어섰다. 그때 윌슨 부인이 차창에서 눈길을 돌려 몸을 숙이고 앞쪽 칸막이 유리를 두드리며 진지하게 말했다.

"개 한 마리 갖고 싶어요. 아파트에서 기르면 좋을 것 같아요."

우리는 우습게도 록펠러를 닮은 백발 노인 가까이 다가가 택시를 세웠다. 노인의 목에 걸린 광주리에는 품종을 알 수 없는 갓 태어난 강아지 10여 마리가 옹기종기 있었다.

"그건 무슨 종인가요?"

노인이 차창 가까이 오자 윌슨 부인이 물었다.

"어떤 종이든 다 있습니다. 어떤 종을 찾으십니까, 부인?"

"경찰견 한 마리 사고 싶은데, 그건 없죠?"

노인이 자신 없는 표정으로 광주리를 들여다보더니 한 손을 집어넣어 바동거리는 한 놈을 끄집어냈다.

"그건 경찰견이 아닌데그래."

톰이 말했다.

"경찰견은 아닙니다. 에어데일테리어에 가깝죠."

노인은 낙담한 목소리로 말했다.

그는 갈색 수건 같은 강아지의 등을 쓰다듬었다.

"이 털을 좀 보세요. 좋은 털이죠. 이런 털이 있어서 감기 같은 건 걸리지 않아요. 귀찮게 할 일이 없다는 말입니다."

"아유, 귀여워. 얼마죠?"

윌슨 부인이 조금 흥분한 목소리로 물었다.

"이놈 말입니까? 이건 10달러는 주셔야 합니다."

노인이 감탄스러운 눈길로 강아지를 바라보았다.

그 에어데일테리어(놀랍게도 다리가 흰색이었지만 에어데일테리어가 섞인 것은 분명했다)는 새 주인인 윌슨 부인의 무릎 사이에

자리를 잡았다. 그녀는 추위를 잘 견딘다는 강아지의 털을 기분 좋게 쓰다듬었다.

"수놈이에요, 암놈이에요?"

그녀가 꼼꼼히 물었다.

"그놈요? 그건 수놈입니다."

"암캐야. 자, 돈 받아요. 그 돈으로 열 마리는 더 살 거요."

톰이 딱 잘라 말했다.

우리는 5번가를 향해 달렸다. 평화로운 전원처럼 공기가 따뜻하고 아늑한 여름날 일요일 오후였다. 나는 거리 모퉁이에서 양떼가 나타났다 해도 썩 놀라지 않았을 것이다.

"좀 세워줘. 여기서 헤어져야겠어."

내가 말했다.

"아냐, 그건 안 돼."

톰이 얼른 가로막았다.

"아파트까지 안 가면 머틀이 섭섭해할 거야. 그렇지?"

"같이 가세요."

그녀가 간청하듯이 말했다.

"전화로 제 동생을 부를게요. 아주 미인이죠. 그 애를 본 사람들 모두 그렇게 말해요."

"글쎄요. 가고 싶기도 하지만……."

우리는 그대로 차를 달려 센트럴파크를 지나 웨스트 100번대 거리로 들어섰다. 158번가의 하얀 케이크 조각처럼 즐비한 아파트 거리에 이르러 어느 한 아파트 앞에 택시를 세웠다. 윌슨 부인은 왕비가 궁에 도착했을 때처럼 주위를 쭉 둘러보더니 개와 그 밖의 물건들을 들고 기세등등하게 안으로 들어갔다.

"맥키 내외를 불러야겠어요. 동생한테도 전화를 걸고요."

그녀가 엘리베이터에서 말했다.

아파트는 꼭대기 층에 있었다. 자그마한 거실과 작은 주방, 그리고 침실과 욕실이 있었다. 거실에는 태피스트리를 씌운 가구 세트가 꽉 들어차 문 앞까지 점령했는데, 거실에 비해 너무 커서 걸어다니다 보면 태피스트리 속의 베르사유 정원에서 그네를 타는 귀부인들에게 걸려 넘어질 것 같았다. 액자라고는 벽에 걸린, 지나치게 확대한 사진 하나뿐이었다. 가까이에서 보면 사진 속에는 긴가민가한 암탉이 희미한 바위 위에 앉아 있었다. 그러나 멀찍이 서서 보면 암탉은 저절로 모자로 바뀌었고, 뚱뚱한 노부인의 얼굴이 웃으며 방을 내려다보고 있었다. 탁자 위에는 묵은 〈타운 태틀〉 몇 권과 《베드로라 불리는 시몬》 한 권, 주로 브로드웨이의 추문을 다루는 시시한 잡지 몇 권이 놓여 있었다. 윌슨 부인은 개부터 챙겼다. 엘리베이터 안내원은 귀찮은 듯이 짚을 잔뜩 넣은 상자와 우유를 사러 갔다가 시키지 않았는데 개가 먹을 크고 딱딱한 비스킷 한 통을 사 왔다. 비스킷 하나는 오후 내내 우유 접시에서 부패되고 있었다. 한편 톰은 잠가두었던 옷장 문을 열고 위스키 한 병을 꺼냈다.

나는 평생 딱 두 번 술에 취한 적이 있는데, 그 두 번째가 바로 이날 오후였다. 그래서 8시가 넘도록 밝은 햇빛이 방 안 가득 비추고 있었건만 거기에서 무슨 일이 있었는지 안개에 뒤덮인 듯 기억이 희미했다. 윌슨 부인은 톰의 무릎에 앉은 채로 여기저기 전화를 걸었다. 나는 길모퉁이에 있는 약국으로 담배를 사러 나갔고, 돌아와 보니 거실에 아무도 없었다. 그래서 나는 눈치껏 배려한답시고 거실에 앉아 《베드로라 불리는 시몬》을 읽었다. 책 내용이 형편없었는지 아니면 위스키를 마시고 정신이 흐리멍덩해졌는지 아무튼 도무지 무슨 내용인지 머릿속에 들어오지 않았다.

톰과 머틀(한잔하고 나서 윌슨 부인과 나는 서로 이름을 부르기로 했다)이 다시 나타나자 손님들이 속속 도착하기 시작했다.

서른 살쯤 된 듯한 머틀의 동생 캐서린은 몸매가 날씬하고 속물적인 여자였다. 풍성하고 붉은 단발머리에 분을 칠한 얼굴은 우윳빛처럼 하얬다. 눈썹을 완전히 밀고 다시 그렸는데 그 위에 눈썹이 다시 돋아나 얼굴이 전체적으로 지저분해 보였다. 움직일 때마다 두 팔에 잔뜩 차고 있는 도자기 팔찌가 오르내리며 연신 짤랑짤랑 소리가 났다. 그녀는 마치 이 집 주인이라도 되는 양 벌컥 문을 열고 들어오더니 자신의 물건인 양 가구들을 훑어보길래 나는 그녀가 여기 사나 보다고 생각했다. 내가 이 아파트에 사냐고 물으니 그녀는 깔깔깔 웃으면서 내가 물어본 말을 큰 소리로 되뇌고는 자기는 여자 친구와 호텔에 묵고 있다고 대답했다.

아래층에 사는 맥키 씨는 얼굴이 창백해서 여성스러워 보이는 남자였다. 막 면도를 하고 왔는지 광대뼈에 하얀 비누 거품이 묻어 있었다. 그는 방 안에 있는 사람들에게 정중하게 인사했다. 그는 처음에 자신을 '예술'을 하는 사람이라고 소개했다. 나중에 그가 사진가라는 말을 듣고 나는 벽에 걸린, 심령체처럼 흐릿하게 확대한 머틀의 어머니 사진을 찍은 사람이 바로 그라는 것을 짐작할 수 있었다. 허약해 보이는 그의 아내는 예쁘기는 했지만 갈라지는 목소리에 진저리가 나는 여자였다. 그녀는 자기 남편이 결혼하고 127번이나 사진을 찍어주었다고 뽐냈다.

머틀은 조금 전 크림색 시폰으로 꼼꼼히 만든 애프터눈드레스(오후에 입는 의복—옮긴이)로 갈아입었다. 그녀가 걸을 때마다 사르륵사르륵 옷자락 스치는 소리가 났다. 옷이 날개라고, 그 옷을 입은 그녀는 인품까지 달라 보였다. 자동차 정비소에서 두드러지던 생기 충만한 모습이 건방지고 도도한 모습으로 바뀌었다. 시간이 지날수록 그녀의 웃음소리, 몸짓, 말투는 점점 더 과장되었고, 그녀의 존재감이 커질수록 거실이 더욱 비좁게 느껴졌다. 마침내 그녀는 담배 연기 자욱한 거실 한가운데서 요란하게 삐걱거리는 회전축에 올라타 빙글빙글 돌고 있는 듯했다.

"얘."

그녀가 한껏 거만을 떨면서 목소리를 높여 동생을 불렀다.

"그 사람들은 사람 속이는 것쯤 별거 아닌 걸로 생각해. 돈만 챙

기려 들 뿐이야. 지난주 내 발 좀 봐달라고 어떤 여자를 불렀는데, 글쎄 청구서를 보고 맹장염 수술이라도 한 줄 알았다니까."

"그 여자 이름이 뭐예요?"

맥키 부인이 물었다.

"에버하르트 부인이라고 집으로 방문해서 발을 봐주는 사람이에요."

"부인 옷 참 좋아 보이네요. 정말 멋져요."

맥키 부인이 말했다.

머틀이 깔보는 듯 눈썹을 추켜올리면서 그 칭찬을 무시해버렸다.

"썩 좋은 옷도 아니에요. 편하게 입고 싶을 때 가끔 걸치죠."

머틀이 말했다.

"하지만 정말 잘 어울려요. 무슨 뜻인지 아시죠? 그런 포즈를 체스터가 사진으로 찍으면 아마 걸작이 나올 거예요."

우리 모두 묵묵히 머틀을 바라보았다. 그녀는 두 눈을 가리고 있던 머리카락을 한쪽으로 젖히고 화사한 미소를 띠며 우리를 바라보았다. 맥키 씨가 고개를 돌리고 그녀를 찬찬히 훑어보더니 손을 눈높이로 올리고 당겼다 밀었다 하며 가늠해보았다.

잠시 후 그가 말했다.

"조명을 바꿔야겠어. 얼굴 윤곽이 두드러지려면. 뒤쪽 머리도 더 살리고 말이야."

"조명은 지금도 괜찮은데요. 내 생각에는……."

맥키 부인이 말했다.

그녀의 남편이 "쉿!" 하고 말을 가로막자 우리 모두 다시 사진 모델을 쳐다보았다. 그때 톰 뷰캐넌이 하품을 쩍 하며 일어났다.

"맥키 부부도 뭘 좀 마셔야 할 텐데. 머틀, 얼음하고 탄산수 좀 더 가져와. 모두 자러 가기 전에 말이야."

톰이 말했다.

"얼음은 심부름꾼한테 말해뒀어요. 그 사람들 참, 잔소리를 안 하면 안 된다니까."

머틀은 굼뜨는 하류층 사람들이 몹시 못마땅한 듯 눈썹을 추켜올렸다.

그녀는 나를 보고 어색하게 웃었다. 그리고 개한테 뛰어가 입맞춤을 해대고는 요리사 12명이 자기 지시를 기다리고 있다고 은근슬쩍 말하고 주방으로 갔다.

"저는 롱아일랜드에서 멋진 사진을 많이 찍었습니다."

맥키 씨가 자신 있게 말했다.

톰이 멍하니 그를 바라보았다.

"그중 두 점은 액자에 넣어 아래층에 걸어뒀죠."

"두 점이라니, 어떤 거 말이오?"

톰이 캐물었다.

"습작 말입니다. 하나는 '몬턱포인트(롱아일랜드 동쪽 끝의 곳—옮긴이)—갈매기', 다른 하나는 '몬턱포인트—바다'라고 제목을 달았죠."

머틀의 동생 캐서린이 내가 앉은 소파에 나란히 앉았다.

"당신도 롱아일랜드에 사시나요?"

그녀가 물었다.

"웨스트에그에 삽니다."

"정말이세요? 한 달 전쯤 그곳 파티에 갔었는데. 개츠비라는 분 집 말이에요. 혹시 그분 아세요?"

"바로 이웃입니다."

"그런데 말이에요, 그분은 빌헬름 황제의 조카인가 사촌인가 그렇다던데요. 그러니까 돈이 죄 거기서 나온다고요."

"정말입니까?"

그녀가 고개를 끄덕였다.

"저는 그 사람이 무서워요. 그런 사람한테는 아무 도움도 받고 싶지 않아요."

내 이웃에 관한 그럴듯한 정보는 맥키 부인 때문에 중단되었다. 그녀가 갑자기 캐서린한테 손짓하며 말을 걸었던 것이다.

"체스터, 내가 보기에는 이분과 좋은 작품을 만들 수 있을 것 같아요."

맥키 씨는 귀찮다는 듯이 고개만 끄덕이고 톰에게 관심을 돌렸다.

"저는 롱아일랜드에서 일을 더 하고 싶어요. 가능하다면 말이죠. 그런 기회가 오기를 기다릴 뿐이에요."

"머틀한테 부탁해보시죠."

톰이 말했다.

머틀이 쟁반을 가지고 들어오자 톰이 굵은 목소리로 한바탕 웃더니 말했다.

"이 사람이 당신한테 소개장을 써줄 거요. 그렇지, 머틀?"

"뭘 한다고요?"

머틀이 놀라며 물었다.

"맥키 씨를 당신 남편한테 소개하는 편지를 쓰라고. 맥키 씨가 당신 남편을 모델로 멋진 작품을 만들 거야."

그는 입술을 움직거리며 작품 제목을 생각했다.

"'정비소의 J. B. 윌슨' 같은 뭐 그런 제목으로 말이야."

캐서린이 내 쪽으로 몸을 조금 숙이고 귀엣말을 했다.

"언니나 저분은 배우자가 마음에 안 드나 봐요."

"그래요?"

"지긋지긋하대요."

캐서린이 머틀과 톰을 번갈아 보며 말했다.

"제가 말하고 싶은 건 말이에요, 서로 상대가 그렇게 마음에 안 드는데 왜 같이 사느냐 하는 거예요. 저 같으면 당장 이혼하고 둘이 결혼할 텐데."

"머틀도 윌슨 씨를 좋아하지 않나요?"

대답은 뜻밖에도 이 말을 엿들은 머틀이 했다. '그렇다'고 대답하는 말투가 적이 포악스럽고 음탕했다.

"거봐요."

캐서린이 내기에서 이기기라도 한 듯 큰 소리로 말하더니 다시 목소리를 낮췄다.

"두 사람을 방해하는 건 톰의 부인이에요. 그 여자가 가톨릭 신자라서 이혼을 못 한대요."

데이지는 가톨릭 신자가 아니었다. 그래서 나는 교묘한 이 거짓말에 약간 충격을 받았다.

"두 사람이 결혼하면 잠잠해질 때까지 서부에 가서 한동안 지낼 거래요."

캐서린이 계속 말했다.

"차라리 유럽이 더 나을 텐데요."

"어머! 유럽 좋아하세요?"

캐서린이 호들갑스럽게 소리쳤다.

"얼마 전 몬테카를로에 갔었거든요."

"그랬군요."

"작년에 여자 친구하고 함께 갔죠."

"오래 머물렀나요?"

"아뇨. 몬테카를로에만 있다가 돌아왔어요. 마르세유를 거쳐 갔죠. 떠날 때는 1,200달러 넘게 가져갔는데 이틀 만에 도박장에서 몽땅 잃었죠. 돌아올 때 이만저만 고생이 아니었어요. 정말이지 그 놈의 도시만 생각하면 진저리가 나요."

저무는 오후, 지중해의 푸른 물결 같은 하늘이 한동안 창문에 어려 있었다. 그때 맥키 부인의 째지는 듯한 목소리에 나는 다시금 방으로 시선을 돌렸다.

"저도 자칫하면 실수할 뻔했어요. 몇 해를 두고 쫓아다니던 어떤 지질한 사내하고 결혼할 뻔했죠. 제 상대로는 부족했는데 말이에요. 모두 저한테 '루실, 당신이 너무 아까워'라고 충고했어요. 체스터를 만나지 않았다면 틀림없이 그 남자가 저를 차지했을 거예요."

그녀는 힘주어 말했다.

"어쨌든 당신은 그자와 결혼하지 않았잖아요."

머틀이 고개를 끄덕이면서 말했다.

"그렇죠. 안 했죠."

"하지만 난 결혼하고 말았어요. 그게 당신과 나의 다른 점이죠."

머틀이 애매모호하게 말했다.

"언니는 왜 형부랑 결혼했어? 아무도 억지로 하라고 등 떠밀지 않았는데 말이야."

캐서린이 물었다.

머틀은 잠시 생각에 잠겼다가 입을 열었다.

"그 사람이 신사라고 생각했지. 하지만 결혼하고 보니 내 발끝에도 못 미치는 사람이더라고."

"그래도 한동안 푹 빠져 있었잖아."

캐서린이 말했다.

"내가 그 사람한테 푹 빠졌다고? 누가 그러던? 차라리 저기 저 사람한테 푹 빠졌다고 하지그래. 절대 그런 적 없어."

머틀이 어처구니없다는 듯이 외치더니 갑자기 나를 가리켰다. 그러자 모두 나무라는 듯한 눈초리로 나를 쳐다보았다. 나는 과거 그녀와 어떤 애정 행각도 벌이지 않았다는 표정을 지으려고 애썼다.

"그 사람한테 빠졌던 건 갓 결혼했을 때뿐이야. 나는 곧 잘못했다는 것을 깨달았어. 그 사람은 결혼 예복을 빌려 입고도 나한테 한 번도 그 사실을 털어놓지 않았어. 그러다가 그 사람이 외출하고 없을 때 양복을 빌려준 사람이 찾아온 거야. '아, 댁의 양복이었군요? 저는 처음 들어요.' 내가 말했지. 옷을 돌려주고 나서 오후 내내 펑펑 울었어."

캐서린이 또다시 나를 보고 말했다.

"언니는 정말 형부랑 헤어져야 해요. 언니 부부는 정비소에서 11년이나 살았어요. 그러다 처음 만난 애인이 톰이에요."

방 안에 있던 사람들은 캐서린 빼고 모두 위스키를 연달아 두 병째 마시고 있었다. 캐서린은 술 한 잔 안 마셔도 마신 거나 다름없이 기분을 낼 수 있다고 했다. 톰은 초인종으로 심부름꾼을 불러 유명하다는 샌드위치를 사러 보냈다. 말이 샌드위치지 온전한 저녁식사가 됨직하다고 했다.

나는 밖으로 나가 부드러운 황혼 빛을 만끽하며 동쪽 공원으로 걸어가고 싶었다. 그러나 나가려고 할 때마다 언짢은 논쟁에 휘말려 마치 밧줄에 발목이 묶인 사람처럼 의자에 도로 앉고 말았다. 그러나 도시의 허공에 드높이 걸린 즐비한 노란 창문들은 어둠이 깔린 거리를 걷다가 우연히 고개를 든 사람에게 인간의 비밀을 소곤거렸음에 틀림없다. 그리고 나 역시 이상한 듯 올려다보며 호기심을 품는 사람 중 하나였다. 나는 무수히 다양한 삶에 매혹되기도 하고 지긋지긋해하기도 하면서 창 안에도 있었고 밖에도 있었다.

머틀이 내 쪽으로 좀더 가까이 의자를 당겨 앉았다. 그러더니 더운 입김을 내뿜으며 톰을 처음 만난 이야기를 쏟아내기 시작했다.

"기차를 타면 항상 마지막까지 남아 있는 좌석이 있어요. 서로 마주 보는 좌석인데 우리는 거기에서 처음 만났죠. 나는 그날 밤을 동생하고 함께 보내려고 뉴욕에 가는 길이었어요. 그이는 신사복 차림에 번쩍이는 에나멜가죽 구두를 신고 있었는데, 그를 본 순간 눈을 뗄 수가 없었어요. 하지만 그이가 나를 볼 때는 그이의 머리 위에 붙은 광고를 보는 척했죠. 역에 도착했을 때 그이가 바로 곁에 서서 하얀 와이셔츠의 가슴 부위로 내 팔을 누르고 있었어요. 그래서 경찰을 부르겠다고 했어요. 하지만 그이는 빈말이라는 것을 잘 알고 있었어요. 나는 너무 흥분해서 그이와 함께 택시를 탔을 때 그게 지하철 안이 아니라는 것조차 모를 지경이었어요. 그때 머릿속을 맴도는 것은 '우리는 천년만년 사는 게 아니야. 천년만년 사는 게 아니라고'라는 말이었어요."

머틀은 맥키 부인 쪽으로 고개를 돌렸고 그녀의 부자연스러운 웃음소리가 방 안 가득 울려 퍼졌다.

"이봐요!"

머틀이 소리쳤다.

"이 드레스를 벗는 즉시 당신한테 줄게요. 난 내일 다른 걸 사 입어야겠어요. 사야 할 것들을 모두 적어야겠어요. 마사지 기계랑 파마 기구, 개 목줄, 스프링 달린 앙증맞은 재떨이, 그리고 여름 내내 시들지 않고 어머니 묘지를 장식할 까만 비단 리본이 달린 꽃다발. 하나도 빼먹지 말고 다 적어야겠어요."

9시였다. 그리고 다시 시계를 봤을 때는 벌써 10시였다. 맥키 씨는 전투라도 치른 사람처럼 의자에 앉은 채로 주먹을 무릎에 얹고 잠들었다. 나는 손수건을 꺼내 한나절 내내 눈에 거슬렸던, 그의 뺨에 말라붙은 비누 거품 자국을 닦아주었다.

강아지는 탁자에 앉아 자욱한 담배 연기 속에서 방 안을 두리번거리며 가끔 낑낑거렸다. 사람들은 들락날락하면서 어디로 갈 계획을 짜는가 하면, 이내 대화를 나누던 상대가 어디로 갔는지 몰라 두리번거리다가 바로 몇 발짝 앞에서 찾아내곤 했다. 자정 무렵 톰과 머틀은 격렬하게 말다툼을 했다. 머틀이 데이지의 이름을 입에 올릴 자격이 있느냐 없느냐 하는 것이었다.

"데이지! 데이지! 데이지!"

머틀이 고함을 쳤다.

"내가 부르고 싶으면 언제든지 부를 거예요! 데이지! 데이……."

그때 톰이 재빠르고 능란한 손놀림으로 여자의 코를 후려갈겼다.

잠시 후 욕실 바닥에 피 묻은 수건이 널브러졌고, 여자들이 책망하는 소리로 방 안이 온통 소란스러웠다. 그리고 아프다고 아우성치는 소리가 그보다 더 크게 들렸다. 잠이 들었던 맥키 씨가 일어나 정신을 차릴 새도 없이 문 쪽으로 가다가 중간에 돌아서서 눈앞에 벌어진 광경을 바라보았다. 그의 아내와 캐서린이 응급약을 들고 꽉 들어찬 가구 사이를 부산스럽게 왔다 갔다 하면서 때린 사람을 비난하는가 하면 맞은 사람을 위로했다. 그리고 슬픔에 빠진 머틀은 소파에 누워 피를 철철 흘리는 와중에도 베르사유 정원을 짜 넣은 태피스트리에 피가 묻지 않게 하려고 〈타운 태틀〉을 펼쳐 덮고 있었다. 맥키 씨는 다시 돌아서 밖으로 나가버렸다. 나는 샹들리에에 걸어두었던 모자를 집어 들고 그를 따라 나갔다.

"언제 점심 식사나 같이 하시죠."

그가 엘리베이터에서 숨을 길게 내쉬더니 말했다.

"어디서요?"

"어디든지요."

"레버에서 손 떼세요."

엘리베이터 안내원이 불쑥 한마디 했다.

"미안하오. 잡고 있는 줄 몰랐소."

맥키 씨가 점잖게 대꾸했다.

"좋습니다. 기꺼이 가죠."

나는 그 자리에서 점심 초대에 응했다.

……그다음 나는 그의 침대 곁에 서 있었다. 그는 속옷 차림으로 침대 위에서 시트를 덮고 두 손에 커다란 사진 포트폴리오를 든 채 앉아 있었다.

"'미녀와 야수'…… '고독'…… '식료품점의 늙은 말'…… '브루클린 다리'……."

그러고 나서 나는 펜실베이니아 역 지하 쌀쌀한 대합실에 누워 반쯤 감긴 눈으로 조간신문 〈트리뷴〉을 훑으며 새벽 4시 기차를 기다렸다.

제3장

여름 내내 밤만 되면 이웃집에서 음악 소리가 들려왔다. 푸른 정원에서는 남녀가 속삭이며 나방처럼 샴페인과 쏟아지는 별빛 사이를 왔다 갔다 했다. 오후 만조 때가 되면 손님들이 잔교 꼭대기에서 다이빙을 하거나 바닷가 뜨거운 모래밭에서 일광욕을 즐겼다. 한편 모터보트 두 척이 거품이 부글거리는 물결 위로 수상스키를 끌고 달렸다. 주말이면 롤스로이스가 버스를 대신해 아침 9시부터 자정이 넘도록 시내를 왔다 갔다 하며 손님들을 실어 날랐다. 스테이션 왜건은 기차를 타고 오는 손님들을 태워 오려고 마치 노란 딱정벌레처럼 재빠르게 기어 다녔다. 월요일이면 임시로 고용한 정원사를 포함해 하인 8명이 걸레와 바닥 닦는 솔, 망치, 정원용 가위를 들고 간밤에 부서진 곳을 수리했다.

금요일마다 뉴욕의 과일 가게에서 오렌지와 레몬이 다섯 광주리나 배달되었다. 그리고 월요일이면 반으로 쪼개진 오렌지와 레몬

껍질이 뒷문 앞에 피라미드 모양으로 쌓여 있었다. 주방에는 집사가 엄지손가락으로 자그마한 단추를 2백 번 누르면 30분 만에 오렌지 주스 2백 잔이 만들어지는 주스 기계가 있었다.

최소한 2주일에 한 번은 파티를 준비하는 사람들이 몰려와 수백 피트짜리 천막을 치고 갖가지 색의 전구로 개츠비의 드넓은 정원을 크리스마스트리처럼 장식했다. 뷔페 식탁에는 화려한 전채 요리, 양념한 햄 구이, 천연 색색의 샐러드, 밀가루를 입혀 튀긴 돼지고기, 검은빛이 도는 금빛 칠면조가 즐비했다. 중앙 홀에 설치된 청동 바에는 진, 증류주, 코디얼주(酒)가 구비되어 있었다. 코디얼주는 오랫동안 잊혀졌던 술이어서 젊은 여자 손님들은 잘 몰랐다.

7시쯤이면 오케스트라가 도착했다. 초라한 오중주 악단이 아닌 오보에, 트롬본, 색소폰, 현악기, 비올라, 코넷과 피콜로, 그리고 저음과 고음의 드럼까지 갖춘 오케스트라였다. 바닷가에서 마지막까지 헤엄을 치던 사람들도 돌아와 위층에서 옷을 갈아입었다. 뉴욕에서 온 자동차들이 저택 차도 안쪽까지 다섯 겹으로 서 있었다. 현란한 색깔의 옷과 이상야릇한 최신 단발머리, 카스티야(스페인 중부의 옛 왕국—옮긴이)산(産)보다 더 화려한 숄을 두른 여자들로 벌써부터 홀과 응접실, 베란다가 붐비기 시작했다. 바는 발 디딜 틈도 없었다. 칵테일 쟁반이 몇 차례 바깥 정원에 나갈 때쯤 잡담과 웃음소리가 높아졌다. 그런가 하면 재치 있는 풍자가 나오고, 소개받고도 그 자리에서 금세 잊어버리는가 하면 서로 이름도 모르는 여자들끼리 수

다를 떠는 등 분위기가 자못 고조되었다.

지구가 태양으로부터 멀어질수록 불빛은 더욱 빛났다. 오케스트라가 야릇한 분위기의 음악을 연주하면 얘기 소리는 오페라처럼 한층 더 높아졌다. 웃음소리는 시시각각 더 자주 터져 나왔다. 이야기 상대와 무리가 수시로 바뀌었고 새로운 손님들이 도착할 때마다 금세 갈라졌다가 다시 모이곤 했다. 벌써 휘청거리는 패들이 있는가 하면, 기세등등한 여자들은 술에 취하지 않은 무리 사이를 누비고 다녔다. 그녀들은 무리의 중심이 되어 짜릿하고 흥겨운 순간을 즐겼고, 시시각각 변하는 불빛 아래서 승리감에 도취되어 시시각각 바뀌는 얼굴과 목소리, 색깔들 사이를 미끄러지듯 돌아다녔다.

집시 같은 그녀들 중 하느작거리는 오팔 드레스를 입은 여자가 갑자기 용기가 난 듯 칵테일 잔을 높이 들어 단숨에 들이켜더니 천막을 친 단상에 올라가 마치 조 프리스코(미국의 유명한 댄서이자 코미디언—옮긴이)처럼 두 손을 흔들면서 춤을 추었다. 한순간 주위가 잠잠해졌다. 오케스트라 지휘자가 친절하게 그 여자의 춤에 맞춰 리듬을 바꾸었다. 그녀가 〈폴리스〉(시사풍자극 〈지그펠드 폴리스〉를 말한다.—옮긴이)에 나오는 질다 그레이의 대역이라는 헛소문이 퍼지면서 분위기는 또다시 왁자지껄했다. 드디어 파티가 시작된 것이다.

처음 개츠비 집에 갔던 날 밤, 나는 정식으로 초대받은 몇 안 되는 손님 중 하나였다. 그곳에 온 사람들은 초대받은 것이 아니라 스스로 온 것이었다. 롱아일랜드로 데려다 주는 차를 타고 무작정 개츠비의 집에 온 것이다. 그들은 아는 친구가 개츠비를 소개해주면 그다음부터는 놀이 공원의 규칙에 따라 행동했다. 어떤 때는 개츠비를 아예 만나지도 않고 돌아갔다. 그들은 아무 목적 없이 파티에 참여했는데, 그런 단순한 생각이 곧 파티 입장권이었던 셈이다.

나는 정식으로 초대받았다. 개똥지빠귀 알처럼 푸른 제복을 입은 운전기사가 토요일 아침 일찌감치 한껏 격식을 갖춘 초대장을 가지고 우리 집 잔디밭을 건너왔다. "오늘 밤, 작은 파티에 왕림해주신다면 다시없는 영광일 것입니다."라고 적혀 있었다. 그는 몇 차례 나를 본 적이 있고 오래전부터 우리 집을 방문하고 싶었지만 뜻대로 되지 않았다고 썼다. 맨 끝에는 위엄 있는 필체로 'J. 개츠비'라고 서명되어 있었다.

나는 7시 조금 넘어서 하얀 플란넬 양복을 차려입고 그의 저택 잔디밭으로 갔다. 나는 모르는 사람들 틈에 끼여 조금 쑥스럽고 어색한 기분으로 서성거렸다. 통근 열차에서 본 적 있는 얼굴들도 있었다. 나는 무엇보다 영국 청년들이 꽤 많은 것에 놀랐다. 멀끔하게 차려입기는 했지만 어딘가 군색해 보이는 얼굴의 그들은 믿음직하고 돈 많아 보이는 미국인들과 나지막한 목소리로 진지하게 이야기를 나누고 있었다. 채권이나 보험, 자동차 같은 것을 팔고 있는 게 틀림없었다. 적어도 손쉽게 벌 수 있는 돈이 근처에 널려 있다는 사실을 뼈저리게 느끼고 있었으며, 적당히 말만 잘하면 그 돈이 모두 자기들 차지가 된다고 확신하는 눈치였다.

나는 도착하자마자 집주인을 찾았다. 몇 사람에게 그가 어디 있는지 물어보았는데 하나같이 깜짝 놀란 눈으로 나를 노려보며 집주인이 어디서 뭘 하는지는 전혀 모른다고 단호하게 말했다. 그 말을 듣고 나는 사람들 눈에 띄지 않게 슬며시 칵테일 탁자 쪽으로 갔다. 거기야말로 혼자 일 없이 와 있다는 인상을 주지 않고 어슬렁거릴 수 있는 곳이었다.

껄끄러운 마음을 달래려고 취할 때까지 마셔볼까 하던 차에 조던 베이커가 집 안에서 나오는 것이 보였다. 그녀는 대리석 층계 맨 위에서 몸을 약간 뒤로 젖히고는 아니꼬운 듯하면서도 흥미로운 표정으로 정원을 내려다보고 있었다.

그때 사람들에게 인사라도 건네려면 누구 하나쯤 옆에 있어야 한다는 생각이 들었다.

"안녕하십니까?"

나는 그녀에게 다가서면서 큰 소리로 불렀다. 내 목소리는 정원 너머로 어색하리만큼 크게 울린 듯했다.

"여기 계실 줄 알았어요. 바로 이웃에 산다는 말을 기억하고 있었거든요."

내가 다가가자 그녀가 별로 놀라지도 않고 대꾸했다.

그녀는 나를 돌봐주겠다고 약속이나 하듯 내 손을 잡더니 층계 밑에 서 있는 똑같이 노란 드레스를 차려입은 두 아가씨의 대화에 귀를 기울였다.

"아……, 안녕하세요! 당신이 져서 몹시 안타까웠답니다."

아가씨들이 한목소리로 외쳤다.

골프 시합 얘기였다. 조던이 지난주 결승전에서 졌던 것이다.

"우리가 누군지 모를 거예요. 하지만 우리는 한 달 전쯤 여기서 당신을 봤죠."

한 아가씨가 말했다.

"오, 그러니까 그 뒤에 머리 염색을 했군요."

조던 베이커가 대꾸했고, 나는 걸음을 옮기려 했다. 그러나 아가씨들이 태연히 가던 길을 계속 걸어가는 바람에 그녀는 연회업자의 바구니에서 꺼낸 저녁 식사처럼 아직 무르익지 않은 달한테 얘기한 꼴이 되고 말았다. 조던이 날씬하고 금빛이 도는 팔로 내 팔짱을 낀 채 우리는 층계를 내려가 정원을 거닐었다. 칵테일 쟁반이 석양빛에 반짝이며 우리 앞으로 왔다. 우리는 노란 드레스를 입은 두 아가씨와 하나같이 우물우물하면서 자신들을 소개한 남자 셋과 한 식탁에 앉았다.

"이런 파티에 자주 오세요?"

조던이 옆에 앉은 아가씨에게 물었다.

"지난번 당신을 봤을 때 이후로 처음이에요."

아가씨가 자신 있고 빠른 말투로 말했다. 그녀는 자기 친구를 보며 물었다.

"루실, 너도 그렇지 않니?"

루실도 그렇다고 대답하며 말을 이었다.

"저는 파티를 좋아해요. 제가 어떤 행동을 해도 사람들이 신경 쓰지 않아서 마음껏 즐길 수 있거든요. 지난번 여기 왔을 때 드레스가 의자에 걸려 찢어졌는데 그분이 제 이름하고 주소를 묻는 거예요. 그러고는 일주일이 못 돼서 크루아리에 의상실에서 새 이브닝드레스가 소포로 배달되어 왔어요."

"그걸 받으셨나요?"

조던이 물었다.

"물론이죠. 오늘 입고 오려고 했는데 가슴둘레가 너무 커서 수선을 해야겠더라고요. 라벤더색 구슬이 달린 가스 불빛처럼 푸른 드레스예요. 265달러짜리더라고요."

"그렇게까지 하다니 아무래도 수상해요. 그분은 어느 '누구'하고도 분란을 일으키고 싶어 하지 않죠."

또 한 아가씨가 진지하게 말했다.

"누구 얘기입니까?"

내가 물었다.

"개츠비 씨 말이에요. 누가 그러는데……."

두 아가씨와 조던은 비밀 이야기를 속삭이려는 듯 몸을 앞으로 숙였다.

"누가 그러는데 그분은 사람을 죽인 적이 있대요."

우리 모두 몸서리를 쳤다. 우물우물하던 세 남자도 몸을 앞으로 숙이고 귀를 기울였다.

"설마 '그렇게'까지 하지는 않았겠죠. 그보다 전쟁 중에 독일 스파이였다는 말이 맞는 것 같아요."

루실이 의심스럽다는 투로 말했다.

남자들 중 하나가 과연 그렇다는 듯이 고개를 끄덕였다.

"그 얘기를 해준 사람은 개츠비 씨하고 독일에서 같이 자랐기 때문에 그에 관해 모르는 게 없다고 했어요."

그가 단정적으로 말했다.

"당치도 않아요. 그럴 리 없어요. 그분은 미군으로 참전했거든요."

처음 얘기를 꺼낸 아가씨가 말했다.

우리가 자신의 말을 믿는 눈치를 보이자 그녀는 몸을 다시 앞으로 숙이고 열띤 목소리로 계속 말했다.

"그분이 혼자 있을 때 유심히 살펴보세요. 그 표정을 보면 사람을 죽였다는 게 실감날 거예요."

그 아가씨는 눈살을 찌푸리며 몸을 부르르 떨었다. 루실도 떨었다. 우리 모두 두리번거리며 개츠비가 어디 있는지 살폈다. 남 얘기 쑤군거리기를 좋아하지 않는 사람들조차 이처럼 개츠비에 관해 이러쿵저러쿵하는 것은 그가 어지간히 낭만적인 추측을 하게 만드는 인물이라는 뜻이었다.

첫 번째 만찬이 나왔다(자정쯤 한 차례 더 나올 것이다). 그러자 조던이 자신의 일행과 함께 먹자고 했다. 그들은 정원 반대편 식탁에 둘러앉아 있었다. 부부 세 쌍과 조던의 경호원으로 따라온 대학생이었다. 고집이 세고 빈정거리는 습관이 있는 그 남자는 머잖아 조던이 웬만큼 자신에게 몸을 맡길 거라고 생각하는 게 분명했다. 이들은 돌아다니지 않고 의젓하게 앉아 시골의 건전하고 고상한 기품을 대표하는 역할을 맡고 있었다. 이스트에그 사람들은 웨스트에그 사람들에게 짐짓 겸손한 태도를 보이면서도 그들의 화려한 쾌락을 조심스럽게 경계하는 듯했다.

"밖으로 나가요. 제가 끼기에는 너무 점잖은 자리예요."

서먹서먹한 분위기 속에서 30분쯤 지났을 무렵 조던 베이커가 소곤거렸다.

우리는 함께 일어났고, 조던은 사람들에게 집주인을 찾으러 간다고 말했다. 그리고 내가 주인을 만나보지 못했기 때문이라고 덧붙였다. 하지만 이 말에 마음이 더 불안했다. 대학생은 쌀쌀맞고 침울한 표정으로 고개를 끄덕였다.

우리는 맨 먼저 바를 훑어보았다. 사람들이 잔뜩 몰려 있었지만 개츠비는 보이지 않았다. 층계 맨 위에서 내려다봐도 찾을 수 없었고 베란다에도 없었다. 그러다 우연히 고상하고 육중한 문을 열고 고딕 양식으로 꾸며진 천장 높은 서재로 들어갔다. 한쪽 벽에 영국산 참나무 조각이 붙어 있었는데 마치 해외의 어느 유적지를 그대로 옮겨온 듯했다.

올빼미 눈처럼 생긴 커다란 안경을 걸친 훤칠한 중년 남자가 웬

만큼 술에 취한 몸으로 커다란 탁자 모서리에 걸터앉아 흔들리는 눈빛으로 서가를 바라보고 있었다. 우리가 들어가자 그는 정신이 번쩍 든 듯 몸을 한 바퀴 돌리고는 조던 베이커를 아래위로 샅샅이 훑어보았다.

"어떻게 생각하십니까?"

그가 대뜸 물었다.

"뭘 말입니까?"

그는 서가를 가리키며 손을 흔들어댔다.

"저거 말이에요. 하기야 당신이 굳이 확인해볼 필요 없지. 내가 다 확인했으니까. 저것들은 다 진짜요."

"책 말인가요?"

그가 고개를 끄덕였다.

"정말 진짜예요. 페이지며 뭐며 다 있어요. 나는 지금까지 그저 두꺼운 마분지로 만든 장식용 책일 거라고 생각했소. 그런데 아니었어요. 저것들은 다 진짜예요. 페이지도 있고, 또…… 자, 내가 보여드리죠."

그는 우리가 당연히 의심하고 있다는 듯이 책장 앞으로 달려가더니 《스토더드 강연집》(존 스토더드의 강연집으로 총 15권이다.—옮긴이) 제1권을 가지고 왔다.

"자, 보세요!"

그가 자신 있게 소리쳤다.

"진짜 인쇄물입니다. 내가 잘못 생각했어요. 이 집 주인은 진짜 벨라스코(1920년대 사실적인 무대장치로 유명한 브로드웨이의 연극 감독—옮긴이) 같은 사람입니다. 정말 대단한 위업을 세운 겁니다. 아주 철저하기 이를 데 없어요! 최고의 리얼리즘이에요! 너무 지나치지도 않고 페이지도 빼먹지 않았어요. 아, 그런데 무슨 일이죠? 찾는 거라도 있나요?"

그는 내가 들고 있던 책을 획 잡아채더니 얼른 원래 있던 자리에 갖다 꽂았다. 그러면서 한 권이라도 빠지면 책장 전체가 무너질지 모른다고 중얼거렸다.

"누가 데려다 줬죠?"

그가 따지듯 물었다.

"아니면 우연히 온 건가요? 난 누가 데려다 주더군요. 대부분 누군가를 따라오더군."

조던 베이커는 아무 대꾸도 하지 않고 조심스러워하면서도 밝은 표정으로 그를 바라보았다.

"난 루스벨트라는 여자가 데려다 줬어요."

그가 계속 말했다.

"클로드 루스벨트 부인인데 혹시 아시오? 어젯밤 모처에서 만났죠. 난 일주일 내내 술을 마셔서 술을 좀 깰까 하고 서재에 온 거요."

"그래, 술이 좀 깨셨어요?"

"잘 모르겠지만 조금 그런 것 같기도 하고. 여기 들어온 지 한 시간밖에 안 됐으니까. 내가 저 책 얘기를 했던가요? 진짜 책 말이오.

저 책들은…….”

“네, 얘기했습니다.”

우리는 정중하게 그와 악수하고 밖으로 나왔다.

정원 천막 아래에서는 댄스파티가 한창이었다. 나이 든 축들은 체면은 아랑곳없이 젊은 여자들을 뒤로 밀치며 끝없이 원을 그리고 있었다. 춤을 잘 추는 커플들은 구석에서 서로 얼싸안고 몸을 배배 꼬며 흐느적거리고 있었다. 그리고 짝 없는 여자들은 혼자 춤을 추거나 아니면 오케스트라의 밴조나 타악기 연주자들의 수고를 덜어 주었다. 자정이 되자 떠들썩한 파티 소리가 한껏 높아졌다. 유명한 테너 가수가 이탈리아 노래를 불렀고, 인기 있는 알토 가수가 재즈를 불렀다. 중간 중간 정원 곳곳에서 사람들이 저마다 장기를 펼쳤고, 한편에서는 유쾌한 웃음소리가 여름 하늘로 공허하게 울려 퍼졌다. 쌍둥이 여성(노란 드레스를 입은 예의 그 아가씨들이었다)이 의상을 갖춰 입고 무대에 올라 아이들 공연 같은 것을 했다. 그리고 핑거볼보다 더 큰 잔으로 샴페인이 나왔다. 달이 더 높이 떠올라 세모꼴의 은빛 비늘 바다가 잔디밭 위에서 울리는 무미건조하고 낮은 밴조 소리에 맞춰 하늘하늘 떨리고 있었다.

나는 아직도 조던 베이커와 함께 있었다. 우리가 앉은 식탁에는 내 또래의 한 남자와 아주 사소한 농담에도 요란스럽게 웃어대는 시끄러운 아가씨가 있었다. 이젠 나도 이 분위기를 즐겼다. 이미 핑거볼 샴페인을 두 잔이나 마신 터라 눈앞의 정경이 뭔가 의미 있고

심오한 것으로 비쳤다.

홍이 조금 잦아들었을 때 남자가 나를 보고 생긋 웃었다.

"낯이 익은데요. 혹시 전시 때 제3사단에 계시지 않았나요?"

그가 공손하게 말했다.

"아, 네. 제9기관총 대대에 있었습니다."

"저는 1918년 6월까지 제7보병대에 있었습니다. 어디선가 뵌 적이 있는 것 같습니다."

우리는 프랑스의 축축하고 음울한 어느 작은 마을에 관해 한참 얘기를 나누었다. 그는 얼마 전 수상비행기를 샀고 내일 아침에 그것을 시험해보겠다는 것으로 보아 이 근처에 사는 것이 분명했다.

"같이 타보시겠어요? 바로 근처 해변에 있는데."

"몇 시에 나가실 거죠?"

"저는 언제든 좋습니다. 당신 편한 시간에 맞추죠."

내가 그의 이름을 물어보려고 할 때 조던이 돌아보며 생글생글 웃었다. 그러고는 나에게 물었다.

"이제 좀 홍이 나나 봐요?"

"네, 재미있네요."

나는 그렇게 대답하고 다시 새 친구를 돌아보았다.

"이런 파티는 처음이에요. 아직 집주인도 만나지 못했으니 말이에요. 저는 저 건너편에 살고 있습니다……."

나는 손을 들어 저 멀리 보이지 않는 울타리를 가리켰다.

"개츠비란 분이 운전기사 편에 초대장을 보내왔어요."

잠시 그는 무슨 말을 하고 있느냐는 듯 물끄러미 나를 바라보았다.

"제가 개츠비입니다."

그가 느닷없이 말했다.

"네?"

나는 소리쳤다.

"아, 실례했습니다."

"알고 계시는 줄 알았습니다. 제가 집주인 노릇을 제대로 못 했나 봅니다."

그는 이해한다는 듯, 아니 그 이상의 미소를 띠었다. 영원히 변치 않을 확신을 주는 듯한 미소, 일생에서 네다섯 번 정도 볼까 말까 한 미소였다. 한순간 영원한 세계를 마주하는, 아니 마주하고 있는 듯한, 그리고 주체할 수 없는 편애로 당신에게 온 신경을 쏟겠다는 듯한 미소였다. 당신이 이해받고 싶은 만큼 이해하고, 당신이 자신을 믿는 만큼 믿고 있으며, 당신이 심어주고 싶은 가장 호의적인 인상을 완전히 전달받았다고 말하는 미소였다. 그러나 그 미소는 곧 사라졌다. 내 앞에는 서른한두 살가량 되어 보이는 단정하고 조금 야성적인 젊은이가 있었다. 지나치리만큼 격식을 갖춘 말투는 자칫 잘못하면 우매한 인상을 심어줄 수도 있었다. 그가 자신을 소개하기 전에는 이 사람이 말을 조심조심 골라서 하고 있다는 인상을 강하게 받았다.

개츠비가 자신을 밝혔을 때 집사가 황급히 달려와 그에게 시카고에서 전화가 왔다고 알렸다. 그는 우리 한 사람 한 사람에게 살짝 고개 숙여 양해를 구했다.

"뭐든 필요한 것이 있으면 언제든 말씀하세요, 친구."

그가 나에게 말했다.

"그럼 실례하겠습니다. 나중에 다시 오겠습니다."

그가 가자마자 나는 조던을 돌아보았다. 내가 놀랐다는 것을 그녀에게 알려주고 싶었기 때문이다. 나는 개츠비가 몸이 비대한 멋쟁이 중년 신사일 거라고 짐작했었다.

"어떤 사람이죠? 당신은 알고 있죠?"

내가 조던에게 물었다.

"개츠비란 분이에요."

"어디 출신이며 뭐 하는 사람이냐 말입니다."

"이제는 당신도 그 문제를 꺼내기 시작하는군요."

그녀가 옅은 미소를 띠며 대답했다.

"글쎄요. 언젠가 나한테 옥스퍼드대학을 나왔다고 하던데요."

그의 과거가 희미하게 드러나는 듯하더니 그녀의 다음 말에 금세 사라져버렸다.

"하지만 난 안 믿어요."

"왜죠?"

"글쎄요. 왠지 그런 생각이 들어요. 다니지 않았을 것 같아요."

조던이 힘주어 말했다.

그녀의 말투에 "그분은 사람을 죽인 적이 있대요."라는 한 아가씨의 말이 배어 있는 듯했다. 그러자 갑자기 호기심이 일었다. 개츠비가 루이지애나의 습지대라든가 뉴욕의 로어 이스트사이드 출신이라고 하면 곧이곧대로 믿었을 것이다. 그건 납득할 만했다. 그러나 젊은이라면 어딘가에서 떠돌아다니다 롱아일랜드 해협 언저리에 호화 저택을 사지는 않는다. 촌스럽고 세상 물정 잘 모르는 내가 볼 때는 그렇다.

"어쨌든 그분은 성대한 파티를 열고 있어요."

조던은 대수롭지 않은 일에는 신경 쓰지 않는 도회지 사람답게 딴 이야기로 돌렸다.

"난 성대한 파티가 좋아요. 사람들 이목이 덜 집중되잖아요. 작은 파티에서는 도무지 사생활을 지킬 수 없거든요."

북소리가 한 번 크게 울리더니 오케스트라 지휘자의 목소리가 정원에서 지껄여대는 소리를 압도하며 울려 퍼졌다.

"신사 숙녀 여러분."

그가 큰 소리로 외쳤다.

"개츠비 씨의 요청에 따라 지금부터 블라디미르 토스토프의 최근 작품을 연주하겠습니다. 지난 5월 카네기홀에서 성공적으로 연주되었던 작품이죠. 신문에서 보셨는지 모르겠지만 큰 반향을 불러일으킨 작품입니다."

그가 유쾌하고 정중한 미소를 띠며 덧붙였다.

"엄청난 반향이었죠!"

그러자 모두 웃음을 터트렸다.

"이 곡은 토스토프의 〈세계 재즈의 역사〉라는 제목으로 알려져 있습니다."

그가 활기차게 말을 맺었다.

나는 토스토프의 곡을 제대로 들을 수 없었다. 연주가 시작되자마자 개츠비에게 눈이 팔려 있었기 때문이다. 그는 혼자 대리석 계단에 서서 흐뭇한 눈길로 여기저기 모인 사람들을 둘러보고 있었다. 햇볕에 그을린 그의 피부는 탄탄한 것이 매력적이었고, 짧은 머리는 매일같이 손질한 것인 듯했다.

그의 모습 어디에서도 흉악한 분위기를 찾아볼 수 없었다. 다만 그가 술을 입에도 대지 않기 때문에 손님들과 구별되는 게 아닌가 하는 생각이 들었다. 흥청거리는 소리가 커질수록 그의 태도가 더 정중해지는 듯했기 때문이다. 〈세계 재즈의 역사〉가 끝나자 아가씨들은 거나하게 취해서 강아지처럼 사내들 어깨에 머리를 기대기도 했고, 또 더러는 받쳐주려니 하고 사내들 품으로 몸을 기울이는가 하면, 심지어 사람들 무리에 벌렁 자빠지며 장난치는 축도 있었다. 그러나 아무도 개츠비한테는 접근할 엄두를 내지 못했다. 프랑스식 단발머리를 한 아가씨도 개츠비의 어깨에는 감히 기대지 못했으며 노래를 부를 때도 개츠비를 끌어들일 생각을 아예 하지 않았다.

"실례합니다."

어느 결에 개츠비의 집사가 우리 옆에 다가왔다.

"베이커 양이시죠?"

그가 물었다.

"개츠비 씨께서 하실 말씀이 있으시답니다."

"나한테요?"

조던이 놀라 소리쳤다.

"네."

그녀가 놀랍다는 뜻으로 눈썹을 추켜올리며 일어나 집사를 따라 집 쪽으로 걸어갔다. 그녀는 이브닝드레스를 입고 있었는데, 뒤에서 보니 어떤 옷이든 운동복을 입은 듯한 느낌이었다. 그녀는 맑고 시원한 아침에 처음 골프를 배우러 가는 사람처럼 몸놀림이 경쾌했다.

나는 혼자 남았다. 거의 2시가 다 된 시각이었다. 테라스 위로 창이 많은 기다란 방에서 들리는 소란스러운 소리가 호기심을 자극했다. 여자 합창단원 둘과 얘기를 주거니 받거니 하던 조던의 그 경호원 대학생이 한몫 끼라는 것을 거절하고 나는 집 안으로 들어갔다.

커다란 방에는 사람들이 가득했다. 노란 드레스의 아가씨 하나가 피아노를 쳤고, 그 옆에서 유명한 합창단 출신의 키 크고 빨간 머리 젊은 부인이 노래를 부르고 있었다. 그녀는 샴페인을 어지간히 마셨는지 어이없게도 노래를 부르면서 눈물을 흘렸다. 세상만사 온통 슬픈 일뿐이라고 생각하는 사람 같았다. 노래를 멈출 때마다 한숨을 짓고 훌쩍거리다가 다시 떨리는 소프라노로 노래를 불렀다. 그녀의 두 뺨에서는 여전히 눈물이 흘러내렸다. 그러나 줄줄 흐르지 않고 속눈썹의 짙은 화장이 번지면서 까만 눈물이 실개천처럼 흘러내렸다. 누군가 얼굴에 적힌 악보를 보고 노래를 부르는 거냐고 슬쩍 놀려대자 그녀는 두 손을 번쩍 들어 올리더니 곧 의자에 푹 주저앉아 곯아떨어졌다.

"저 여자는 자기 남편이라는 어떤 남자하고 싸우더라고요."

내 옆에 있던 한 아가씨가 일러주었다.

주위를 둘러보니 아직까지 남아 있는 대부분의 여자들이 남편들과 싸우고 있었다. 조던과 함께 이스트에그에서 온 부부 두 쌍도 다투더니 서로 떨어져 있었다. 그중 한 남자가 호기심에 젊은 여배우에게 말을 걸었는데, 그 모습을 본 그의 아내가 처음에는 관심 없는 듯 점잖은 표정으로 대수롭지 않게 넘어가려다가 결국 참지 못하고 측면공격에 나섰다. 갑자기 남편 곁으로 다가가 날카로운 다이아몬드처럼 그의 귀에 대고 "당신 약속했잖아요!"라고 앙탈을 부렸던 것이다.

집에 가기 싫어하는 것은 들뜬 사내들뿐이 아니었다. 홀은 이제 처량하게도 술에 취하지 않아 맨송맨송한 두 남자와 몹시 화가 난 그들 부인들 차지였다. 아내들은 화난 목소리로 서로를 동정했다.

"우리 집 양반은 재미있을 만하면 집에 가자고 졸라요."

"그런 이기적인 사람은 또 처음 보네요."

"그래서 우리는 항상 맨 먼저 돌아가곤 하죠."

"우리도 그래요."

"하지만 오늘 밤에는 우리가 맨 마지막 손님이 되겠는데? 오케스트라가 돌아간 지 30분이나 지났소."

둘 중 한 사내가 나지막이 말했다.

아내들은 한목소리로 도대체 이런 훼방꾼이 또 어디 있느냐고 했지만 결국 언쟁은 짧게 끝났고, 두 부인은 발버둥치며 야밤의 장막 속으로 끌려가고 말았다.

내가 홀에서 하인이 모자를 가져오기를 기다리고 있을 때 서재 문이 열리면서 조던과 개츠비가 나란히 나왔다. 그는 마지막으로 무슨 말인가 했는데, 몇몇 사람이 그 앞에 가서 작별 인사를 하자 열성적인 태도가 순식간에 의례적인 모습으로 바뀌었다.

조던 베이커 일행이 현관에서 성화를 냈으나 조던은 나와 악수하느라 잠시 걸음을 멈췄다.

"굉장히 놀라운 얘기를 들었어요. 우리가 저기서 얼마나 오래 있었죠?"

그녀가 귀엣말로 소곤거렸다.

"글쎄요. 한 시간쯤 됐을걸요."

"정말, 정말 너무 놀라운 얘기예요."

조던이 멍한 표정으로 같은 말을 되풀이했다.

"하지만 말하지 않기로 약속했으니 당신을 약 올리는 셈이군요."

조던은 나를 보면서 예쁘장하게 하품을 했다.

"나한테 꼭 연락하세요……. 전화번호부를 찾아보면 될 거예요. 시고니 하워드 부인이란 이름으로. 숙모님이세요……."

조던은 이렇게 말하고 바삐 나갔다. 그러고는 햇볕에 그을린 손을 흔들면서 문간에서 기다리는 일행들에 섞여 사라졌다.

처음 온 파티에 너무 오래 있는다는 것이 좀 쑥스러웠지만 나는 결국 맨 마지막 손님들 사이에 끼이고 말았다. 이들은 개츠비를 둘러싸고 있었다. 나는 그에게 초저녁부터 찾아다녔으며 못 알아봐서 미안하다고 말했다.

"천만의 말씀입니다. 그런 생각은 하지도 말아요, 친구."

그가 힘주어 친근하게 말했다.

나는 그의 말투보다 내 어깨를 지그시 누르는 손길에서 더 친근함을 느꼈다.

"내일 아침 9시에 수상비행기 타는 것 잊지 마세요."

바로 그때 집사가 그의 등 뒤에서 말했다.

"필라델피아에서 전화 왔습니다."

"알았어. 곧 간다고 해……. 자, 그럼 안녕히 가십시오."

"안녕히 주무십시오."

"안녕히 가세요."

그가 싱긋 웃었다. 마치 내가 마지막 손님 사이에 끼여 있기를 줄곧 바란 듯 흐뭇한 미소였다.

"안녕히 가십시오, 친구……. 안녕히."

하지만 층계를 내려가면서 나는 오늘 밤 파티가 아직 끝나지 않았다는 것을 알았다. 문에서 50피트(약 15미터—옮긴이) 떨어진 지점에서 10개가 넘는 헤드라이트가 기이하고 시끄러운 광경을 비추고 있었던 것이다. 신형 쿠페(2인승으로 뒤쪽 천장이 낮은 자동차—옮긴이)가 개츠비의 차고를 떠난 지 채 2분도 되지 않아 길가 도랑에 처박혔다. 담벼락이 툭 튀어나와 있어 바퀴 한쪽이 빠진 모양이었다. 호기심 많은 운전기사 6명이 차를 멈추고 구경하느라 길이 막혔던 것이다. 뒤따라온 차들이 짜증스럽게 경적을 울려대는 통에 그렇지 않아도 혼잡한 도로가 더욱 혼란스러웠다.

사고 난 차에서 긴 더스터코트(먼지를 막기 위해 입는 코트—옮긴이)를 입은 남자가 내리더니 도로 한가운데 서서 어안이 벙벙한 표정으로 자동차와 바퀴를 번갈아 보고 나서 구경꾼 쪽으로 눈길을 돌렸다.

"이것 참! 차가 도랑에 빠졌군."

그는 몹시 놀란 듯 말했다. 놀라는 모습이 특이하다 싶어 유심히 살펴보니 개츠비의 서재에서 본 단골손님이었다.

"아니, 어쩌다 이렇게 됐죠?"

그가 어깨를 으쓱했다.

"난 기계 쪽에는 숙맥입니다."

그가 딱 잘라 말했다.

"아니, 어떻게 된 일이에요? 벽을 들이받았나요?"

"묻지 마십시오. 난 운전 같은 거 잘 몰라요. 전혀 못해요. 어쩌다 이렇게 되고 말았어요. 내가 아는 건 그뿐이에요."

그 '올빼미 눈'의 사내가 이 사건에 대해서는 전혀 모른다는 투로 말했다.

"운전도 못하면서 밤에 차를 몰다니요?"

"난 운전할 생각이 없었어요."

그가 화를 내며 변명했다.

"운전할 생각이 없었다니요?"

그 말에 놀란 구경꾼들은 잠시 아무 말도 하지 못했다.

"그럼 자살이라도 하려고 했나요?"

"바퀴 하나만 빠졌기 망정이지! 운전도 못하는 데다 운전할 생각도 안 했다!"

"모르면 가만있어요. 내가 운전한 게 아니에요. 차 안에 또 한 사람 있어요."

남자가 설명했다.

그의 말에 사람들 모두 충격을 받은 그 순간 자동차 문이 슬며시 열리면서 "아아!" 하는 짓눌린 신음 소리가 들렸다. 군중(그것은 이미 군중이었다)들은 흠칫 놀라 뒤로 물러섰다. 그리고 자동차 문이 완전히 열리자 귀신이라도 본 듯 꼼짝도 하지 않았다. 이윽고 얼굴이 창백한 남자가 찌그러진 차에서 아주 천천히 비틀거리며 나왔다. 그는 발에 맞지도 않는 커다란 무도화를 신고 검사하듯 땅을 지

그시 밟았다.

헤드라이트의 휘황한 불빛에 눈이 부신 데다 쉬지 않고 빵빵거리는 경적 소리에 얼이 빠진 이 망령 같은 사내는 잠시 불안한 자세로 서 있더니 더스터코트 입은 사내를 알아보고 말했다.

"어찌된 일이죠? 기름이 떨어졌나요?"

그가 낮은 소리로 물었다.

"이걸 보시오!"

대여섯 명이 동시에 떨어져 나간 바퀴를 손가락으로 가리키며 말했다. 남자는 잠시 바퀴를 보더니 하늘에서 뚝 떨어진 건 아닌가 싶은 듯 허공을 올려다보았다.

"바퀴가 빠졌잖습니까?"

누군가 일러주자 그가 고개를 끄덕였다.

"처음에는 차가 멈춘 줄도 몰랐지."

그러고는 말이 없었다. 이윽고 그는 숨을 길게 내쉬고 어깨를 쭉 펴더니 결심한 듯 말했다.

"어디 주유소 없습니까?"

남자 10여 명이, 이 남자보다 상태가 더 안 좋아 보이는 사람도 있었지만, 자동차 바퀴가 떨어져 나갔다고 다시 일러주었다.

"차를 뒤로 빼야겠어요. 후진 말이오."

잠시 뒤 그가 말했다.

"하지만 바퀴가 빠졌다니까요!"

그가 잠시 망설이더니 말했다.

"일단 해봅시다. 해봐서 나쁠 건 없잖소."

경적 소리가 더욱 크게 빵빵거리자 나는 돌아서서 잔디밭을 지나 집으로 왔다. 뒤돌아보니 웨이퍼(과자의 일종—옮긴이) 같은 달이 어김없이 개츠비의 집 위를 환하게 비추고 있었고, 여전히 휘황한 불빛이 정원에서 들려오는 웃음소리와 이야기 소리보다 더 오래 남아 있었다. 그때 갑자기 창과 커다란 문에서 공허감이 쏟아져 나오는 것만 같더니 현관에서 손을 들고 의례적인 작별 인사를 하고 있는 집주인의 모습이 완전한 고독 속에 묻히는 듯했다.

지금까지 내가 쓴 글을 읽어보니 몇 주일 간격으로 사흘 밤 동안 일어난 사건들에 온통 정신이 빼앗긴 듯하다. 그러나 사실은 정반대였다. 그것들은 다사다난했던 어느 여름날 우연히 일어난 사건일 뿐이었다. 이 사건들이 훨씬 뒤에도 내 기억에 남아 있긴 했지만 그때까지만 해도 나는 개인적인 문제에 골몰해 있었다.

나는 주로 일을 하느라 정신이 없었다. 이른 아침 프로비티 신탁회사를 향해 뉴욕 남쪽 시가의 하얀 건물들 사이를 바삐 걸어가고 있노라면 햇살에 비친 내 그림자는 서쪽으로 기울었다. 나는 다른 사무직원이나 젊은 증권업자들과 친분을 쌓으면서 그들과 함께 사람들로 북적거리는 어둠침침한 식당에서 작은 소시지와 으깬 감자, 그리고 커피로 점심을 먹었다. 저지 시에 살면서 회계과에 근무하는 한 아가씨와 짧은 연애를 하기도 했다. 그러나 여자의 오빠가 나를 못마땅하게 보기 시작하자 7월에 그녀가 휴가를 떠난 틈을 타서 슬그머니 관계를 정리했다.

저녁은 주로 예일클럽에서 먹었다. 이유는 잘 모르겠지만 왠지 이때가 하루 중 가장 우울한 시간이었다. 저녁을 먹고 나서 위층 도서실로 올라가 한 시간 동안 투자와 증권 공부를 했다. 클럽에는 떠들썩한 패들이 있게 마련이었지만 도서실까지 들어오는 법은 없어서 공부하기에 딱 좋았다. 밤공기가 좋을 때는 메디슨 가를 천천히 걸어 내려가면서 오래된 머리힐 호텔을 지나 33번가를 거쳐 펜실베이니아 역까지 가곤 했다.

나는 점점 뉴욕이 마음에 들었다. 활기차고 모험심을 자극하는 밤 분위기, 끊임없이 나타났다 사라지는 연인들과 각양각색의 자동차들이 들뜬 시선을 충족했던 것이다. 나는 5번가를 걸어 올라가면서 숱한 사람들 속에서 로맨틱한 여자들을 찾아내고는 몇 분 동안 그들과 어울리는 상상을 즐겼다. 아무도 그것을 눈치챌 리 없고 말릴 일도 없었다. 가끔 보이지 않는 길모퉁이 아파트까지 그녀들을 따라가 그들이 나를 돌아보며 미소 짓고 문 너머 아늑한 어둠 속으로 사라지는 상상을 해보기도 했다. 사람의 마음을 사로잡는 대도시의 황혼 속에서 나는 가끔 고독에 사무쳤다. 다른 사람들 역시 그런 듯했다. 저녁 식사 시간을 기다리며 거리의 쇼윈도 앞에서 혼자 왔다 갔다 하는, 그리고 인생의 가장 빛나는 순간과 이 밤을 덧없이 보내고 있는 젊은 사무원들 말이다.

다시 8시가 되어 40번가의 어두운 골목길 극장가로 가는 택시들이 다섯 줄로 열 지어 서서 부릉거리는 것을 보면 나는 마음이 울적했다. 택시에 탄 사람들은 서로 몸을 기대고, 노래를 흥얼거리거나 농담으로 깔깔거리며 출발하기를 기다렸다. 보이지 않는 택시 안에서 담뱃불만이 이리저리 움직일 뿐이었다. 나도 뭔가를 즐기러 바삐 가는 길이라는 상상으로 들뜬 기분을 함께 나누며 그들의 행운을 빌어주었다.

나는 한동안 조던 베이커를 못 만나다가 한여름이 되어서야 다시 만났다. 처음에는 그녀와 이곳저곳을 함께 다니는 게 자랑스러웠다. 왜냐하면 골프 챔피언인 그녀를 모르는 사람이 없었기 때문이다. 그러는 사이 관계가 진전되었다. 사랑까지는 아니었으나 일종의 애정 어린 호기심을 가지게 된 것이다. 그녀는 사람들 앞에서 짜증스럽고 거만하게 굴었는데 뭔가 이유가 있는 듯했다. 처음에 그러지 않았더라도 가식적인 행위를 할 때는 뭔가 감추는 것이 있게 마련이었다. 그러던 어느 날 나는 그 정체를 알게 되었다. 그녀와 내가 워릭(뉴욕 북쪽 지역—옮긴이)의 어느 집에서 열린 파티에 갔을 때였다. 조던이 비가 오는데도 빌린 자동차 지붕을 열어놓았으면서 거짓말로 얼버무렸을 때 나는 데이지 집에 갔던 날 밤 미처 생각나지 않았던 조던에 관한 이야기가 갑자기 떠올랐다. 그녀가 처음 참가했던 골프 대회에서 있었던 일이었는데, 하마터면 신문에 날 뻔했던 큰 사건이었다. 그녀가 준결승전에서 불리한 지점에 떨어진 공을 슬쩍 옮겨놓았다는 의혹이 제기되었던 것이다. 하지만 일종의 스캔들로 끝났다. 캐디가 자신이 한 말을 취소했고, 유일한 목격자 역시 자기가 잘못 보았을 수도 있다고 말했던 것이다. 바로 이 사건과 당사자의 이름이 내 기억 속에 남아 있었다.

조던 베이커는 똑똑하고 약삭빠른 사람들을 본능적으로 멀리했다. 알고 보니 그녀는 도저히 규칙을 어길 수 없는 곳에서 더 편안함을 느꼈다. 그녀는 거짓말하는 습관이 아주 몸에 배어 있었다. 그리고 불리한 상황에 놓이는 것을 못 견뎠다. 그녀는 아주 어렸을 때부터 불리한 입장에 처하면 쌀쌀맞고 거만한 미소를 띠면서 강하고 활기찬 육체의 욕구를 충족하기 위해 남을 속여왔던 것이다.

그렇다 한들 내 마음이 달라지지는 않았다. 여자가 정직하지 못한 것쯤은 큰 책망거리가 아니었다. 물론 그때 유감스럽기는 했지만 곧 잊어버렸다. 우리가 자동차 운전에 관해 이상한 얘기를 주고받은 것도 바로 그 워릭에서 열린 파티에서였다. 그녀가 걸어가던 노동자들 옆을 바짝 붙어 자동차를 몰고 가다가 펜더(옛날 차에서 바퀴를 덮은 흙받기—옮긴이)가 한 사람의 윗옷 단추를 스친 데서 이야기가 시작되었다.

"운전이 엉망이군요. 조심조심 운전하든가 안 그럴 거면 운전대를 아예 잡지 말아요."

내가 야단치듯 말했다.

"조심하고 있어요."

"아니, 그렇지 않은데요."

"나 말고 상대방이 조심하고 있다고요."

그녀가 별일 아니라는 듯 말했다.

"그게 말이 됩니까?"

"그 사람들이 알아서 비켜야죠. 어차피 사고는 쌍방 책임이에요."

그녀가 억지를 부렸다.

"당신처럼 부주의한 사람과 마주치면 어떡하죠?"

"그런 일이 없기를 바랄 뿐이에요. 나는 부주의한 사람은 딱 질색이에요. 당신을 좋아하는 것도 그 때문이죠."

뜨거운 햇빛에 찌푸린 그녀의 회색 눈동자는 곧장 앞을 바라보고 있었지만 그녀는 의도적으로 우리의 관계를 바꾸어놓았다. 그때 나는 그녀를 사랑하고 있는 듯한 느낌이 들었다. 그러나 나는 워낙 생각이 더딘 데다 욕망의 브레이크를 밟는 내면의 규칙에 얽매여 있었다. 고향에서 있었던 연애 사건을 완전히 정리하는 것이 우선이라는 것을 알고 있었던 것이다. 나는 일주일에 한 번씩 '당신을 사랑하는 닉으로부터'라고 서명한 연애 편지를 그녀에게 보냈지만 기껏 생각나는 것이라고는 그녀가 테니스를 칠 때 어느 순간 인중에 수염처럼 땀이 맺혔다는 것뿐이었다. 하지만 확실한 관계가 아니라도 완전히 정리하지 않으면 자유로울 수 없었다.

사람들은 누구나 최소한 기본적인 미덕 하나쯤은 가지고 있다고 생각하는데, 나의 미덕은 내가 내 주변에서 몇 안 되는 정직한 사람들 중에 하나라는 것이었다.

제4장

일요일 아침, 바닷가 마을에서 교회 종소리가 울려 퍼질 때 사교계 남녀 쌍쌍이 개츠비의 저택 잔디밭을 화려하게 장식하고 있었다.

"그 사람, 밀주업자래요."

젊은 부인들이 개츠비가 내놓은 칵테일 바와 꽃밭 사이를 돌아다니며 말했다.

"글쎄, 자기가 폰 힌덴부르크(제1차세계대전 당시 독일군 원수—옮긴이)의 조카이자 그 악마(제1차세계대전의 도발자로 알려진 독일 황제 빌헬름 2세—옮긴이)의 육촌뻘이라는 것을 밝혀낸 사람을 죽였대요. 여보, 저 장미 좀 꺾어줘요. 그리고 저 크리스털 잔에 마지막으로 한 모금만 따라줘요."

언젠가 나는 기차 시간표 여백에 그해 여름 개츠비의 저택을 방문했던 사람들의 이름을 적은 적이 있다. '1922년 7월 5일까지 유효'라고 적힌 시간표였는데 이제는 낡아서 접은 모서리가 다 해져 있었다. 나는 희미한 그 이름들을 아직도 알아볼 수 있었는데, 그 이름들은 내가 대강 설명하는 것보다 훨씬 더 생생하게 그들의 인상을 말해줄 것이다. 개츠비의 환대를 받으면서도 그에 관해 아무것도 모른다고 애매한 찬사를 보냈던 그 사람들을 말이다.

이스트에그에서는 체스터 베커 부부와 리치 부부, 또 예일대학교 때부터 알고 지낸 번슨이라는 남자와 작년 여름 메인 주에서 익사한 웹스터 시벳 박사 등이 왔다. 그리고 혼빔 부부와 윌리 볼테어 부부, 그리고 블랙벅 일가족 모두 왔는데, 이들은 줄곧 한쪽 구석에 모여 있으면서 누가 가까이 가기만 하면 염소처럼 코를 실룩거렸다. 그리고 이스메이 부부, 크리스티 부부(그보다 휴버트 아우어바흐와 크리스티 부인이라고 하는 편이 옳다), 또 소문에 따르면 어느 겨울날 오후에 이렇다 할 원인도 없이 머리털이 솜처럼 하얗게 세어버렸다는 에드거 비버도 왔다.

이스트에그에서 온 것으로 기억하는 클래런스 엔다이브는 하얀 니커보커스(무릎까지 오는 넉넉한 바지—옮긴이) 차림으로 딱 한 번 왔다가 정원에서 에티라는 건달이랑 대판 싸웠다. 롱아일랜드 끝에서는 치들 부부와 O. R. P. 슈레이더 부부가 왔고, 조지아 주의 스톤월 잭슨 에이브럼 부부와 피시가드 부부, 그리고 리플리 스넬 부부가 왔다. 스넬은 거기서 사흘을 묵은 뒤 주(州) 형무소로 갔다. 그는 곤드레만드레 취해 자갈 차도에 드러누워 있다가 율리시스 스웨트 부인의 자동차에 오른팔이 깔렸다. 댄시 부부도 왔었고, 예순 살이 넘은 S. B. 화이트베이트가 왔으며, 모리스 A. 플링크와 해머헤드 부부, 그리고 담배 수입업자인 벨루가와 그의 여자들이 왔다.

웨스트에그에서는 이런 사람들이 왔다. 폴 부부, 멀레디 부부, 세실 로벅, 세실 쇼언, 상원의원 굴릭스, 영화사 '필름스 파 엑설런스'를 경영하고 있는 뉴턴 오키드, 에크하우스트, 클라이드 코언, 돈 S. 슈워츠(아들), 아서 맥카티 등 모두 영화 관계자들이었다. 그리고 캐틀립 부부, 벰버그 부부, 후일 아내를 교살한 바로 그 멀둔과 친형제간인 G. 얼 멀둔, 영화 제작자 다 폰타노도 왔다. 에드 리그로스, 제임스 B. (롯것)('싸구려 독주'라는 뜻인데 여기서는 별명으로 쓰이고 있다.—옮긴이) 페릿, 드 종 부부, 어니스트 릴리, 이들은 도박을 하러 왔는데, 페릿이 정원을 서성거린다면 그것은 돈을 몽땅 잃었으며 이튿날 연합철도 회사의 주가가 요동친다는 뜻이기도 했다.

클립스프링어라는 남자는 걸핏하면 와서 하도 오래 묵고 가는 바람에 '하숙생'이라는 별명이 붙었다. 집이 없는 사람인지도 모른다. 연극계 인사로는 거스 웨이즈, 호레이스 오도너번, 레스터 마이어, 조지 덕위드, 프랜시스 불이 있었다. 그리고 뉴욕에서 온 사람들로는 크롬 부부, 백히슨 부부, 데니커 부부, 러셀 베티와 코리건 부부, 캘러허 부부, 듀워 부부, 스컬리 부부, S. W. 벨처, 스머크 부부, 지금은 이혼한 젊은 퀸 부부, 그리고 헨리 L. 팔미토가 있었다. 팔미토는 타임스퀘어 지하철역에서 선로에 뛰어들어 자살했다.

베니 매클리너핸과 함께 온 아가씨 4명도 있었다. 그녀들은 서로 너무 닮아서 매번 왔던 여자들인 것 같았다. 그들의 이름은 잊어버렸다. 재클린이라든가 콘수엘라, 아니면 글로리아나 주디였던 것 같기도 하고 준이라는 이름도 있었던 것 같다. 음악처럼 꽃이나 월(月) 이름을 땄거나 미국의 어마어마한 자본가처럼 좀더 딱딱한 성을 가졌을 텐데, 캐물었다면 그들과 사촌뻘이라고 털어놓았을지도 모를 일이다.

이들 말고 기억나는 사람은 한 번 정도 왔던 포스티나 오브라이언, 베데커 집안의 딸들, 전쟁 중 총에 맞아 코가 떨어져 나간 젊은이 브루어, 올브럭스버거 씨와 그의 약혼녀 하그 양, 아디터 피츠피터스, 미국 재향군인회 회장이었던 P. 주웨트, 운전기사라고 알려진 남자와 함께 온 클로디어 힙 양, 그리고 우리가 공작이라고 부른 어느 나라 왕자라는 사람이 있었는데 이름을 잊어버렸다.

이들 모두 그해 여름 개츠비의 저택을 찾아왔다.

7월 하순 어느 날 아침 9시에 개츠비의 화려한 자동차가 자갈 차도를 비틀거리며 올라와 우리 집 문 앞에 멈춰 서서 세 가지 음조로 경적을 울렸다. 그때 처음 그가 나를 찾아왔다. 나는 그의 파티에 두 번이나 참석했고, 그의 수상비행기를 탔는가 하면, 그가 극구 초대해서 저택 앞 바닷가를 종종 이용했는데 말이다.

"안녕하셨습니까? 점심이나 같이 하려고 차를 가지고 왔습니다."

그는 차 펜더 위에서 균형을 잡고 서 있었다. 그것은 미국인 특유의 자유로운 몸짓이었다. 아마도 젊었을 때 무거운 물건을 들어본 적이 없거나 가끔 즉흥적으로 벌이는 긴장된 게임의 형식적이지 않은 세련됨에서 비롯된 습관인 듯했다. 딱딱한 그의 태도에서 이런 습관이 연신 나타났다. 그는 한시도 가만히 있지 못했다. 늘 발을 툭툭 구르거나 조바심이 나는 듯 손을 쥐었다 폈다 했다.

그는 자기 차에 감탄하고 있는 나를 보며 말했다.

"멋지죠?"

그가 제대로 보라는 듯이 차에서 뛰어내렸다.

"이런 차 본 적 있나요?"

본 적 있었다. 이런 차를 못 본 사람이 없을 것이다. 니켈이 번쩍거리는 짙은 크림색의 어마어마하게 기다란 차체 안에는 모자 상자와 음식 상자, 도구 상자들이 군데군데 뽐내듯이 놓여 있었다. 앞 유리창은 마치 미로 같아서 햇빛이 여러 갈래로 반사되었다. 겹겹이 가로놓인 유리창 너머 마치 초록색 가죽으로 만든 온실 같은 차 안에 앉아 우리는 시내로 향했다.

지난달 나는 그와 대여섯 번 얘기를 나눠봤지만 흥미로운 얘깃거리가 나오지 않아 실망했다. 그래서 그가 중요한 인물이겠거니 하던 나의 처음 기대가 차츰 시들해지고, 그저 이웃 사람, 길가의 화려한 호텔 주인 정도로 보였다.

그러다 얼떨결에 그의 차를 타게 되었다. 우리가 웨스트에그 중심가에 도착하기도 전에 개츠비는 고상한 말투를 버리고 캐러멜색 양복 무릎을 보일 듯 말 듯 치기 시작했다.

"이봐요, 친구."

그가 불쑥 말했다.

"대체 나라는 사람을 어떻게 생각하십니까?"

조금 당황한 나는 적당한 말을 골라 대답하기 시작했다. 그런데 그가 내 말을 자르고 말했다.

"내가 살아온 얘기를 좀 해드리죠. 다른 사람들 말만 듣고 나에 대해 잘못 알고 있지 않나 해서 그럽니다."

그는 자신의 집 홀에서 그에 대해 지껄였던 말 속에 은근한 비난이 섞여 있었다는 것을 느끼고 있었던 것이다.

"진실을 얘기해주겠소."

그는 갑자기 신의 심판을 기다리기라도 하듯 오른손을 들었다.

"나는 중서부 지방 부호의 아들로 태어났습니다. 가족 모두 세상을 뜨고 없지만요. 미국에서 자랐지만 대학은 옥스퍼드를 나왔습니다. 선조들이 대대로 그곳에서 교육받았죠. 말하자면 가문의 전통이었습니다."

그가 나를 곁눈질했다. 그때 나는 조던 베이커가 개츠비의 말을 왜 안 믿는다고 했는지 알 것 같았다. 그는 '옥스퍼드대학을 나왔다'는 말에 몹시 시달린 것처럼 그 말을 삼키듯, 혹은 목에 걸린 듯 말했던 것이다. 의심이 들기 시작하자 그의 지나온 삶이 모두 갈갈이 찢어지고 소문대로 그에게 흉악한 무언가가 있다는 생각이 들었다.

"중서부 어디입니까?"

내가 별 뜻 없이 물었다.

"샌프란시스코입니다."

"그러시군요."

"우리 가족은 모두 세상을 떠났습니다. 그래서 거액의 재산을 물려받게 되었죠."

마치 불시에 집안 식구 모두 사라져버린 기억이 지금도 뇌리를 떠나지 않는다는 듯 그의 목소리가 숙연했다. 한순간 그가 나를 농락하고 있는 것이 아닌가 싶었지만 그를 힐끗 보고 그렇지 않다는 것을 확신했다.

"그 뒤 나는 유럽의 모든 수도, 파리, 베네치아, 로마 같은 데서 젊은 왕자처럼 생활했습니다. 보석, 주로 루비를 수집했고, 사파리를 즐겼는가 하면, 재미 삼아 그림을 그리기도 했죠. 오래전에 겪은 아주 슬픈 일을 떨쳐버리려고 말입니다."

나는 곧이들리지 않아 웃음이 나오려는 것을 꾹 참았다. 너무 식상한 이야기라 볼로뉴 숲에서 터번을 쓰고 톱밥을 줄줄 흘리며 호랑이를 쫓는 그림이 연상될 뿐이었다.

"그러다 전쟁이 일어났어요, 친구. 크나큰 구원의 기회라는 생각이 들어 죽으려고 안간힘을 썼지만 마법에 걸린 듯 내 목숨은 계속 살아남았죠. 나는 중위로 임관되어 전쟁에 나갔습니다. 아르곤 숲(프랑스 동북부의 산림지대—옮긴이) 전투에서 살아남은 기관총 대대의 병사들을 이끌고 적진 깊숙이 전진하는 바람에 양쪽 보병 부대와 0.5마일(약 8백 미터—옮긴이)가량 떨어져 더 이상 진격할 수 없었죠. 우리는 거기서 이틀 밤낮을 버텼습니다. 130명의 병사와 루이스식 기관총 16정뿐이었습니다. 마침내 보병이 진격했을 때 시체 더미에서 독일군 3개 사단의 휘장을 발견했어요. 나는 소령으로 진급했고 모든 연합국 정부에서 훈장을 받았습니다. 심지어 몬테네그로까지요. 저 아드리아해의 작은 몬테네그로에서도 훈장을 주었단 말입니다!"

그는 미소를 띠고 '작은 몬테네그로!'를 큰 소리로 힘주어 말하면서 고개를 끄덕였다. 그것은 몬테네그로의 파란만장한 역사를 이해하고 그 국민의 용감한 분투에 연민을 느끼는 미소였다. 작지만 따뜻한 마음을 가진 몬테네그로로부터 감사의 뜻으로 받게 된 일련의 상황들을 십분 이해하는 미소였다. 어느새 그에 대한 의심이 사라지고 그의 이야기에 매혹되었다. 마치 잡지 10여 권을 한꺼번에 훑어본 것 같았다.

그가 호주머니에서 리본 달린 금속을 꺼내더니 내 손바닥에 떨어뜨렸다.

"몬테네그로에서 받은 겁니다."

놀랍게도 그건 진짜 같았다. '다닐로 훈장', 그리고 테두리에는 '몬테네그로 니콜라스 왕'이라는 글자가 새겨져 있었다.

"뒷면을 보세요."

"제이 개츠비 소령의 특별 공훈을 치하함."

나는 뒤에 새겨진 문구를 소리 내어 읽었다.

"늘 지니고 다니는 게 또 하나 있어요. 옥스퍼드 시절의 기념품이죠. 트리니티칼리지에서 찍은 겁니다. 왼쪽에 있는 사람이 바로 지금의 동캐스터 백작입니다."

블레이저(스포츠 재킷—옮긴이) 차림의 젊은이 대여섯 명이 아치 길에서 할 일 없이 서 있는 사진이었다. 뒤쪽에는 뾰족탑이 옹기종기 서 있었다. 지금보다 조금 젊은 개츠비가 크리켓 방망이를 들고 있었다.

그렇다면 모든 게 다 사실이었다. 나는 그랜드 운하에 있는 그의 저택에 깔아놓은, 불타는 듯 번쩍거리는 호랑이 가죽이 떠올랐다. 루비가 들어 있는 상자를 열고 진홍색 보석을 바라보며 끊임없는 고뇌를 떨쳐버리고자 하는 그의 모습이 떠올랐다.

"오늘 어려운 부탁 하나 드리고자 합니다."

그가 흡족한 표정으로 기념품들을 호주머니에 집어넣으면서 말했다.

"그 전에 나에 관해 조금은 아셔야 할 것 같아서요. 별 볼일 없는 사람으로 보이고 싶지는 않았습니다. 아시다시피 나는 항상 낯선 친구들과 어울립니다. 지난날의 슬픔을 잊으려고 이리저리 떠돌아다니기 때문이죠."

그가 잠시 말을 멈췄다.

"오늘 오후 그에 관해 듣게 될 겁니다."

"점심 식사 때 말입니까?"

"아니, 오후에요. 당신이 베이커 양과 차를 즐겨 마신다는 것을 우연히 알게 되었습니다."

"그럼 당신이 베이커 양을 사랑한다는 뜻인가요?"

"아닙니다. 그녀를 사랑하는 게 아니에요. 그러나 베이커 양은 고맙게도 이 문제에 대해 당신에게 얘기해주기로 했습니다."

나는 '이 문제'가 무엇인지 도무지 알 수 없었지만 궁금하기보다 오히려 귀찮다는 생각이 앞섰다. 나는 개츠비에 대해 얘기하려고 조던과 차를 마시는 게 아니었다. 보나마나 얼토당토않은 부탁일 거라는 생각이 들자 한순간 사람들로 들끓는 그의 잔디밭에 발을 들여놓은 것을 후회했다.

그는 더 이상 아무 말도 하지 않았다. 뉴욕 시내가 가까워지자 그는 더욱 근엄한 태도를 보였다. 붉은 줄을 친 외항선들이 간간이 보이는 루스벨트 항구를 지나 1900년대의 허름한 술집들이 즐비한 빈민가의 자갈길을 빠른 속도로 달려가자 이윽고 양쪽으로 재의 골짜기가 펼쳐진 도로로 접어들었다. 그곳을 지나갈 때 머틀이 숨을 가쁘게 몰아쉬며 주유 펌프를 누르는 모습이 언뜻 보였다.

우리는 펜더를 날개처럼 펼치고 애스토리아 지역 중간쯤을 달렸다. 그러다 고가철도 교각 사이를 지나갈 때 "드르르 드르르 푯푯!" 하는 귀에 익은 오토바이 소리가 들리면서 흥분한 경찰관이 달려와 옆으로 바짝 붙었다.

"알겠습니다, 네."

개츠비가 소리쳤다. 우리는 속력을 줄였다. 개츠비가 지갑에서 하얀 카드를 꺼내 경관 앞에 흔들어 보였다.

"좋습니다."

경관이 경례를 하며 말했다.

"개츠비 씨, 다음에는 잘 알아뵙겠습니다. 죄송합니다."

"뭘 보인 겁니까? 옥스퍼드 사진인가요?"

내가 물었다.

"언젠가 경찰국장의 부탁을 하나 들어준 적이 있는데, 그 뒤로 해마다 크리스마스카드를 보내오더군요."

대들보 사이로 쏟아지는 햇빛이 지나가는 자동차들 위에서 연신 나타났다 사라지는 큰 다리를 건너자 우뚝 솟은 도시가 나타났다. 냄새 나지 않는 돈으로 세워지기를 바란 듯 도시는 하얀 각설탕 더미 같았다. 퀸스보로 다리에서 바라보면 도시는 늘 새로워 보였고 세상 모든 신비와 아름다움에 대한 최초의 약속을 지키려는 것 같았다.

온통 꽃으로 장식한 영구차가 우리를 지나쳐 갔다. 블라인드를 내린 왜건 두 대, 그리고 좀더 활기를 띤 고인의 친구들이 탄 왜건들이 뒤따라갔다. 남동부 유럽 특유의 윗입술이 짧은 사람들이 슬픈 눈빛으로 우리를 내다보았다. 개츠비의 호화로운 자동차가 우울한 휴일에 그나마 좋은 구경거리를 제공한 것 같아 뿌듯했다. 블랙웰 섬을 지나갈 무렵에는 리무진이 우리를 스쳐갔다. 운전사는 백인이었고 차 안에는 최신 유행으로 빼입은 흑인 남자 둘과 흑인 여자 하나가 앉아 있었다. 달걀 노른자위 같은 눈망울로 거드럭거리며 우리를 향해 경쟁심을 드러내는 그들을 보고 나는 소리 내어 웃음을 터뜨렸다.

'이 다리를 건넜으니 이젠 무슨 일이든 생기겠지. 그게 무슨 일이든…….'

나는 생각했다.

개츠비만 하더라도 특별히 놀랄 만한 인물이 아니었다.

부산스러운 낮이었다. 나는 개츠비와 함께 점심을 먹으려고 42번가의 선풍기가 잘 돌아가는 어느 지하 식당으로 갔다. 바깥의 밝은 햇살 아래 있다가 들어오니 순간적으로 눈이 침침해 대기실에서 어떤 남자와 이야기하는 개츠비가 흐릿하게 보였다.

"이분은 캐러웨이 씨, 이쪽은 내 친구 울프심 씨입니다."

몸집이 작은 납작코의 유대인이 큰 머리를 들어 나를 쳐다보았다. 그의 양쪽 콧구멍에는 긴 콧털이 무성했다. 조금 있다가 흐릿한 어둠 속에서 서서히 그의 작은 눈이 보였다.

"그래서 내가 그를 쓱 훑어보았지."

울프심 씨는 손을 꽉 쥐고 악수하며 계속 말했다.

"내가 그때 어떻게 했는지 아나?"

"무슨 말씀이시죠?"

내가 공손하게 물었다.

그는 나에게 말하고 있는 것이 아니었다. 그는 내 손을 놓았고, 표정이 풍부한 그의 코는 개츠비를 향해 있었다.

"캐츠포한테 그 돈을 주면서 내가 말했네. '좋아. 그 녀석이 입 다물지 않는 한 단 한 푼도 줘서는 안 돼'라고. 그러자 녀석이 당장 입을 다물더군."

개츠비가 우리 둘의 팔을 잡고 식당으로 들어갔다. 그러자 울프심 씨는 하려던 말을 삼키고 최면에 걸린 사람처럼 멍한 표정을 지었다.

"하이볼을 드릴까요?"

웨이터가 물었다.

"식당이 참 멋지군."

울프심 씨는 천장에 그려진 장로교의 님프를 쳐다보며 말했다.

"하지만 아무래도 나는 길 건너편이 더 좋아!"

"그래, 하이볼로 줘요."

개츠비가 웨이터에게 대답하고 울프심 씨를 보며 말했다.

"그런데 건너편 식당은 너무 더워요."

"덥고 비좁기는 해도 추억이 깃든 곳이지."

울프심 씨가 말했다.

"어디 말씀입니까?"

내가 물었다.

"옛 메트로폴이오."

울프심 씨가 근심 어린 표정으로 생각에 잠겼다.

“옛 메트로폴……. 죽은 사람들 얼굴이 가득한 곳이지. 영영 떠나버린 친구들 말이오. 거기서 로지 로즌설이 총에 맞던 날 밤을 평생 잊을 수 없을 거요. 우리 6명이 탁자에 둘러앉아 있었고, 로지는 저녁 내내 술을 마셔댔지. 새벽이 돼서 돌아갈 무렵 웨이터가 이상한 표정으로 그 친구에게 누가 밖에서 잠깐 보자고 한다는 거야. 그러자 로지가 ‘좋아, 알았어’라며 일어나려 했지. 그런데 내가 로지를 붙잡아 다시 앉히고는, ‘볼일이 있거든 제 놈들더러 오라고 해. 이봐 로지, 자네는 절대 이 방을 나가서는 안 돼’라고 했지. 그때가 새벽 4시였어. 블라인드를 걷었다면 아마 햇살이 비쳐 들었을 거야.”

“그래서 그 사람이 나갔습니까?”

나는 순진하게 물었다.

“물론 나갔소.”

울프심 씨의 코가 화난 듯 나를 향해 번득였다.

“문 쪽으로 나가다가 돌아보더니 ‘웨이터한테 내 커피 치우지 말라고 하게!’라는 거야. 그러고는 거리로 나갔는데 놈들이 로지의 불룩한 배에 총을 세 방이나 쏘고 자동차로 도망쳐버렸어.”

“그중 네 놈은 전기의자에서 사형되었죠.”

내가 기억을 들추면서 말했다.

“베커 놈하고 합쳐서 다섯이었소.”

그가 흥미 있다는 듯이 나를 보며 코를 실룩거렸다.

"당신이 사업 건수를 찾는다고 들었는데."

'사업'과 '건수'라는 단어가 한꺼번에 튀어나와서 나는 당황했다.

개츠비가 큰 소리로 대신 대답했다.

"아니, 그건 아닙니다. 이 친구는 그 사람이 아니에요."

"그래?"

울프심 씨가 실망스러운 표정을 지었다.

"이분은 그저 친구입니다. 그 일에 대해서는 다른 자리에서 얘기하기로 말씀드렸는데요."

"미안하게 됐소. 내가 잘못 봐서 말이야."

울프심 씨가 말했다.

잘게 썬 고기 요리가 나왔다. 옛 메트로폴을 떠올리며 잠시 감상에 젖었던 울프심 씨는 이내 그 기분을 털어버리고 우걱우걱 먹기 시작했다. 그는 식사를 하면서도 식당 안을 휘둘러보았다. 등을 돌려 바로 뒤에 앉은 사람들까지 훑어보았다. 내가 없었다면 우리가 앉은 식탁 밑까지 살펴보았을 것이다.

"이봐요, 친구."

개츠비가 내 쪽으로 몸을 숙이며 말했다.

"아침에 차 안에서 기분 나쁘지는 않았는지 염려스럽군요."

그는 다시금 특유의 미소를 띠었으나 이번에는 나도 그냥 넘어가지 않았다.

"나는 비밀을 좋아하지 않아요. 왜 직접 부탁하지 않는지 이해할 수 없군요. 어째서 베이커 양한테 들어야 하죠?"

내가 말했다.

"아, 비밀이라고 할 건 없습니다. 베이커 양처럼 훌륭한 운동선수가 옳지 않은 일을 할 리 없고요."

그가 달래듯 말했다. 그러고는 별안간 시계를 보더니 벌떡 일어나 나와 울프심 씨를 두고 급히 식당을 나갔다.

"전화를 걸러 가는 거요."

울프심 씨가 눈으로 그의 뒤를 좇으며 말했다.

"멋진 친구요. 얼굴도 잘생긴 데다 흠잡을 데 없는 신사죠."

"그렇습니다."

"옥스퍼드 출신이오."

"아, 네!"

"저 친구는 영국에 있는 옥스퍼드를 나왔소. 옥스퍼드대학교를 아시오?"

"들은 적이 있습니다."

"세계에서 가장 유명한 대학 중 하나지."

"개츠비하고 알고 지낸 지 오래되셨나요?"

"몇 해 되었소."

그가 흐뭇한 표정으로 대답했다.

"운 좋게 전쟁 직후에 저 친구하고 가까워졌지. 한 시간 정도 얘기하고 나서 교양 있는 사람이라는 것을 알게 되었지. 나는 혼자 속으로 이렇게 생각했소. '집으로 데리고 가서 어머니와 누이동생에게 소개하고 싶군.'"

그는 잠시 하던 말을 끊고 말했다.

"아, 내 커프스단추를 보고 있군요."

나는 그 단추를 보고 있지 않았는데 그 말을 듣고 새삼 보게 되었다. 묘하게 끌리는 상아 단추였다.

"사람의 어금니로 만든 최고급품이오."

그가 설명했다.

"그렇군요!"

나는 자세히 보고 말했다.

"독특한 아이디어네요."

"그렇소."

그는 소매를 번쩍 쳐들었다.

"그래, 개츠비는 여자를 지극히 신중하게 대하죠. 친구 부인도 마주 보지 않는다니까."

본능적으로 신뢰하는 당사자가 돌아와 자리에 앉자 울프심 씨는 커피를 쭉 들이켜고 일어나더니 말했다.

"잘 먹었네. 미움 사기 전에 두 젊은 양반 곁을 떠나야겠군."

"급히 일어나지 않아도 됩니다."

개츠비가 건성으로 말했다. 울프심 씨는 무슨 감사의 기도라도 올리듯 한 손을 쳐들었다.

"말은 고맙지만 난 세대가 달라서 말이야."

그가 숙연하게 말했다.

"자네들은 여기서 계속 얘기나 나누게. 스포츠 얘기도 좋고 젊은 아가씨들 얘기도 좋고. 그리고……."

그는 나머지는 알아서 생각하라는 듯 또 한 번 손을 쳐들었다.

"내 나이 벌써 쉰이야. 성가신 존재가 되고 싶지는 않네."

악수를 하고 돌아설 때 얼핏 보니 슬퍼 보이는 그의 코가 떨리고 있었다. 나는 그가 내 말에 기분이 상해서 그런 건 아닌가 하는 생각이 스쳤다.

"저 양반은 이따금 너무 감상적이죠. 오늘이 바로 그날이에요. 브로드웨이에 살고 있는데 뉴욕에서도 아주 특이한 인물이죠."

개츠비가 일러주었다.

"뭐 하는 분인가요? 배우인가요?"

"아닙니다."

"치과 의사?"

"저 사람이? 천만에! 도박사예요."

개츠비가 잠시 머뭇거리더니 냉정하게 대답했다.

"1919년에 월드시리즈(미국 프로야구 챔피언 결정전—옮긴이)를 매수한 장본인이죠."

"월드시리즈를 매수했다고요?"

나는 상대의 말을 그대로 되물었다.

나는 놀라고 혼란스러웠다. 1919년 월드시리즈에 문제가 있었던 것을 기억한다. 그러나 무슨 어쩔 수 없는 사정에 얽혀 '우연히 일어난' 사건이라고 생각했다. 도둑이 금고를 폭파하듯 어떤 목적을 가지고 한 인간이 5천만 명이나 되는 사람들의 믿음을 제 마음대로 주무를 수 있다고는 꿈에도 생각지 못했다.

"어떻게 그럴 수 있죠?"

잠시 뒤 내가 물었다.

"기회를 잘 잡은 거죠."

"그럼 지금 감옥에 있어야 하지 않나요?"

"절대 잡히지 않아요. 보통 비상한 사람이 아니거든요."

나는 우기듯이 해서 점심값을 냈다. 웨이터가 거스름돈을 가지고 왔을 때 사람들로 빽빽한 방 저편에 있는 톰 뷰캐넌이 보였다.

"잠깐 함께 가시죠. 소개할 사람이 있습니다."

내가 말했다.

우리를 보자마자 톰이 벌떡 일어나 대여섯 걸음 다가왔다.

"어디 가 있었나? 자네한테 전화도 없어서 데이지가 몹시 화나 있다네."

그가 성급하게 다그쳤다.

"이분이 개츠비 씨네. 그리고 이쪽은 뷰캐넌 씨입니다."

두 사람은 가볍게 악수를 했다. 그런데 개츠비의 얼굴이 경직되면서 놀라고 껄끄러운 기색이 역력했다.

"어떻게 된 일이야, 도대체? 이렇게 먼 곳까지 점심을 먹으러 오다니?"

톰이 따지듯 물었다.

"개츠비 씨하고 점심을 같이 했네."

나는 개츠비 쪽을 돌아보았으나 그는 이미 거기 없었다.

1917년 10월 어느 날이었어요…….

(그날 오후 조던 베이커는 플라자 호텔 카페에서 곧은 의자에 꼿꼿한 자세로 앉아 이야기했다.)

나는 보도와 잔디밭을 왔다 갔다 하면서 걷고 있었죠. 잔디 쪽이 더 편했어요. 영국산 구두를 신고 있었는데 부드러운 잔디에 폭신폭신 잘 박히더라고요. 새로 산 체크무늬 스커트도 입고 있었는데 바람이 불면 살짝살짝 펄럭였죠. 그때마다 집집마다 걸린 붉은색, 흰색, 푸른색 깃발들이 쫙 펼쳐지면서 불만스러운 듯 '탓탓탓' 소리를 내는 거예요.

데이지 페이의 집 깃발과 잔디밭이 제일 컸어요. 그때 데이지는 나보다 두 살 많은 열여덟 살이었죠. 루이빌의 모든 아가씨 중에서 데이지는 단연코 가장 인기가 많았어요. 그녀는 하얀 옷을 입고, 하얀 로드스터(두세 명이 타는 오픈카—옮긴이)를 몰고 다녔어요. 온종일 데이지 집으로 전화가 걸려왔죠. 테일러 기지의 젊은 장교들이 그날 밤 데이지를 독차지하려고 안달이었어요. "한 시간이라도 좋습니다."

라면서요.

그날 아침 데이지 집 맞은편 차도에 하얀 로드스터가 서 있었고, 데이지가 처음 보는 중위와 함께 있는 것을 보았어요. 두 사람은 어찌나 서로에게 빠져 있었는지 내가 5피트(약 1.5미터—옮긴이) 앞까지 갔을 때도 눈치 못 채더라고요.

"어머, 조던! 이리 와."

데이지가 놀라 소리쳤어요.

나하고 얘기하고 싶어 하는 것 같아 기분이 좋았어요. 나보다 나이 많은 여자들 중에 데이지를 가장 좋아했거든요. 그녀는 나한테 적십자사로 붕대를 만들러 가는 길이냐고 물었어요. 내가 그렇다고 대답했더니 그날 자기는 못 간다고 전해달라더군요. 데이지가 나한테 말하는 동안에도 그 장교는 계속 그녀를 바라보고 있었어요. 어떤 여자든 단 한 번쯤 그런 눈빛으로 자신을 바라봐주기를 바랄 거예요. 너무 로맨틱하다고 생각했기 때문에 지금까지 그때 일을 기억하고 있죠. 그 장교가 바로 제이 개츠비 씨였어요. 그 후 4년이 넘도록 그를 못 만났죠. 롱아일랜드에서 그를 만났을 때도 같은 사람인 줄 전혀 몰랐어요.

그게 1917년의 일이었어요. 이듬해 나도 애인을 몇 명 사귀었던 데다 골프 시합에 나가기 시작했기 때문에 데이지를 자주 만날 수 없었어요. 그녀는 더 나이 많은 여자들하고 어울려 다녔죠. 그런데 좋지 않은 소문이 돌았어요. 어느 겨울밤, 데이지가 여행 가방을 챙

기다가 어머니한테 들켰대요. 외국으로 떠나는 군인을 배웅하러 뉴욕에 가려고 했다는 거예요. 꼼짝없이 붙들리고 만 그녀는 몇 주일 동안 집안 식구들하고 한마디도 하지 않았대요. 그다음부터 그녀는 군인들을 만나지 않았어요. 절대 군인이 될 수 없는, 평발을 가졌거나 근시가 있는 남자들하고만 어울렸어요.

다음 해 가을쯤 데이지는 예전처럼 다시 쾌활한 아가씨로 돌아왔어요. 휴전(제1차세계대전 휴전 협정일이 1918년 11월 11일이다.—옮긴이) 후 사교계에 진출해 2월에 뉴올리언스 출신의 남자와 약혼했다는 얘기가 돌았는데, 6월에 시카고의 톰 뷰캐넌과 결혼했어요. 루이빌이 생긴 후 처음 보는 성대한 결혼식이었죠. 신랑은 차 네 대에 1백여 명을 태우고 와서 실바크 호텔 한 층을 통째로 빌렸죠. 결혼식 전날 그 사람은 데이지에게 35만 달러짜리 진주 목걸이를 선물했어요.

나는 신부 들러리를 섰어요. 피로연이 열리기 30분 전에 신부 방에 가봤는데 데이지가 꽃으로 장식된 드레스를 입고 6월 밤처럼 아름답게 침대에 누워 있는 거예요. 그런데 술에 잔뜩 취해 있었어요. 한 손에는 소테른(화이트와인의 한 종류—옮긴이) 병을, 또 한 손에는 편지를 들고 있었어요.

"축복해줘. 술이라고는 한 모금도 마셔본 적 없는데 기분이 참 좋네."

이렇게 중얼거리더군요.

"왜 그래, 데이지?"

나는 덜컥 겁이 나더라고요. 정말이지 그렇게 취한 여자를 본 적이 없었거든요.

“자, 이거.”

데이지가 침대 위에 놓인 휴지통에서 진주 목걸이를 꺼냈어요.

“이거 갖고 가. 아래층에 가서 누구 건지 몰라도 돌려줘. 사람들한테 데이지 마음이 변했다고 전해줘. 데이지 마음이 변했다고.”

데이지는 울음을 터뜨렸는데 대성통곡 수준이었어요. 도무지 울음을 그치지 않는 거예요. 나는 뛰어나가 데이지 어머니의 하녀를 찾아 데리고 왔어요. 둘이 문을 잠그고 데이지를 욕조 찬물에 넣었어요. 그런데 편지를 꽉 쥐고 놓지를 않는 거예요. 기어이 욕조 물에 담그더니 덩어리로 만들어 눈송이처럼 조각조각 흩어지고 나서야 비눗갑에 놓는 거예요.

그다음부터 데이지는 한마디도 하지 않았어요. 암모니아 냄새를 맡게 한 다음 이마에 얼음주머니를 얹어주고 드레스 호크를 다시 채워 제대로 입혔죠. 30분이 지나 우리는 방에서 나왔는데, 진주 목걸이는 그녀의 목에 걸려 있었고 잠깐의 소동으로 끝났죠. 이튿날 5시에 데이지는 전혀 떨지 않고 톰 뷰캐넌과 결혼식을 올린 다음 남태평양으로 석 달 동안 여행을 떠났어요.

여행에서 돌아온 그들을 산타바버라에서 만났는데, 나는 남편한테 그렇게 푹 빠진 여자도 처음 봤어요. 남편이 잠깐이라도 안 보이면 불안한 눈빛으로 사방을 두리번거리면서 “톰 어디 갔어?”라고 찾는 거예요. 남편이 문 앞에 나타날 때까지 넋 빠진 여자처럼 굴었어요. 모래밭에 앉아 남편의 머리를 자기 무릎에 올리고 한 시간이 넘도록 눈가를 쓰다듬으면서 좋아서 어쩔 줄을 모르는 거예요. 둘이 같이 있는 모습은 아주 가슴이 찌르르할 정도로 감동적이었죠. 그 모습에 폭 빠져 절로 웃음을 띠게 되었죠. 그때가 8월이었는데, 내가 산타바버라를 떠난 지 일주일째 되던 날 톰의 자동차가 벤투라 가도에서 왜건과 충돌했어요. 톰의 자동차 앞바퀴가 빠지고 말았죠. 함께 타고 있던 여자도 신문에 났어요. 한쪽 팔이 부러졌거든요. 그녀는 산타바버라 호텔의 메이드였어요.

이듬해 4월에 데이지는 딸을 낳았어요. 그들은 1년 동안 프랑스에 머물렀어요. 봄에 칸에서 그들을 만났고, 도빌에서도 만났어요. 그러고 나서 그들은 시카고에 돌아와 정착했죠. 알다시피 데이지는 시카고에서 인기가 많았어요. 두 사람은 놈팡이들과 어울렸는데, 하나같이 젊고 부자에 과격한 사람들이었죠. 하지만 데이지는 끝까지 품위를 떨어뜨리지 않았어요. 술을 마시지 않았기 때문이죠. 주당들 틈에서 술을 마시지 않는다는 것은 큰 장점이에요. 말실수를 할 일도 없고 때를 잘 맞춰서 일탈할 수도 있고요. 사람들이 잔뜩 취해서 전혀 눈치 못 채거나 신경도 쓰지 않을 때를 골라서 말이죠. 데이지는 바람 같은 거 피울 생각도 하지 않을 거예요. 하지만 데이지의 목소리가 무언가 심상치 않았어요…….

그런데 6주일 전쯤 데이지는 몇 년 만에 개츠비 씨의 이름을 들은 거예요. 내가 당신한테 물어봤던 거 생각나세요? 웨스트에그에 사는 개츠비 씨를 아느냐고 물었잖아요. 당신이 가고 나서 데이지가 내 방에 들어와 나를 깨우더니 "그 개츠비가 어떤 개츠비야?"라고 묻는 거예요. 잠이 덜 깬 상태에서 어떤 사람이라고 말해줬어요. 그러자 데이지가 기이한 투로 자기가 아는 사람이 틀림없다고 말했어요. 그때부터 오래전 하얀 자동차에 데이지와 함께 타고 있던 장교를 개츠비 씨와 관련 지어 생각하게 되었어요.

조던 베이커가 이야기를 끝마쳤을 때는 벌써 플라자 호텔을 나온 지 30분이 지난 다음이었고, 빅토리아 마차를 타고 센트럴파크를 지나고 있었다. 해는 벌써 서부 50번가, 영화배우들이 많이 사는 고층 아파트 너머로 기울었다. 풀숲 귀뚜라미들처럼 어린아이들의 해맑은 목소리가 무더운 땅거미 속으로 높게 울려 퍼졌다.

나는 아라비아의 족장.
당신은 나의 사랑.
당신이 잠든 밤이면
당신의 텐트로 나는 기어들리라…….

"뜻밖의 우연이네요."
내가 말했다.
"우연의 일치가 아니었어요."

"그럼 뭐죠?"

"개츠비는 일부러 만 건너편 집을 산 거예요. 맞은편에 데이지가 산다는 것을 알고 말이죠."

그렇다면 그날, 6월 어느 날 밤에 그가 보았던 것은 별만이 아니었던 것이다. 덧없이 화려하기만 했던 장막을 뚫고 그의 모습이 생생하게 떠올랐다.

조던이 다시 말을 이었다.

"개츠비 씨는 말이죠, 당신이 데이지와 함께 자신을 집으로 초대해주기를 바라고 있어요."

나는 그의 부탁이 너무나 소박해 적이 감동했다. 그는 5년을 기다려 저택을 사고 제 마음대로 날아든 하루살이들에게 기꺼이 별빛을 나눠주었다. 그리고 정작 자신은 어느 날 오후에 남의 집 정원에서 자신을 '불러주기'만을 바랐던 것이다.

"일일이 설명하지 않아도 그런 부탁쯤은 할 수 있었을 텐데요."

"자기 딴에는 겁이 났던 거예요. 너무 오랜 세월을 기다리기만 했거든요. 또 당신이 기분 상하지 않을까 걱정한 거죠. 그러면서도 이 일에 대한 의지가 강해요."

나는 왠지 마음이 개운치 않았다.

"그는 왜 당신한테 직접 만나게 해달라고 부탁하지 않는 거죠?"

"데이지에게 자기 집을 보여주고 싶기 때문이죠. 마침 당신 집이 바로 이웃이잖아요."

조던이 설명했다.

"그렇군요!"

"한 번쯤은 자기 집 파티에 데이지가 우연히 나타나지 않을까 어렴풋이 기대했나 봐요."

그녀가 계속 말했다.

"그러나 한 번도 나타나지 않았어요. 그래서 그는 별 뜻 없다는 듯이 사람들에게 데이지를 알고 있는지 묻기 시작했어요. 그러다 맨 처음 눈에 띈 사람이 나였죠. 그의 집에서 댄스파티를 구경하던 그날 밤 나를 따로 불렀잖아요. 그는 정말이지 실수하는 게 아닐까 전전긍긍하며 조심스럽게 말을 꺼내더군요. 물론 나는 당장 귀띔해줬어요. 뉴욕에서 점심 식사에 초대하라고요. 그 말을 듣더니 펄쩍 뛰면서 '저는 상식적이지 않은 방식은 싫습니다. 그저 이웃집에서 만나고 싶을 뿐이에요'라더군요. 당신이 톰과 친하다고 하니까 그는 모든 계획을 접으려고 했어요. 그는 톰에 대해 아는 것이 별로 없었어요. 데이지의 이름을 볼 수 있을까 하는 마음에 몇 년 동안 계속 시카고 신문을 읽었다면서도 말이죠."

벌써 날이 저물었다. 작은 다리 아랫길로 빠져나갈 때 나는 조던의 황금빛 어깨를 바짝 끌어당기면서 함께 저녁을 먹자고 청했다. 어느덧 데이지와 개츠비는 머릿속에서 사라지고 없었다. 이제 깔끔하고 쌀쌀맞으며 편협한 여자, 기분 좋게 내 팔에 기대고 있는 이 여자가 내 머릿속을 온통 지배했다. 한껏 들뜬 내 귓가를 울리는 구

절이 있었다. '쫓기는 자와 쫓는 자, 분주한 자와 지친 자가 있을 뿐이다.'

"어쨌든 데이지의 삶에도 뭔가가 필요해요."

조던이 중얼거렸다.

"데이지는 개츠비 씨를 만나고 싶어 하나요?"

"데이지는 이 사실을 아직 모르고 있어요. 개츠비 씨는 데이지가 아는 것을 원하지 않아요. 그저 그녀를 차 모임에 초대하기만 하면 돼요."

어둠 속에서 장벽처럼 서 있는 나무들을 지나니 59번가 어귀의 공원으로 아늑하고 희미한 불빛이 비쳐 드는 것이 보였다. 개츠비나 톰과 달리 나에게는 어두운 처마 밑이나 어지럽게 번쩍이는 간판 언저리를 따라 아련히 떠오르는 얼굴이 없었다. 그래서 나는 내 곁에 있는 그녀를 힘주어 끌어당겼다. 그녀가 핏기 없는 입술로 조금 비웃는 듯한 미소를 짓자 이번에는 내 얼굴 쪽으로 더욱 바짝 끌어당겼다.

제5장

그날 밤 웨스트에그의 집으로 돌아왔을 때 나는 한순간 집에 불이라도 난 줄 알았다. 새벽 2시에 웨스트에그 한쪽 모퉁이가 환했던 것이다. 관목 숲으로 비쳐 든 불빛은 그야말로 환상적이었으며 길가 전선에도 가느다란 불빛을 드리웠다. 나는 모퉁이를 돌아서고 나서야 그것이 집 꼭대기부터 지하실까지 온통 불을 밝힌 개츠비의 집이라는 것을 알았다.

처음에 나는 또 파티를 하나 생각했다. 떠들썩한 파티 끝에 '숨바꼭질'이나 '상자 속의 정어리 놀이'(비좁은 공간에 될 수 있는 한 많이 들어가는 놀이—옮긴이)를 하려고 집 전체를 놀이터로 개방한 줄 알았다. 그러나 주위가 조용했다. 그저 나무를 스치는 바람 소리뿐이었다. 바람에 전깃줄이 흔들리면 마치 집이 어둠을 향해 윙크라도 하듯 불빛이 깜박거렸다. 내가 타고 온 택시가 부릉거리며 떠날 때 개츠비가 자기 집 잔디밭을 건너오는 것이 보였다.

"당신 집은 마치 세계박람회장 같군요."

내가 말했다.

"그런가요?"

그가 무심히 자기 집을 돌아보았다.

"지금까지 방을 좀 둘러보고 있었어요. 우리 코니아일랜드(브루클린 남쪽 해안에 있는 유원지—옮긴이)에 갑시다. 내 차로요."

"너무 늦었습니다."

"그럼 수영장에 뛰어들어보지 않겠습니까? 여름 내내 한 번도 들어가지 않았거든요."

"난 좀 자야겠어요."

"그래요. 할 수 없군요."

그가 초조한 마음을 간신히 억누르며 나를 바라보았다.

"조던 베이커한테 얘기 들었어요."

잠시 후 내가 말을 이었다.

"내일 데이지에게 전화를 걸어 우리 집에서 차나 한잔하자고 할 겁니다."

"아, 그거 잘됐습니다."

그는 자못 태연하게 말했다.

"당신에게 부담 주고 싶지는 않습니다."

"언제가 좋을까요?"

"당신은 언제가 좋습니까?"

그가 오히려 되묻더니 또다시 "부담 주고 싶지 않습니다. 정말이에요."라고 했다.

"모레는 어떠세요?"

그는 잠시 생각하더니 만족스럽지 않은 듯 말했다.

"그날은 잔디를 깎아야 해요."

우리 둘 다 잔디밭을 내려다보았다. 제멋대로 자란 우리 집 잔디와 손질이 잘된 짙은 빛깔의 그의 집 넓은 잔디밭이 뚜렷하게 나뉘어 있었다. 나는 그가 우리 집 잔디밭을 두고 한 말이 아닌가 생각했다.

"또 한 가지 의논할 게 있습니다."

그가 모호하게 말을 꺼내더니 망설였다.

"그럼 이틀이나 사흘 뒤에 할까요?"

"아니, 그게 아닙니다. 최소한……."

그는 명확하게 얘기하지 못하고 계속 꾸물거렸다.

"저, 생각해봤는데……, 그러니까 당신은 많이 버는 것 같지 않아서 말입니다."

"네, 많이 벌지는 못합니다."

내 말에 마음이 놓이는지 그가 용기를 내어 말했다.

"네, 그런 듯해서 말입니다. 실례했다면 부디 용서하세요. 아시다시피 나는 부업으로 작은 사업을 하고 있어요. 그래서 생각해봤는데 당신이 많이 벌지 못한다면……. 증권 매매를 하신다고요?"

"그렇습니다."

"그렇다면 당신한테 흥미로운 일이 될 겁니다. 시간도 많이 들지 않으면서 수입이 꽤 괜찮은 편이거든요. 웬만큼 비밀로 해야 하는 일이기는 합니다만."

다른 상황에서 그 얘기를 들었다면 이 일이 내 인생에서 큰 위기를 맞이하는 계기가 되었을지 모른다. 그러나 이 제안은 명백하게 내가 그의 부탁을 들어준 데 대한 보답이었기에 나는 그 자리에서 바로 거절할 수밖에 없었다.

"나는 지금 하는 일만 해도 벅찹니다. 고맙지만 다른 일을 하기는 힘들 것 같군요."

나는 그렇게 말했다.

"울프심과 거래하는 일이 아닙니다."

그는 내가 점심을 먹을 때 '사업 건수'라는 말이 나온 것을 떠올리고 피하려 한다고 생각하는 모양이었다. 나는 그 때문이 아니라고 분명히 말했다. 그는 내가 무슨 말인가 하기를 기다렸다. 그러나 내가 이미 다른 일에 온통 정신을 빼앗기고 있는 터라 그는 마지못해 집으로 돌아갔다.

그날 저녁 나는 마음이 홀가분하고 행복했다. 집 현관을 들어서면서 깊은 잠 속으로 걸어 들어가는 듯했다. 나는 개츠비가 코니아일랜드로 갔는지 또는 요란하게 불을 밝히고 몇 시간이나 더 방을 살펴보았는지 통 알 수 없었다. 이튿날 아침 나는 사무실에서 데이지에게 전화를 걸어 차를 마시러 오라고 했다.

"톰은 오지 않는 게 좋겠다."

나는 그녀에게 주의를 주었다.

"뭐라고요?"

"톰은 데려오지 말라고."

"톰이라뇨? 누구 말이에요?"

데이지가 천연덕스럽게 물었다.

차를 마시기로 한 날, 비가 억수같이 쏟아졌다. 11시가 되자 비옷을 걸친 사내가 잔디 깎는 기계를 끌고 와서 우리 집 문을 두드리고는 개츠비 씨가 이 집 잔디를 깎으라고 했다는 것이었다. 그 순간 나는 핀란드인 가정부에게 다시 와달라고 이른다는 것을 깜박했다는 것을 깨달았다. 나는 차를 몰고 웨스트에그 중심가로 가서 빗물에 씻긴 어느 골목에서 가정부를 찾아내고 찻잔과 레몬, 그리고 꽃을 샀다.

꽃은 살 필요 없었다. 2시가 되자 개츠비의 집에서 온실을 통째로 옮겨온 듯 엄청나게 많은 화분이 도착했기 때문이다. 그로부터 한 시간 뒤 현관문이 벌컥 열리면서 개츠비가 하얀 플란넬 양복에 은색 와이셔츠와 금색 넥타이 차림으로 급히 들어왔다. 얼굴은 창백했고 간밤에 잠을 못 이룬 듯 눈 밑에 다크서클이 내려와 있었다.

"준비는 다 되었나요?"

그가 들어서면서 그것부터 물었다.

"잔디는 보기 좋게 잘 손질되었습니다."

"잔디라니요?"

그가 멍한 표정으로 묻더니 이내 덧붙였다.

"아, 잔디 말이군요."

그는 창밖을 바라보았지만 표정으로 보아 뭔가가 눈에 들어오는 것 같지 않았다.

"아주 좋군요."

그가 흐리터분하게 말했다.

"신문을 보니 4시쯤 비가 그칠 것 같다더군요. 〈더 저널〉이었던 것 같은데. 다 준비되었나요? 차를 마시려면 말입니다."

나는 그를 식료품실로 데리고 갔다. 그는 못마땅한 눈빛으로 핀란드인 가정부를 바라보았다. 우리는 식료품점에서 배달된 레몬 케이크 12개를 조목조목 살펴보았다.

"이 정도면 될까요?"

내가 물었다.

"그럼요! 물론입니다. 아주 좋아요!"

그러고는 공허한 목소리로 덧붙였다.

"……친구."

3시 30분쯤 빗줄기가 잦아들면서 축축한 안개로 변했다. 간간이 작은 물방울이 이슬처럼 흩날렸다. 개츠비는 허탈한 표정으로 헨리 클레이가 쓴 《경제학》을 보고 있었다. 그러다 핀란드인 가정부가 부엌에서 마룻바닥을 차면서 걷는 소리에 흠칫하는가 하면, 밖에서 놀랄 만한 사건이 일어나고 있기나 한 것처럼 흐릿한 창을 가끔씩 바라보았다. 결국 그는 일어나 희미한 목소리로 집으로 돌아가야겠다고 말했다.

"왜 그러세요?"

"오지 않는군요. 너무 늦었어요!"

그는 다른 급한 약속이라도 있는 듯 손목시계를 보았다.

"하루 종일 기다릴 수는 없어요."

"바보처럼 굴지 말아요! 아직 4시 2분 전입니다."

마치 내가 찍어 누르기라도 한 것처럼 그가 참담한 표정으로 주저앉았다. 바로 그때 우리 집 좁은 길로 들어서는 자동차 소리가 들렸다. 우리 둘 다 벌떡 일어났다. 나는 조금 얼떨떨한 기분으로 마당에 나갔다.

커다란 오픈카가 물방울이 떨어지는 라일락 나무 밑을 지나 차도를 달려오고 있었다. 라벤더색 삼각모자를 쓰고 고개를 갸울이고 있는 데이지가 밝고 들뜬 미소를 띠며 나를 바라보았다.

"여기가 정말 오빠가 사는 곳이에요?"

그녀의 목소리가 생동감 있게 흐르는 물결처럼 빗속에서 강하게 울렸다. 나는 뭐라고 말하기 전에 잠시 오르락내리락하는 그 목소리를 듣고 있을 수밖에 없었다. 젖은 머리카락 한 가닥이 푸른 물감으로 그린 듯 그녀의 뺨에 흘러내려 있었다. 차에서 내리는 그녀를 부축하며 잡은 손은 빗물에 젖어 윤기가 흘렀다.

"나를 사랑하세요? 아니면 왜 혼자 오라고 한 거예요?"

데이지가 내 귀에 대고 속삭이듯 말했다.

"그건 랙렌트 성(19세기 마리아 에지워스가 쓴 소설로 상대가 쓸데없는 말을 할 때 쓰는 풍자—옮긴이)의 비밀이지. 운전기사한테 한 시간쯤 있다 오라고 해."

"퍼디, 한 시간 뒤에 오세요."

그러고는 정색하며 중얼거렸다.

"저 사람 이름이 퍼디예요."

"휘발유가 그 친구의 코를 어떻게 한 모양이지?"

"그건 아닐 거예요. 그런데 그건 또 왜요?"

데이지가 천진난만하게 말했다.

우리는 안으로 들어갔다. 그러나 놀랍게도 거실에 아무도 없었다.

"거참, 희한하네."

내가 소리쳤다.

"뭐가요?"

그때 현관문을 점잖게 두드리는 소리가 들리자 데이지가 고개를 돌렸다. 내가 나가서 현관문을 열었다. 개츠비가 죽은 사람 모양 하얗게 질려서 아령을 든 것처럼 주먹을 윗옷 호주머니에 찔러 넣고, 애달픈 시선으로 나와 눈을 맞추며 물구덩이 속에 서 있었다.

그는 여전히 두 손을 호주머니에 넣은 채 말없이 나를 지나 걸어가더니 그에게 매달린 줄을 누가 잡아당기기라도 한 듯 홱 돌아서 거실로 사라졌다. 그러나 그 모습이 조금도 우스꽝스럽지 않았다.

나는 가슴이 고동치는 것을 느끼며 점점 세차게 쏟아지는 빗물이 들이치지 않도록 현관문을 닫았다.

한순간 아무런 기척도 나지 않았다. 이윽고 거실에서 숨죽인 중얼거림과 가벼운 웃음소리가 들렸다. 그런 다음 일부러 또랑또랑하게 말하는 듯한 데이지의 목소리가 들렸다.

"다시 뵙게 돼서 정말 기뻐요."

그러고는 아무 말도 들리지 않았다. 끔찍한 침묵의 순간이었다. 나는 복도에서 딱히 할 일이 없어서 거실로 들어갔다.

개츠비는 여전히 두 손을 호주머니에 찔러 넣은 채 벽난로에 몸을 기대고 있었는데 너무너무 편하다 못해 지루하다는 듯한 태도를 꾸며내고 있었다. 벽난로 위의 고장 난 시계 글자판에 뒤통수가 닿을 정도로 머리를 한껏 뒤로 젖히고 있었다. 이런 자세로 그는 데이지를 내려다보고 있었다. 놀란 와중에도 우아한 모습을 잃지 않고 딱딱한 의자 한 귀퉁이에 앉아 있는 데이지를 어쩔 줄 모르는 눈빛으로 보고 있었던 것이다.

"우리 전에 만난 적이 있습니다."

개츠비가 나지막이 말했다. 그는 한순간 나를 흘끗 보았다. 웃어 보이려 한 것 같았는데 정작 입술이 제대로 벌어지지 않았다. 다행히 그때 머리로 누르고 있던 시계가 갸우뚱하자 그는 돌아서서 떨리는 손으로 시계를 잡아 똑바로 세웠다. 그제야 그는 굳은 자세로 소파에 앉아 팔걸이에 팔꿈치를 대고 손으로 턱을 괴었다.

"시계를 건드려 죄송하군요."

그가 말했다.

나는 얼굴이 화끈 달아올랐다. 머릿속에는 수도 없이 많은 말들이 맴돌았지만 일상적인 말 한마디 튀어나오지 않았다.

"낡은 시계인데요, 뭐."

나는 바보처럼 두 사람을 보고 말했다.

그때 우리 셋 모두 잠시 시계가 바닥에 떨어져 산산이 부서졌다고 생각한 듯했다.

"몇 년 만이군요."

데이지가 말했다. 그녀는 가능한 무심한 투로 말했다.

"오는 11월이면 5년이 되는군요."

기계적으로 튀어나온 개츠비의 대답 이후 우리는 또 한 번 침묵에 빠졌다. 나는 부엌에 가서 차 준비를 도와달라고 해야겠다는 생각을 해내고 그렇게 말했다. 그런데 두 사람이 일어난 순간 핀란드인 가정부가 마녀처럼 차 쟁반을 들고 들어왔다.

찻잔과 케이크를 받으면서 자연스럽게 예의를 갖추게 되었다. 개츠비가 그늘진 자리에 가서 앉아 나와 데이지가 얘기하는 모습을 긴장되고 침울한 시선으로 유심히 바라보았다. 그러나 말없이 있으려고 만난 것이 아니었기 때문에 나는 첫 번째 기회를 봐서 대충 둘러대고 자리에서 일어났다.

"어디 가시려고요?"

개츠비가 놀라서 물었다.

"곧 올 겁니다."

"가시기 전에 말씀드릴 것이 있습니다."

그가 나를 쫓아 후다닥 부엌으로 들어오더니 문을 닫고 나지막이 중얼거렸다.

"아, 정말!"

참담한 목소리였다.

"왜 그러세요?"

"큰 실수를 했어요. 큰 실수요. 아주 큰 실수."

그가 고개를 저으며 말했다.

"아니, 그저 당황한 것뿐입니다. 별일은 없습니다. 데이지도 당황하고 있던데요."

다행히 나는 적당히 대꾸했다.

"그녀가 당황하고 있다고요?"

그는 곧이들리지 않는다는 듯이 내 말을 되뇌었다.

"당신처럼 말입니다."

"목소리 좀 낮춰요. 다 들리겠어요."

"꼭 어린애처럼 구는군요."

나는 참다못해 핀잔을 주었다.

"더구나 무례한 거 아닙니까? 지금 데이지 혼자 있잖아요."

그가 손을 들어 내 말을 가로막고 영영 잊을 수 없는 원망 어린 눈초리로 나를 바라보더니 슬며시 문을 열고 거실로 들어갔다.

30분 전에 개츠비가 애를 태우며 집을 한 바퀴 돌았을 때처럼 나는 뒷길로 나가 검게 옹이가 진 커다란 나무 아래로 뛰어갔다. 무성한 잎이 지붕처럼 비를 막아주고 있었다. 비가 또다시 세차게 퍼부었다. 들쑥날쑥하던 우리 집 잔디는 개츠비네 정원사 덕택에 매끈하게 다듬어져 있었지만 작은 흙구덩이와 선사시대의 늪 같은 진창이 군데군데 패어 있었다. 이 나무 밑에서 보이는 것이라고는 개츠비의 거대한 저택뿐이었다. 나는 30분 동안 칸트가 교회 첨탑을 보듯 그의 집을 바라보았다. 그 집은 10년 전 어느 양조업자가 당시 유행에 맞춰 지었다고 했다. 그는 이웃의 작은 집 주인들에게 지붕을 짚으로 인다면 5년치 세금을 자신이 대신 치르겠다고 했단다. 그러나 이웃 사람들이 그의 제의를 거절하자 '한 가문을 세우고자' 했던 계획은 좌절되었고 그 후 가운이 기울고 말았다. 그가 죽고 그의 자손들은 문에 걸려 있던 검은 장의 화환을 떼지도 않고 그 집을 팔아버렸다. 미국 사람들은 자립적인 농민이 되고자 하면서도 한편으로는 고집스럽게 소작농으로 남고자 했던 것이다.

30분쯤 지나자 다시금 해가 났다. 식료품점의 차가 하인들이 먹을 저녁 식사 재료를 싣고 개츠비네 집 차도를 올라왔다. 분명 개츠비는 그 음식을 한 숟가락도 입에 대지 않을 듯했다. 가정부 하나가 그의 집 위층 창문을 열기 시작했다. 창문마다 잠깐씩 나타났다 사라지더니 중앙의 큰 내닫이창으로 몸을 쑥 내밀고 뭔가 생각하는 듯하더니 정원에 침을 탁 뱉었다. 슬슬 돌아갈 시간이 되었다. 끊임 없이 내리는 빗소리가 감정에 따라 솟구쳤다가는 다시 가라앉곤 하는 두 사람의 목소리 같았다. 비가 그치면서 빗소리도 멈추자 집 안 역시 정적에 휩싸인 듯했다.

나는 집 안으로 들어갔다. 난로를 넘어뜨리지 않았을 뿐 부엌에서 야단법석을 떨면서 시끌벅적하게 들어갔다. 그러나 그들은 아무 소리도 못 들은 모양이었다. 소파 양 끝에 앉아 서로 마주 보고 있었다. 뭔가를 물어보았거나 혹은 물어보는 중이었던 듯 내가 나가기 전의 당황하던 모습은 온데간데없었다. 데이지의 얼굴에는 눈물 자국이 가득했다. 내가 들어가자 황급히 일어나 거울 앞으로 가서 손수건으로 눈물 자국을 닦았다. 그러나 개츠비는 깜짝 놀랄 만큼 다른 모습으로 앉아 있었다. 그야말로 환한 빛을 뿜어내고 있었다. 기뻐서 어쩔 줄 모르는 것은 아니었으나 새로운 행복을 뿜어내 온 방 안을 가득 채운 듯했다.

"아, 오셨군요."

그는 몇 년 못 본 사람처럼 말했다. 한순간 나는 그가 악수를 하려는 줄 알았다.

"비가 그쳤어요."

"그래요?"

그제야 반짝이는 물방울처럼 햇살이 방 안으로 비쳐 드는 것을 깨달은 그는 다시 떠오른 햇빛에 들뜬 기상 캐스터처럼 환하게 웃으며 데이지에게 그 소식을 되뇌었다.

"어때요? 비가 그쳤어요."

"기뻐요, 제이."

애달프고 아름다운 데이지의 목소리는 기대하지 않았던 뜻밖의 기쁨에 들떠 있는 듯했다.

"당신과 데이지, 두 분을 우리 집으로 모시고 싶습니다. 데이지에게 집을 보여주고 싶어요."

개츠비가 말했다.

"나도 말인가요?"

"물론이죠."

데이지가 세수를 하러 위층으로 올라갔다. 나는 아침에 쓰고 내버려둔 지저분한 수건이 떠올라 창피한 생각이 들었으나 이미 어쩔 수 없었다. 그동안 개츠비와 나는 잔디밭으로 나가서 기다렸다.

"우리 집 멋지지 않나요? 그렇죠?"

그가 물었다.

"전면 가득 햇볕이 드는 것 좀 보십시오."

나는 근사한 집이라는 데 기꺼이 동의했다.

"그래요. 저 집을 사기까지 꼭 3년이 걸렸습니다."

그는 아치문과 네모난 탑까지 하나하나 훑으며 말했다.

"유산을 상속받은 줄 알았는데요."

"상속받았죠."

그가 기계적으로 대꾸했다.

"그러나 대공황 때 거의 다 잃었어요. 전쟁의 공황 말입니다."

그는 자신이 무슨 말을 하고 있는지도 모르는 듯했다. 왜냐하면 내가 무슨 사업을 했느냐고 물었을 때 "그건 내 문제입니다."라고 대답했던 것이다. 잠시 뒤 그는 엉뚱한 대답을 했다는 것을 알아채고 "뭐, 이런저런 사업을 했습니다."라고 다시 말했다.

"약국과 석유 사업을 했죠. 하지만 지금은 모두 접었습니다."

그는 나를 좀더 유심히 쳐다보며 말했다.

"일전에 제안했던 일에 대해 생각 좀 해보셨습니까?"

내가 미처 대답하기 전에 데이지가 밖으로 나왔다. 두 줄로 나란히 달린 드레스 주석 단추가 햇빛에 반짝거렸다.

"저기 저 큰 저택이에요?"

데이지가 손짓하며 소리쳤다.

"마음에 드나요?"

"네, 정말 근사해요. 그런데 저기에서 어떻게 혼자 사는지 모르겠군요."

"저 집에는 밤낮으로 재미있는 사람들이 모여듭니다. 흥미로운 일에 종사하는 유명 인사들이죠."

우리는 해안 쪽 지름길로 가지 않고 도로 쪽으로 내려가 커다란 뒷문으로 들어갔다. 데이지는 황홀한 듯 작은 목소리로 허공에 우뚝 솟은 봉건시대풍 건물 외곽을 보며 요모조모 찬사를 늘어놓았다. 정원을 둘러보며 노란 수선화의 진한 향, 산사나무와 자두꽃의 얕은 향기, 제비꽃 향기에 감탄했다. 그런데 기이하게도 대리석 층계까지 가는 동안 문 안팎에 화려한 드레스 자락을 끌고 다니는 그림자 하나 보이지 않았다. 그저 나무에 앉아 지저귀는 새소리 말고 아무 소리도 들리지 않았다.

집 안으로 들어가서 마리 앙투아네트 양식의 음악실과 왕정복고 시대 양식의 객실을 천천히 걸으면서 나는 우리가 지나갈 때까지 숨죽이고 있으라는 분부를 받고 손님들이 소파와 탁자 뒤에 숨어 있는 게 아닌가 하는 생각마저 들었다. 개츠비가 '머턴칼리지 도서관'(옥스퍼드대학교의 단과대학으로 그 도서관 이름을 본딴 것이다.—옮긴이) 문을 닫았을 때 나는 "으흐흐!" 하는 그 올빼미 눈 사나이의 귀신같은 웃음소리를 들었다고 맹세할 수도 있을 것 같았다.

우리는 위층으로 올라갔다. 장밋빛과 라벤더 빛깔의 비단으로 장식하고 신선한 꽃으로 꾸며 살아 숨 쉬는 듯한 고풍스러운 침실들, 드레스룸과 당구장, 그리고 바닥을 파서 욕조를 설치한 욕실을 구경한 다음 어느 방으로 불쑥 들어갔다. 그곳에는 한 남자가 헝클어진 머리에 잠옷 바람으로 운동을 하고 있었다. 그는 일명 '하숙생'으로 불리는 클립스프링어였다. 나는 그날 아침 멍하니 해변을 헤매 다니는 그를 보았다. 이윽고 우리는 침실과 욕실, 애덤식(애덤은 영국의 건축가이자 가구 설계가—옮긴이) 서재가 딸린 개츠비의 방에 다다랐다. 그 방에서 우리는 개츠비가 벽장에서 꺼내온 샤르트뢰즈(프랑스산의 달콤하고 향기 좋은 와인—옮긴이)를 한 잔씩 마셨다.

개츠비는 단 한 번도 데이지에게서 눈을 떼지 않았다. 그는 그녀가 어여쁜 눈으로 어떻게 바라보는지에 따라 자기 집이며 물건들을 다시 평가하는 것 같았다. 또한 그는 데이지가 뜻밖에도 눈앞에 나타난 이상 그 어떤 물건도 실제로 존재하는 게 아니라는 듯 자신의 물건들을 멍하니 바라보았다. 오죽하면 자칫하다 계단에서 굴러떨어질 뻔했다.

순금 화장 도구가 놓인 화장대를 제외하면 그의 침실은 어느 방보다 간소했다. 데이지는 기쁜 듯이 빗으로 머리를 빗었다. 개츠비는 앉아서 눈을 가리고 웃었다.

"정말 재미있네요. 나는 할 수 없어요. 하려고 해도……."

그가 쾌활하게 말했다.

그는 두 번째 단계를 지나 세 번째 단계로 접어들고 있는 게 분명했다. 첫 번째는 당황하고 두 번째는 기뻐서 어쩔 줄을 모르다가 지금은 데이지가 거기에 있다는 사실에 얼이 빠진 것이다. 그는 참으로 오랫동안 그 일만 생각해왔으며 처음부터 끝까지 그 일만 꿈꿨다. 상상도 못 할 만큼 가슴 졸이며 이때를 기다린 것이다. 지금은 너무 세게 죄었던 시계태엽이 반작용의 힘으로 풀리고 있었다.

그는 다시 마음을 추스르고 우리에게 커다란 옷장 2개를 열어 보였다. 거기에는 양복과 실내복, 넥타이, 와이셔츠 들이 가득했다.

"옷은 주로 영국에서 사오죠. 그것을 전담해주는 사람이 영국에 있어요. 봄가을로 옷을 골라 보내오죠."

그는 쌓아놓은 와이셔츠를 하나씩 우리 앞에 던졌다. 얇은 리넨 셔츠, 두툼한 실크 셔츠, 고급 플란넬 셔츠가 펼쳐진 채 다채로운 색깔로 탁자 위에 떨어졌다. 우리가 감탄하자 그는 더 많이 끄집어 냈다. 부드럽고 값비싼 셔츠가 더욱 높이 쌓였다. 산호빛, 푸른 사과빛, 라벤더색, 그리고 옅은 오렌지색 줄무늬, 소용돌이무늬와 창살무늬 셔츠 들인데 모두 남색으로 그의 이름 첫자가 박혀 있었다. 그때 데이지가 셔츠 더미에 털썩 얼굴을 묻고 엉엉 울기 시작했다.

"정말 아름다운 셔츠네요. 너무너무 슬퍼요. 이렇게 아름다운 셔츠를 본 적이 없어요."

그녀의 울음소리가 겹겹이 쌓인 셔츠에 묻혔다.

집 안을 구경하고 나서 우리는 대지를 둘러보고 수영장, 수상비행기와 한여름에 핀 꽃을 보기로 했다. 그러나 창밖으로 다시 비가 쏟아지는 것이 보였다. 그래서 우리는 나란히 서서 파도치는 해협을 바라보았다.

"안개가 끼지 않았다면 만 건너로 당신의 집이 보였을 겁니다. 그쪽 부두 끄트머리에 밤새도록 초록 불빛이 반짝이더군요."

개츠비가 말했다.

데이지가 갑자기 개츠비의 팔에 자신의 팔을 끼었으나 그는 자신의 말에 빠져 있는 듯했다. 어쩌면 그 불빛이 지니고 있던 거대한 의미가 이제 영영 사라지고 말았다는 생각을 했는지 모른다. 데이지와 사이에 놓인 그 먼 거리에 비하면 그 불빛은 거의 닿을 만큼 데이지 가까이 있었던 것이다. 별과 달 사이만큼 가까워 보였던 것이다. 하지만 지금 그것은 단지 부두에 켜진 초록 불빛에 지나지 않았다. 그의 마음을 홀리고 있던 마법의 물건 하나가 사라진 것이다.

나는 어둠침침한 방 안에서 희미하게 모습을 드러낸 물건들을 훑어보며 천천히 걸었다. 요트복 차림의 노인 사진이 책상 위쪽 벽에 걸려 있었다. 눈길을 끄는 사진이었다.

"이 사람은 누구죠?"

"아 네, 댄 코디입니다."

그 이름을 들어본 적이 있는 듯했다.

"지금은 세상을 떠나고 없습니다. 몇 년 전만 해도 가장 가까이 지냈던 분이죠."

커다란 사무용 책상 위에는 역시 요트복 차림의 젊은 개츠비 사진이 있었다. 머리를 젖힌 모습이 꽤 도전적으로 보였는데 열여덟 살쯤 된 듯했다.

"이 사진 참 좋은데요. 퐁파두르 스타일(앞머리에 볼륨을 주어 전체적으로 빗어 올린 머리 모양—옮긴이)이군요! 이런 얘기는 안 했잖아요. 이런 머리 모양이랑 요트 얘기도요."

데이지가 소리쳤다.

"여길 봐요."

개츠비가 얼른 말했다.

"스크랩한 기사가 굉장히 많죠. 모두 당신에 관한 거예요."

그들은 나란히 서서 기사를 뒤적였다. 내가 루비를 보여달라고 말하려던 참에 전화벨이 울렸다. 개츠비가 수화기를 들었다.

"네……. 글쎄요, 지금은 말하기 힘들어요. 지금은 말하기 힘들다고요……. 이봐요, 내가 작은 도시라고 했잖아요……. 작은 도시라고 하면 알아들을 거요……. 글쎄, 디트로이트가 작은 도시라고 생각한다면 그 친구는 별 소용 없겠네요……."

개츠비가 수화기를 내려놓았다.

"얼른 이리 와보세요!"

데이지가 창가에서 소리쳤다.

비는 내리고 있었지만 서쪽 하늘은 서서히 걷히고 있었다. 바다 위로 분홍빛과 금빛의 거품 같은 구름이 물결 모양으로 피어올랐다.

"저것 봐요. 분홍색 구름 한 조각을 떼어 당신을 그 속에 집어넣고 밀고 다니면 좋겠어요."

데이지가 소곤거렸다.

그때 나는 집으로 돌아가려고 했지만 두 사람이 놓아주지 않았다. 아마도 내가 거기 있어서 오히려 단둘이 있다는 기분이 더 크게 느껴지는 모양이었다.

"이렇게 하면 좋겠습니다. 클립스프링어에게 피아노를 쳐달라고 하죠."

개츠비가 말했다.

그는 나가서 "유잉!" 하고 불렀다. 몇 분 뒤 그가 당황하여 약간 얼이 빠진 청년 하나를 데리고 돌아왔다. 기운이 없어 보이는 청년은 엉성한 금발에 테두리가 자개로 장식된 안경을 쓰고 있었다. 그는 목 부분이 트인 깔끔한 '운동복 셔츠'에 옅은 색 범포 바지를 차려입고 스니커즈를 신고 있었다.

"우리가 운동하는 데 방해가 된 건 아닌가요?"

데이지가 얌전하게 물었다.

"자고 있었습니다. 네, 자고 있었죠. 그러다 막 일어나서……."

몹시 당황한 클립스프링어는 큰 소리로 말했다.

"클립스프링어는 피아노를 칩니다. 그렇지, 유잉?"

개츠비가 청년의 말을 가로막으면서 말했다.

"잘 치는 건 아닙니다. 아니, 못 칩니다. 전혀 못 친다고 할 수 있죠. 연습을 안 했으니까요……."

"자, 다 같이 아래층으로 갑시다."

개츠비가 다시 한번 그의 말을 가로챘다. 그가 스위치를 올리자 집 전체가 환하게 밝아지면서 어스름하던 창들이 보이지 않았다.

음악실로 들어가자 개츠비는 피아노 옆에 있는 전등을 켰다. 그리고 떨리는 손으로 성냥불을 켜서 데이지의 담배에 불을 붙여주었다. 그러고는 맞은편 멀찍이 떨어져 있는 소파에 가서 그녀와 함께 앉았다. 그곳은 홀에서 비쳐 든 불빛이 마룻바닥에 반사될 뿐 다른 불빛이 없었다.

클립스프링어는 〈사랑의 보금자리〉를 연주한 다음 의자에 앉은 채 몸을 홱 돌려 침울한 얼굴로 어둠 속에서 개츠비를 찾았다.

"연습을 전혀 하지 않았어요. 글쎄, 못 친다고 말씀드렸잖아요. 연습을 안 해서……."

"잔말 말고, 이 사람아. 어서 쳐봐!"

개츠비가 명령조로 말했다.

아침에도
저녁에도
우리는 즐겁지 아니한가…….

바깥에서는 세찬 바람이 불고 해협을 따라 멀리서 천둥소리가 들려왔다. 이제 웨스트에그에는 온통 불이 켜졌다. 사람들을 싣고 뉴욕을 떠난 전차는 빗속을 뚫고 집으로 달려갔다. 마음 깊이 심적인 변화가 일어나는 시간이었다. 들뜬 기운이 하늘로 퍼져 나갔다.

한 가지는 분명하고, 이것만은 확실하지.
부자는 갈수록 더 부자가 되고, 가난한 자는 자식들만 생기네.
그러는 동안,
그러는 사이…….

작별 인사를 하려 할 때 개츠비는 또다시 당황스러운 표정을 짓고 있었다. 어렴풋이 현재 누리고 있는 행복이 얼마나 가치 있는지 의구심이 든 듯했다. 거의 5년이라는 세월이 흘렀으니! 그날 오후만 하더라도 데이지가 그의 꿈을 깨뜨린 순간이 있었을지 모른다. 데이지의 잘못이 아니라 그의 거대한 환상의 힘 때문에 말이다. 그것은 데이지를 뛰어넘고 또한 모든 것을 뛰어넘는 것이었다. 그는 창조적인 정열로 그 환상에 투신했고, 그것을 끊임없이 키웠으며, 자신의 앞길에 떠도는 모든 눈부신 깃털로 그것을 치장했다. 어떤 열정이나 순수한 마음도 마음속에 쌓아 올린 환상을 어찌할 수 없는 법이다.

그를 다시 보았을 때는 조금 적응한 듯했다. 그는 데이지의 손을 잡고 있었다. 그녀가 그의 귀에 대고 속삭이자 그는 감정이 끓어오르는 듯 그녀를 향해 몸을 돌렸다. 짐작컨대 무엇보다 그를 사로잡은 것은 들뜬 기운으로 파도치는 그녀의 목소리였던 듯했다. 그 목소리야말로 꿈꿀 수 없는 불멸의 노래였으니 말이다.

그들은 어느새 나를 잊고 있었다. 그러나 데이지는 흘낏 쳐다보더니 한 손을 내밀었다. 개츠비는 나를 전혀 의식하지 않았다. 나는 한 번 더 그들을 바라보았다. 그러자 그들은 강렬한 삶에 포박된 듯 아득한 눈빛으로 나를 보았다. 나는 두 사람을 남겨두고 방을 나왔다. 그리고 대리석 층계를 내려와 빗속으로 나섰다.

제6장

그 무렵 어느 날 아침 야심에 찬 뉴욕의 젊은 신문기자가 개츠비의 집 문 앞에서 그에게 할 말이 없냐고 물었다.

"뭘 말하라는 겁니까?"

개츠비가 정중하게 물었다.

"그러니까…… 대외적으로 하고 싶은 말씀이 있다면 뭐든 좋습니다."

5분 동안 두서없는 대화가 오간 다음에야 이 기자가 신문사에서 대놓고 말할 수 없거나 혹은 제대로 알지도 못하는 어떤 사건에 대해 이야기하던 중 개츠비의 이름을 들었다는 것을 알게 되었다. 그날은 비번인데도 남보다 먼저 '확인'하려고 아침 댓바람부터 달려온 것이었다.

장님총을 쏘는 격이었으나 그 기자의 직감은 정확했다. 개츠비에게서 환대를 받은 수백여 명이 그의 과거를 파헤치는 전문가가 되어 악의적인 소문을 퍼뜨렸고 여름 내내 악명을 떨치다가 뉴스에 실리기 직전이었다. '캐나다로 통하는 지하 파이프라인'(밀주에 관한 것이다.—옮긴이) 같은 소문이 그를 따라다녔는데, 그가 집이 아니라 집처럼 보이는 배에 살면서 남의 눈에 띄지 않게 롱아일랜드 해협을 왕래한다는 소문이 끊임없이 퍼져 나갔다. 노스다코타 주 출신 제임스 개츠가 도대체 왜 이런 소문에 흐뭇해했는지는 잘 모른다.

제임스 개츠, 이것이 그의 본명, 아니 적어도 법률상의 이름이었다. 열일곱 살에 처음으로 출세 가도에 오르기 시작했을 때, 그러니까 댄 코디의 요트가 슈피리어호에서도 가장 위험한 기슭에 닻을 내리는 것을 목격했을 때 그는 자신의 이름을 바꿨다. 그날 오후 푸른색 해진 저지 셔츠에 범포 바지를 입고 할 일 없이 호숫가를 거닐던 사람은 제임스 개츠였다. 그러나 노 젓는 배 하나를 빌려 '투올로미호(號)'로 가서 댄 코디에게 30분 안에 바람이 휘몰아쳐 배가 산산조각 날 거라고 주의를 준 사람은 이미 제이 개츠비였다.

그는 오래전부터 그 이름을 생각해두었을 것이다. 양친은 아무런 능력도 없고 별 소득도 없는 농사꾼이었다. 그는 자신이 상상하는 세계에서 그들을 부모로 인정할 수 없었다. 기실 롱아일랜드 웨스트에그의 제이 개츠비는 스스로 창조한 이상적인 모습이었다. 그는 하느님의 아들이었다. 이 말이 의미하는 그대로였다. 그는 '아버지의 일'(〈누가복음〉에서 예수의 말 가운데 나온다.—옮긴이), 즉 거대하고 세속적이고 거짓된 아름다움에 종사해야 했다. 그래서 그는 열일곱 살 소년이 꿈꾸는 제이 개츠비를 창조해 그 모습을 끝까지 충실하게 지켰던 것이다.

그는 슈피리어호 남쪽에서 1년 넘게 조개잡이와 연어잡이 등 밥과 잠자리를 해결할 수 있는 일이면 무엇이든 하면서 하루하루 근근이 살아갔다. 때로는 힘든 일을 하고 때로는 할 일 없이 호숫가를 거닐면서 그의 몸은 자연스럽게 다갈색으로 그을고 굳세게 단련되었다. 그는 이른 나이에 여자를 알게 되었지만 여자들이 자신을 망가뜨린다는 생각에 경멸했다. 어린 아가씨들은 아무것도 몰라서, 그리고 다른 여자들은 자아도취에 빠진 그로서는 당연히 해야 하는 일을 가지고 예민하게 굴었던 것이다.

그러나 그의 마음속에서는 줄곧 폭풍우가 몰아쳤다. 늦은 밤 잠자리에 누우면 기괴한 생각이 그를 엄습하곤 했다. 세면대 위의 시계가 똑딱거리고, 촉촉한 달빛이 방바닥에 흐트러진 옷을 적실 즈음이면 그의 머릿속에서 이루 말할 수 없을 만큼 찬란한 우주가 실타래에 감긴 실처럼 술술 풀려 나왔다. 마침내 나른한 졸음이 덮쳐 생생한 장면이 기억 저편으로 사라질 때까지 밤마다 환상의 무늬가 하나씩 늘어갔다. 한동안 이런 몽상은 상상력의 배출구가 되었다. 몽상은 비현실적인 것을 충분히 실현할 수 있다고 귀띔해주었고, 요정의 날개 위에서도 이 세상이 굳건히 버틸 수 있다고 약속하는 듯했다.

몇 달 전 찬란한 미래를 직감한 듯 그는 충동적으로 미네소타 주

남부 루터교 재단의 작은 세인트올라프대학에 들어갔다. 그러나 그는 2주일 만에 그만두었다. 대학이 그의 운명의 북소리, 아니 운명 자체를 무시하는 것에 낙담한 데다 생활비를 벌려고 뛰어들었던 관리인 일을 하면서도 모멸감을 느꼈던 것이다. 그는 다시 슈피리어 호로 돌아왔다. 그리고 댄 코디의 요트가 얕은 기슭에 닻을 내린 그날 일거리를 찾고 있었다.

당시 코디는 쉰 살로 네바다 주의 은광 지대와 유콘 강(북아메리카 북서부를 흐르는 큰 강—옮긴이), 1875년 이후 모든 광산을 관장하던 인물이었다. 몬태나 주의 구리 매매로 백만장자가 된 그의 몸은 강직했지만 정신은 나약해지고 있었다. 수많은 여자들이 이를 눈치채고 그에게 들러붙어 돈이나 뜯어내려고 했다. 신문기자인 엘러 케이는 그의 약한 마음을 이용해 맹트농 부인(프랑스 루이 14세의 두 번째 아내로 왕의 뒤에서 권력을 행사했다.—옮긴이) 같은 수법으로 그를 요트에 태워 바다로 보냈다. 어떤 사건이든 과장하기를 좋아하던 1902년의 언론들은 이 씁쓸한 사건을 앞다퉈 실었다. 코디는 5년 동안 한결같이 날씨가 너무너무 좋은 해안을 따라 항해했다. 그러다 마침내 제임스 개츠의 운명의 신으로 리틀걸 만에 나타난 것이다.

젊은 개츠가 노에 기대어 쉬면서 갑판 난간을 쳐다보고 있던 그때 그 요트는 이 세상 모든 아름다움과 매력을 그대로 대변하고 있었다. 아마도 그는 코디를 보고 미소 지었으리라. 사람들이 자신의 미소를 좋아한다는 것을 알고 있었는지 모른다. 어쨌든 코디는 그에게 몇 가지 물어보고(그중 하나에 대답하면서 새로운 이름이 튀어나왔다) 꽤나 영리하고 남달리 야심이 큰 소년이라는 것을 알았다. 그리고 며칠 뒤 덜루스로 데리고 가서 푸른색 재킷과 하얀색 범포 바지 여섯 벌, 요트 모자를 사주었다. 투올로미호가 서인도제도와 바르바리 해안(아프리카 북서 해안—옮긴이)으로 떠날 때 개츠비도 거기에 타고 있었다.

그는 별다른 직책 없이 고용되었다. 코디와 같이 있을 때 비서 역할을 하기도 했고, 친구가 되어주는가 하면, 항해사, 조타수, 심지어 수위 노릇도 했다. 댄 코디는 자신이 술에 취하면 어떤 방탕한 짓을 하는지 잘 알고 있었기 때문에 점점 더 믿음이 가는 개츠비를 통해 예기치 못한 사고에 대비했다. 두 사람은 5년 동안 함께 다니면서 미 대륙을 세 번 횡단했다. 어느 날 밤 보스턴에서 엘러 케이가 배에 탄 지 일주일 만에 댄 코디가 뜻밖의 죽음을 맞이하지 않았다면 둘의 관계는 언제까지고 지속되었을 것이다.

나는 개츠비의 침실에 걸려 있던 사진 하나를 기억하고 있다. 은발에 건강해 보이지만 무표정한 얼굴. 그는 미국 역사의 어느 시기에 서부 개척지의 야만적인 매춘굴이나 술집의 거친 분위기를 동부 해안으로 옮겨온 방탕아와 비슷했다. 개츠비가 술을 거의 입에 대지 않는 것도 어느 정도는 코디 때문이었다. 가끔 파티의 흥에 겨워 여자들이 개츠비의 머리에 샴페인을 부은 적은 있지만 그는 술에 손도 대지 않았다.

그는 코디에게서 현금 2만 5천 달러를 상속받았다. 그러나 실제로 받지는 못했다. 법 규정이 자신에게 불리하게 적용되는 이유를 그는 도무지 이해할 수 없었다. 수백만 달러에 달하는 재산을 고스란히 차지한 것은 엘러 케이였다. 개츠비가 받은 것은 특별한 교육뿐이었다. 이로써 흐릿한 윤곽으로 남아 있던 제이 개츠비라는 인물이 실체를 갖추게 된 것이다.

한참 뒤에 그는 이 모든 이야기를 들려주었다. 지금 그의 이야기를 기록하는 이유는 그의 선조에 관해 처음 떠돌았던 뜬소문을 바로잡기 위해서다. 더구나 그에게 이 이야기를 들은 것은 내가 그의 말을 믿어야 할지 말아야 할지 판단이 서지 않을 때였다. 말하자면 개츠비가 잠시 숨죽이고 있는 시기를 틈타 오해를 해명하고자 한 것이다.

개츠비와 나의 교류도 잠시 뜸했다. 나는 몇 주일 동안 그를 만나지 못했고 전화 통화도 하지 않았다. 대부분의 시간을 뉴욕에서 조던 베이커와 함께 돌아다니거나 그녀의 늙은 숙모의 비위를 맞추며 보냈다. 그러던 어느 일요일 오후 개츠비의 집으로 갔을 때였다. 도착한 지 2분도 안 되었을 때 누군가가 톰 뷰캐넌을 데리고 한잔하러 왔다. 물론 나는 깜짝 놀랐다. 그러나 더 놀라운 것은 그때까지 이런 일이 한 번도 없었다는 것이었다.

3명이 말을 타고 왔는데, 톰과 슬론이라는 남자, 갈색 승마복을 입은 예쁜 여자였다. 그녀는 전에도 개츠비의 집에 온 적이 있었다.

"잘 오셨습니다. 만나서 반갑습니다. 방문해주셔서 감사합니다."

개츠비가 현관에 서서 마치 그들이 신경 쓰고 있기라도 한 듯 말했다.

"자, 앉으십시오. 궐련이나 시가 피우시지요."

그가 잰걸음으로 방 안을 왔다 갔다 하더니 종을 울렸다.

"곧 마실 것을 가져올 겁니다."

그는 톰이 자신을 찾아왔다는 사실에 몹시 동요했다. 그러나 그들이 단지 한잔하러 왔을 뿐이라는 것을 어렴풋이 눈치채는 동안 뭐라도 내올 때까지 몹시 어색하고 겸연쩍은 듯했다. 슬론은 아무것도 먹지 않겠다고 했다. 레모네이드는 어떤가요? 아니, 괜찮습니다. 그럼 샴페인을 드릴까요? 아뇨, 고맙지만 아무것도 마시지 않겠습니다. ……미안합니다.

"말을 타고 오기에 어땠나요?"

"이 근방의 길이 아주 좋더군요."

"아마 자동차 때문에……."

"그렇습니다."

개츠비는 충동을 참지 못하고 처음 만나는 듯 소개를 받은 톰에게 얼굴을 돌렸다.

"뵌 적이 있는 것 같습니다, 뷰캐넌 씨."

"아, 네."

톰이 무뚝뚝한 목소리로 점잖게 대답했지만 기억하지는 못했다.

"그렇습니다. 기억나는군요."

"2주일 전쯤이었습니다."

"그래요. 닉과 함께 계셨죠?"

"부인을 알고 있습니다."

개츠비가 싸움이라도 할 듯이 계속 말했다.

"그렇습니까?"

톰이 고개를 돌려 나를 쳐다보았다.

"닉, 자네 이 근처에 사나?"

"바로 이웃집이네."

"그래?"

슬론은 대화에 끼지 않고 거만하게 의자에 기대앉아 있었다. 여자는 처음에는 아무 말 없더니 하이볼을 두 잔 마시고 나서 별안간 상냥하게 굴었다.

"저희 모두 다음 파티 때 오려고 하는데 괜찮죠, 개츠비 씨?"

그녀가 말했다.

"좋습니다. 와주시면 영광입니다."

"고맙습니다."

슬론이 마음에도 없는 말을 했다.

"이제 집으로 돌아가야겠어요."

"더 계셨다 천천히 가시죠."

이제야 마음을 다잡은 개츠비가 그들을 붙잡았다. 톰이 어떤 사람인지 더 알고 싶었던 것이다.

"저녁을 들고 가시는 것은 어떻습니까? 뉴욕에서 다른 사람들이 더 와도 괜찮습니다."

"그보다 저희와 함께 가서 저녁을 하는 건 어때요?"

여자가 적극적으로 말했다.

"두 분 다요."

나까지 끼워주겠다는 말이었다. 그때 슬론이 일어나더니 말했다.

"자, 갑시다."

그러나 여자한테만 하는 말이었다.

"진심이에요. 두 분과 함께 식사를 하고 싶어요. 자리는 넉넉하거든요."

그녀가 말했다.

개츠비가 물어보듯이 나를 보았다. 그는 가고 싶어 했다. 하지만 슬론이 싫어한다는 것을 눈치채지 못하고 있었다.

"미안하지만 못 갈 것 같습니다."

내가 말했다.

"그럼 당신이라도 같이 가세요."

여자가 개츠비에게 매달리듯 말했다.

슬론이 여자의 귀에 대고 뭐라고 중얼거렸다.

"지금 떠나도 늦지 않아요."

여자가 큰 소리를 내며 고집을 부렸다.

"저에게는 말이 없습니다."

개츠비가 말했다.

"군대에서는 종종 탔는데, 말을 사본 적은 없습니다. 내 차로 따라가겠습니다. 잠깐 실례합니다."

남은 사람들은 현관으로 걸어갔다. 슬론과 여자는 격앙된 어조로 옥신각신했다.

"젠장! 저자가 진짜 갈 모양이야. 저 여자가 사실은 싫어하는 줄 모르는 게지?"

톰이 말했다.

"꼭 오라고 말했잖아."

"큰 파티가 열릴 텐데 저자는 그곳에 온 사람들을 하나도 모를걸."

그가 인상을 찌푸렸다.

"대체 저자가 어디서 데이지를 만난 거지? 내가 너무 보수적인지는 모르겠지만 어쨌든 요즘 여자들은 너무 돌아다녀서 탈이야. 별의별 미친 놈들을 다 만나고 다닌단 말이야."

갑자기 슬론과 여자가 계단을 내려가 말에 올라탔다.

"늦었어. 빨리 가야 해."

슬론이 톰에게 말했다. 그리고 나를 보고 말했다.

"말씀 좀 잘 전해주세요. 기다릴 시간이 없어서 그냥 갔다고 말입니다."

톰은 나와 악수했다. 일행들하고는 고개만 까딱했다. 그들은 황급히 말을 몰아 차도를 내려갔다. 개츠비가 얇은 재킷과 모자를 들고 현관에 도착했을 때 그들은 이미 울창하게 우거진 8월의 나뭇잎 아래로 사라지고 없었다.

톰은 데이지가 혼자 돌아다닌다는 것을 알고 놀란 게 틀림없었다. 그래서인지 다음 토요일 밤에 데이지를 따라 개츠비의 파티에 왔다. 그가 나타나면서 그날 밤 묘한 긴장감이 감돌았다. 그해 여름 다른 어느 파티보다 그날 밤의 파티가 특히 기억에 남았다. 같은 사람들, 그렇지 않더라도 적어도 같은 부류의 사람들이었고, 늘 그렇듯 샴페인이 넘쳐났고, 형형색색에 각양각색의 소란이 벌어졌다. 그런데도 왠지 전에 없던 답답하고 불편한 분위기가 그곳 전체를 휩싸고 있었다. 어쩌면 그 세계에 익숙해졌기 때문인지도 모른다. 웨스트에그를 나름의 기준과 위대한 인물들을 보유하고 있는 하나의 완전한 세계, 다른 어떤 것과도 비교할 수 없는 그런 세계로 여기고 있었기 때문인지 모른다. 그런데 지금 나는 데이지의 눈으로 그 세계를 다시금 바라보고 있었다. 자신의 시각으로 바라보던 것을 새로운 눈으로 바라보는 것은 서글픈 일이게 마련이었다.

톰과 데이지는 황혼 무렵에 도착했다. 화려한 수백여 명의 사람들 사이를 천천히 거닐면서 데이지가 기교를 부린 듯한 목소리로 속삭였다.

"난 정말 너무너무 흥분돼요. 오빠, 오늘 저녁에 키스하고 싶거든 언제라도 얘기하세요. 기꺼이 해줄 테니. 내 이름만 불러요. 아니면 초록색 카드를 꺼내든가. 내가 초록색 카드를 드릴게요……."

"자, 둘러보세요."

개츠비가 귀띔했다.

"보고 있어요. 정말 굉장해요……."

"지금까지 말로만 듣던 사람들을 직접 볼 수 있을 겁니다."

톰이 거만한 눈으로 사람들을 훑어보았다.

"우리는 별로 쏘다니질 않아서……. 여기에는 아는 사람이 하나도 없는 것 같군요."

톰이 말했다.

"저 부인은 아실 텐데요?"

개츠비가 가리킨 곳을 보니 하얀 자두나무 밑에 사람이라고 여겨지지 않는 아름다운 난초 같은 여자가 호화로운 차림으로 앉아 있었다. 톰과 데이지는 지금까지 환상 속에나 있을 법한 유명 배우가 눈앞에 나타났을 때처럼 현실이라고 믿기지 않는 듯한 기분으로 그녀를 바라보았다.

"아름다워요."

데이지가 말했다.

"그녀에게 몸을 굽히고 있는 사람이 바로 감독입니다."

개츠비는 정중하게 톰과 데이지를 사람들 무리로 안내했다.

"이쪽은 뷰캐넌 부인, 이쪽은 뷰캐넌 씨입니다."

그는 이름을 소개한 다음 잠시 머뭇거리다가 이렇게 덧붙였다.

"폴로 선수입니다."

"아니, 천만에요. 아닙니다."

톰이 얼른 정정했는데, 개츠비는 분명 이런 반응을 즐겼다. 그런 탓인지 이날 밤 톰은 '폴로 선수'로 통했다.

"유명한 사람들을 이렇게 많이 만난 건 처음이에요."

데이지가 감동한 듯 말했다.

"난 저분이 마음에 들어요. 이름이 뭐죠? 코가 푸르스름한 저분 말이에요."

개츠비는 그의 이름을 얘기하면서 그저 그런 영화 제작자라고 소개했다.

"하여튼 마음에 들어요."

"난 폴로 선수로 통하지만 않으면 좋겠어. 저들이 나를 모르는 상태에서 유명 인사들을 그저 바라보고 싶으니까."

톰이 쾌활하게 말했다.

데이지와 개츠비는 함께 춤을 추었다. 나는 개츠비가 춤추는 것을 처음 보았다. 그가 우아하고 고전적인 폭스트롯을 추는 모습을 보고 깜짝 놀랐던 기억이 있다. 그런 다음 이들은 우리 집으로 걸어가 계단에 앉아 30분 정도 이야기를 나눴다. 나는 데이지의 부탁으로 줄곧 정원에서 누가 오지 않나 주변을 살폈다.

"혹 모르잖아요. 불이나 홍수가 날지. 아니면 다른 어떤 천재지변이라도."

데이지가 말했다.

우리가 함께 저녁을 먹으려고 앉았을 때 지금까지 잊고 있었던 톰이 나타났다.

"저기 있는 친구들하고 식사하려는데 괜찮겠어? 한 친구가 재미있는 얘기를 하고 있거든."

톰이 말했다.

"그러세요. 그분들 주소를 메모하고 싶으면 내 금제 연필을 쓰세요."

데이지가 나긋나긋하게 말했다.

그녀는 잠시 주변을 둘러보고 나서 나에게 말했다.

"저 아가씨는 교양은 없어 보이지만 예쁘기는 하네요."

그때 나는 데이지가 개츠비하고 단둘이 있었던 30분을 빼고는 즐겁지 않다는 것을 알았다.

우리는 유난히 취한 친구들하고 자리를 같이했는데, 그것은 내 잘못이었다. 2주일 전 개츠비가 전화를 받으러 집 안으로 들어갔을 때 바로 이들하고 어울렸던 것이다. 그때는 즐거웠는데 지금은 몹시 거북하고 불쾌했다.

"괜찮아요, 베데커 양?"

내 어깨에 기대려던 아가씨에게 이렇게 묻자 그녀가 얼른 똑바로 앉더니 두 눈을 크게 뜨고 소리쳤다.

"뭐라고요?"

그러자 데이지에게 내일 동네 골프장에서 골프를 치자고 조르던 육중한 몸집의 여자가 베데커 양을 두둔하면서 말했다.

"아, 이제 괜찮아요. 칵테일을 대여섯 잔 마시면 항상 목소리가 커지고 그래요. 내가 그만 마시라고 했는데 말이죠."

"난 술 안 마셨어요."

꾸지람을 듣던 당사자가 힘없이 부정했지만 소용없었다.

"네가 소리를 지르길래 여기 계신 시벳 박사님께 '여기 좀 봐주셔야 할 사람이 있어요'라고 말한 거야."

"그녀도 고맙게 생각할 거예요. 정말이에요. 하지만 머리를 풀장에 집어넣는 통에 옷이 홀랑 젖고 말았어요."

다른 한 친구가 고마워하지도 않으면서 그렇게 말했다.

"풀장에 머리 처박는 거 딱 질색이에요. 언젠가 한번은 뉴저지에서 물에 빠져 죽을 뻔했어요."

베데커 양이 우물우물했다.

"그러니 술을 마시지 말아야죠."

시벳 박사가 말했다.

"선생님 앞가림이나 하세요. 의사라는 사람이 손까지 떨면서. 나는 절대 선생님한테 수술받지 않을 거예요."

베데커 양이 고래고래 소리쳤다.

모든 것이 이런 식이었다. 내가 마지막으로 기억하는 것은 데이지하고 나란히 서서 영화감독과 그의 배우를 바라본 것이었다. 그들은 자두나무 밑을 떠나지 않았는데, 맑고 깨끗한 한 가닥 달빛만이 겨우 끼어들 만큼 두 사람의 얼굴이 거의 맞닿아 있었다. 그는 오늘 밤 조금씩 그녀를 향해 몸을 굽히다가 끝내 닿을 만한 거리까지 다가갔을 거라는 생각이 문득 들었다. 내가 보고 있는 동안 그는 마지막으로 몸을 굽혀 여자의 뺨에 살짝 입맞춤을 했던 것이다.

"난 저 여자가 마음에 들어요. 정말 아름다워요."

데이지가 말했다.

그러나 데이지는 다른 사람들을 마음에 들어 하지 않았다. 그것은 말할 필요도 없이 태도가 아닌 감정 때문이었다. 데이지는 브로드웨이가 롱아일랜드의 어촌에 만들어놓은 이 전무후무한 '지역', 웨스트에그에 겁이 났다. 진부한 미사여구 때문에 퇴색하고 세련되지 못한 활기, 그곳 사람들을 강제로 무(無)에서 무(無)로 곧장 몰아대는 운명에 간담이 서늘했다. 그녀는 자신으로서는 납득이 가지 않는 그 단순함이 두려웠던 것이다.

자동차를 기다리는 동안 그들과 나는 집 앞쪽 계단에 앉아 있었다. 이곳은 어둠침침했다. 새벽의 어둠을 부드럽게 비추는 것은 10제곱피트(약 0.3평—옮긴이) 넓이 정사각형의 밝은 문뿐이었다. 가끔 위층 드레스룸에 사람 그림자가 나타났다. 그림자 하나가 이쪽에서는 보이지 않는 거울 앞에서 립스틱을 칠하고 분을 찍어 바르고 사라지면 또 다른 그림자가 그 자리에 나타나곤 했다.

"대체 개츠비란 자는 뭐 하는 사람이지? 혹시 밀주업자 아냐?"

갑자기 톰이 물었다.

"그런 말은 어디서 들었나?"

내가 물었다.

"들은 게 아니라 추측해본 거야. 요즘 벼락부자들 보면 대부분 밀주업자잖아."

"개츠비 씨는 아냐."

내가 딱 잘라 말했다.

그는 잠시 아무 말이 없었다. 차도에 깔린 자갈이 그의 발밑에서 자그락자그락 소리를 냈다.

"어쨌든 이런 별난 사람들을 다 모으자면 적잖이 무리했겠는데."

부드러운 바람이 불어오자 데이지가 입고 있던 잿빛 안개 같은 옷깃의 털이 사르르 피어났다.

"적어도 여기 있는 사람들은 우리가 아는 사람들보다 재미있네요."

데이지가 강조하듯 말했다.

"썩 재미있어하는 것 같지도 않던데."

"천만에요. 재미있었어요."

톰이 웃으면서 나를 향해 말했다.

"그 아가씨가 찬물에 샤워할 수 없겠냐고 졸라댈 때 데이지 표정 봤나?"

데이지가 허스키하고 리드미컬한 목소리로 속삭이듯 노래를 부르기 시작했다. 노랫말을 하나하나 음미하면서 부르기는 이번이 처음이었다. 아마 앞으로도 이런 모습을 볼 수 없을 것이다. 그녀는 알토 가수처럼 높은 음에서는 살짝 끊어 불렀는데, 그때마다 그녀의 부드럽고 인간적인 매력이 조금씩 풍겼다.

"초대받지 않은 사람들도 많아요. 그 아가씨도 초대받지 않았어요. 개츠비 씨는 너무 점잖아서 물리치지 못하는 거예요."

데이지가 뜬금없이 말했다.

"난 그자가 어떤 사람이고 뭘 하는지 알고 싶어. 반드시 알아내고 말 테니 두고 봐."

톰이 집요하게 말하자 데이지가 대답했다.

"내가 지금 얘기해줄게요. 그 사람은 약국을 운영하고 있어요. 한두 개가 아니라 아주 많다는군요. 자수성가한 사람이죠."

그때 리무진이 차도로 들어왔다.

"오빠, 잘 있어요."

데이지가 말했다.

그녀의 눈길은 나를 비켜서 불 켜진 계단 꼭대기로 향했다. 열린 문으로 그해 유행하던, 애조를 띠고 있으면서도 담백한 왈츠곡 〈새벽 3시〉가 흘러나왔다. 결국 난장판이나 다름없는 개츠비의 파티에서는 데이지의 세계에는 없는 낭만을 경험할 여지가 있었다. 그 노래의 어떤 점이 데이지를 다시 집 안으로 불러들이고 있는 것일까?

이 어스름한 시간에 어떤 알 수 없는 일이 일어나고 있는 것일까? 어쩌면 상상도 못 한, 그리고 보는 순간 입이 딱 벌어질 중요한 손님이 도착할지 모른다. 아니면 마법에 홀린 듯 첫눈에 개츠비를 사로잡을 아가씨가 나타날지 모른다. 이제껏 흔들림 없이 한 여자만을 바라본 지난 5년의 세월을 말끔히 지워버릴 그런 아름다운 아가씨 말이다.

그날 나는 밤늦도록 개츠비의 집에 있었다. 그가 조금 여유가 생길 때까지 기다려달라고 부탁했기 때문이다. 그래서 수영을 즐기던 사람들이 어두운 해안에서 추위에 떨면서도 기분 좋게 올라오고, 모든 객실의 불이 꺼질 때까지 정원에서 시간을 보냈다. 마침내 그가 층계를 내려왔다. 그런데 햇볕에 그을린 그의 얼굴이 유달리 긴장되어 있었고 반짝이는 두 눈은 지쳐 보였다.

"데이지가 썩 즐거워하지 않더군요."

그는 이 말부터 했다.

"아니, 즐거워했습니다."

"아니에요. 즐겁지 않은 것 같았어요."

그가 완고하게 말하더니 입을 다물었다. 그의 기분이 말할 수 없이 침울하다는 것을 알 수 있었다.

"왠지 데이지가 멀어진 것 같아요. 어떻게 해야 그녀가 이해할지……. 너무 어렵군요."

그가 말했다.

"춤 때문에 그런 건가요?"

"춤이라뇨?"

그가 손가락을 퉁기며 자신이 춘 춤 따위는 무시해버렸다.

"춤은 아무것도 아니에요."

그는 데이지가 톰한테 "나는 단 한 번도 당신을 사랑한 적이 없어요."라고 말해주기를 바랐다. 그 말 한마디로 지난 3년을 깨끗이 지워버린 다음 좀더 현실적인 방법을 찾을 생각이었던 것이다. 그 중 하나는 데이지가 자유로워졌을 때 루이빌에 있는 그녀의 집으로 가서 두 사람이 결혼하는 것이었다. 5년 전처럼 말이다.

"그녀는 이해를 못 하더군요. 전에는 그렇지 않았는데. 몇 시간이고 둘이 앉아……."

그가 돌연 말을 멈추더니 과일 껍질이며 사람들이 팽개치고 간 선물이며 발에 짓이긴 꽃들이 널브러져 있는 복도를 왔다 갔다 했다.

"나라면 큰 기대를 하지 않을 겁니다. 지난 시간을 돌이킬 수는 없으니까요."

내가 불쑥 한마디 던졌다.

"과거를 돌이킬 수 없다고요? 아니에요. 돌이킬 수 있어요."

그따위 말은 믿지 않는다는 듯 그가 소리쳤다.

그는 마치 과거가 손 닿을 거리, 자신의 집 어두운 어딘가에 숨어 있기라도 한 듯 사납게 휘둘러보았다.

“전과 똑같이 할 작정입니다. 모든 것을 되돌려놓을 거예요. 두고 보세요. 그녀도 알게 될 겁니다.”

그가 결심한 듯 고개를 끄덕이며 말했다.

그는 과거에 대해 많은 이야기를 했는데, 데이지를 사랑하기에 이르렀던 자신의 생각을 되돌리고자 하는 것이 아닌가 싶었다. 그때 이후부터 그의 삶은 혼란에 빠졌고 뒤죽박죽이 되어버렸다. 그러나 처음으로 돌아가 모든 것을 천천히 되풀이할 수 있다면 그는 ‘그것’이 무엇인지 알아낼 수 있을 것이다…….

……5년 전 어느 가을밤, 그들은 낙엽 지는 거리를 거닐고 있었다. 그러다 나무 한 그루 없이 하얀 달빛이 쏟아지는 보도에 이르렀다. 그들은 걸음을 멈추고 서로 마주 보았다. 1년에 두 번 계절이 바뀔 때면 찾아오는, 마음을 들뜨게 만드는 싸늘한 밤이었다. 집집마다 밝힌 조용한 불빛이 어둠 속에서 콧노래를 흥얼거리고 별들도 부산하게 움직이는 밤이었다. 개츠비가 곁눈으로 보니 보도블록이 마치 사다리처럼 가로수 위의 은밀한 장소까지 이어져 있었다. 혼자였다면 그곳까지 올라갈 수 있었을 것이다. 그리고 그곳에서 생명의 젖꼭지를 입에 물고 세상 무엇과도 비길 수 없는 경이로운 젖을 마음껏 빨아먹었을 것이다.

데이지의 하얀 얼굴이 다가오자 그의 가슴은 점점 더 세차게 고동쳤다. 그녀에게 키스함으로써 말로 표현할 수 없는 자신의 환상에 곧 사라질 그녀의 숨결을 불어넣는다면 자신의 마음은 신의 마음처럼 다시는 뛰지 않으리라는 것을 잘 알고 있었다. 그래서 그는 별에 부딪치는 소리굽쇠의 소리에 귀를 기울이며 잠시 더 기다렸다. 이윽고 그는 그녀에게 키스했다. 그의 입술이 닿자 그녀는 마치 꽃봉오리처럼 피어났고 환상이 실현되었다.

그의 이야기와 그의 지나친 감상을 들으면서 내 머릿속에 무언가 떠올랐다. 아주 오래전 어디선가 들은 적이 있으나 되새길 수 없는 리듬, 아니면 잊어버린 말의 조각이라고 해야 할 것이다. 어떤 말이 내 입에서 튀어나올 것만 같아 나는 마치 놀란 숨을 토하려 안간힘을 쓰는 벙어리처럼 입을 벌렸다. 그러나 아무 소리도 내뱉지 못했다. 결국 나는 일껏 기억해낸 말들을 영원히 전하지 못했다.

제7장

개츠비에 대해 극도의 호기심에 사로잡힌 것은 그의 집에 불이 켜지지 않기 시작한 어느 토요일 밤이었다. 트리말키오(고대 로마 시대 작가 페트로니우스의 《사티리콘》에 등장하는 인물로 호화로운 만찬을 자주 열었다.—옮긴이)의 이력은 시작이 그랬듯 알게 모르게 막을 내렸다.

잔뜩 기대에 부풀어 차도를 올라온 자동차들이 잠깐 머물렀다가는 불만을 토로하며 돌아간다는 사실을 나도 차차 알게 되었다. 나는 그가 어디 아픈가 하고 그의 집으로 건너갔다. 우락부락하게 생긴 처음 보는 집사가 문간에서 께름하다는 듯이 나를 흘겨보았다.

"개츠비 씨 몸이 편찮으시오?"

"아뇨."

그는 짧게 대답하더니 잠시 뒤 내키지 않는 투로 "선생님."이라고 덧붙였다.

"요즘 뵙기 힘들어 걱정이 돼서 왔소. 캐러웨이가 왔었다고 전해주시오."

"누구시라고요?"

그가 불손하게 따지듯 물었다.

"캐러웨이요."

"캐러웨이 씨. 알겠습니다. 전해드리죠."

그러더니 문을 쾅 닫아버렸다.

우리 집 핀란드인 가정부가 들려준 얘기에 따르면 개츠비는 일주일 전에 하인들을 모두 해고하고 대여섯 명을 새로 뽑았다고 했다. 그들은 웨스트에그 중심가로 나가 상인들의 수완에 넘어가는 일 없이 전화로 식료품을 대강 주문한다고 했다. 또 식료품을 배달하는 소년은 그 집 주방이 돼지우리 같았다고 했고, 마을 사람들은 그 집에 새로 들어온 사람들은 하인이 아니라고 쑥덕거렸다.

이튿날 개츠비에게 전화가 왔다.

"떠나시려고 그러세요?"

내가 물었다.

"아뇨."

"하인들을 모두 내보냈다면서요."

"밖으로 말이 새어 나갈까 봐 그랬습니다. 데이지가 자주 오거든요. 오후에요."

그러니까 데이지가 못마땅해하자 곧바로 그렇게 큰 저택이 마치 카드로 만든 집처럼 송두리째 무너지고 만 것이다.

"울프심이 도와주고자 했던 사람들입니다. 모두 형제자매처럼 지내는 사람들이죠. 전에 작은 호텔을 운영한 적도 있고요."

"그렇군요."

그는 데이지가 부탁해서 전화했다고 말했다. 그리고 내일 그녀의 집으로 점심을 먹으러 가자면서 베이커 양도 올 거라고 말했다. 30분 뒤 내가 직접 그녀에게 전화를 걸어 참석하겠다고 하자 안심하는 듯했다. 무슨 일인가 생긴 것이 분명했다. 하지만 나는 그들이 함께 식사하는 자리에서 소란을 피우지는 않을 거라고 생각했다. 특히 일전에 개츠비가 정원에서 잠시 언급했던 참담한 소란은 더더욱 아닐 것이다.

다음 날은 펄펄 끓듯이 햇볕이 내리쬐었다. 가장 더운 늦여름 날씨였다. 기차가 터널을 빠져나와 햇빛 속으로 나왔을 때, 타는 듯한 한낮의 정적을 깨뜨린 것은 오직 내셔널 비스킷 회사의 열띤 경적 소리뿐이었다. 기차의 왕골 좌석은 너무 뜨거워 녹아버릴 지경이었다. 내 옆에 앉은 여자는 하얀 블라우스 속으로 땀이 줄줄 흘러내리는 것을 가만히 참고 있다가 들고 있던 신문이 축축해지자 외마디 소리를 지르며 쓰러지듯 의자에 몸을 기댔다. 그때 여자의 지갑이 바닥에 떨어졌다.

"아이참!"

여자가 숨을 헐떡거렸다.

나는 천천히 몸을 숙여 지갑을 집어 들고 그것에 조금도 관심이 없다는 것을 보여주려고 지갑 귀퉁이를 잡고 여자 앞으로 팔을 쭉 뻗었다. 그러나 여자는 물론 주변 사람들 모두 의심스러운 눈길로 나를 바라보았다.

"더워도 너무 덥군! 더워도 이렇게 더울 수가 있습니까……. 정말 견딜 수가 없네요. 너무 더워요. 아주 못살 지경이에요. 그렇지 않나요?"

차장이 낯익은 사람들을 보고 말했다.

차장은 내 정기 승차권을 건네받고 시커먼 손때를 묻혀 돌려주었다. 이렇게 더운 날씨라면 그가 누구의 붉은 입술에 키스하든, 누군가 축축한 머리를 그의 가슴께 셔츠 주머니에 기대든 아무도 신경 쓰지 않을 것이다.

……개츠비와 내가 현관에서 기다리는 동안 톰의 집 홀에서 한 줄기 얕은 바람을 타고 전화벨 소리가 들렸다.

"주인어른의 시체요? 부인, 죄송합니다만 지금은 할 수 없습니다. 이렇게 더운 대낮에는 손도 댈 수 없어요!"

집사가 수화기에 대고 고래고래 소리쳤다.

그러나 실제로 그가 한 말은 "네……, 네……. 알아보겠습니다."였다.

그는 수화기를 내려놓고 조금 번들거리는 얼굴로 다가와 우리 손에서 빳빳한 밀짚모자를 받아 들었다.

"부인께서는 객실에 계십니다."

그가 공연히 그쪽을 가리키며 소리쳤다. 이렇게 더운 날에는 필요 이상의 몸짓이 일상생활에 대한 모독으로 느껴졌다.

방은 차일로 햇살을 가려 어두웠지만 시원했다. 데이지와 조던은 윙윙거리는 선풍기의 약한 바람에 하얀 드레스가 흐트러지지 않도록 손으로 누르며 마치 은으로 만든 인형처럼 길고 큼직한 소파에 누워 있었다.

"도저히 못 움직이겠어요."

그들이 똑같이 말했다.

그을린 살결에 분을 바른 조던의 손가락이 잠시 내 손에 들어왔다.

"톰 뷰캐넌 선수는 어딨지?"

내가 물었다.

그때 거칠고 허스키한 톰의 목소리가 나직하게 들려왔다. 홀에서 전화로 이야기하는 중이었다.

개츠비는 진홍빛 카펫 위에 서서 흥분한 눈빛으로 주위를 둘러보았다. 데이지는 그를 바라보며 달콤하게 들뜬 미소를 지었다. 그녀의 가슴에 묻어 있던 미세한 분가루가 공기 속으로 흩어졌다.

"듣자 하니 전화를 건 사람이 톰의 애인이래요."

조던이 속삭거렸다.

우리는 아무 말도 하지 않았다. 홀에서는 성가신 듯 고함치는 소리가 점점 더 크게 들려왔다.

"됐소. 당신한테는 차를 팔지 않으리다. 난 거리낄 것 하나 없소……. 점심시간에 그런 일로 사람을 귀찮게 하다니 도저히 참을 수 없소."

"수화기를 막고 얘기하는 거라니까요."

데이지가 비웃었다.

"아니야. 우연히 알게 된 건데 진짜 거래를 하고 있는 거야."

내가 데이지에게 말했다.

톰이 문을 벌컥 열고 한순간 묵직한 몸으로 문을 가로막는가 싶더니 재빨리 들어왔다.

"개츠비 씨, 잘 오셨습니다. ……닉도 왔군."

그가 싫은 기색을 능란하게 감추면서 넓적한 손을 내밀었다.

"시원한 마실 거리 좀 줘요."

데이지가 소리쳤다.

톰이 다시 나가자 그녀가 일어나 개츠비에게 다가가더니 그의 얼굴을 당겨 키스했다.

"알죠? 내가 당신 사랑하고 있는 거."

데이지가 속삭였다.

"여기 숙녀가 있는 줄 그새 까먹었나 봐."

조던이 말했다.

데이지가 어이없다는 듯이 돌아보며 말했다.

"너도 닉에게 키스하렴."

“아이고 망측해라. 별소리를 다 하네!”

“뭐 어떠니!”

데이지가 쏘아붙였다. 그러고는 벽돌로 만든 벽난로 앞에서 나막신 춤을 추더니 몸이 더워지자 무슨 잘못을 깨닫기라도 한 듯 소파로 돌아가 앉았다. 그때 보모가 이제 막 옷을 갈아입힌 여자아이를 데리고 들어왔다.

“우리 아가! 귀여운 아가, 내 사랑, 엄마한테 오렴.”

데이지가 두 팔을 뻗고 나지막이 말했다.

아이는 보모의 손에서 빠져나와 달려가더니 엄마의 옷 속으로 수줍게 파고들었다.

“아유, 귀염둥이! 엄마가 우리 공주님 금발 머리에 분을 묻히고 말았네. 자, 이제 일어나 ‘안녕하세요’ 해봐.”

개츠비와 나는 차례로 몸을 숙여 주저하는 작은 손을 잡아주었다. 그 뒤 개츠비는 사뭇 놀란 눈으로 아이를 바라보았다. 그때까지만 해도 이 아이의 존재를 믿지 않았던 듯했다.

“점심 먹기 전에 옷 갈아입었어요.”

아이가 데이지를 돌아보며 열심히 말했다.

“엄마가 예쁜 모습 보여주려고 그런 거야.”

데이지가 아이의 하얀 목주름에 얼굴을 갖다 대고 말했다.

“넌 나의 꿈이야. 작고 예쁜 꿈.”

“네.”

어린아이가 작은 소리로 대답했다.

"조던 아줌마도 하얀 옷을 입었네요."

"엄마 친구가 좋으니?"

데이지가 개츠비를 향해 아이를 돌려세웠다.

"멋진 아저씨지?"

"아빠는 어딨어요?"

"이 아이는 아빠 말고 나를 닮았어요. 머리 색하고 얼굴형이 꼭 닮았죠."

데이지가 다시 소파에 기댔다. 보모가 한 걸음 앞으로 나와 손을 내밀고 말했다.

"자, 패미, 이제 가야지."

"안녕, 예쁜 아가!"

교육을 잘 받은 아이는 가고 싶지 않은 듯 뒤돌아보면서 보모의 손에 이끌려 밖으로 나갔다. 바로 그때 얼음을 가득 채운 진리키(진과 소다수와 라임 즙을 섞은 칵테일—옮긴이) 네 잔과 함께 톰이 들어왔다.

개츠비가 잔을 집어 들었다.

"보기만 해도 시원하군요."

긴장한 빛이 역력한 표정으로 그가 말했다.

우리는 욕심껏 쭉 들이켰다.

"어디서 봤는데 태양이 해마다 점점 더 뜨거워지고 있대. 얼마 안 가서 지구가 태양 속으로 빨려들어갈 것 같아……. 아니지…… 정반대였던가……. 태양이 점점 식고 있다고 했던가?"

톰이 나긋나긋하게 말했다.

"밖으로 나가서 집 구경이나 할까요?"

톰이 개츠비에게 제안했다.

나는 그들과 함께 베란다로 나갔다. 무더위에 잠잠하게 가라앉은 초록빛 해협 위로 작은 돛단배 하나가 좀더 시원한 바다를 향해 움직이고 있었다. 그 배를 바라보던 개츠비는 한 손을 들어 만 건너편을 가리켰다.

"바로 저 건너편이 우리 집입니다."

"그렇군요."

우리는 장미 정원과 햇볕이 내리쬐는 잔디밭, 불볕더위에 무성하게 우거져 엉클어진 바닷가 잡초 수풀을 바라보았다. 하얀 돛배는 시원하고 푸른 수평선을 뒤로하고 천천히 나아갔다. 그 앞에는 부채꼴 바다와 축복받은 수많은 섬들이 펼쳐져 있었다.

"저것도 괜찮겠네요. 이 친구와 한 시간쯤 나가보고 싶군요."

톰이 고개를 끄덕이면서 말했다.

우리는 어둡게 햇볕을 가려놓은 식당에서 점심을 먹었다. 그리고 조금 불안한 마음으로 시원한 맥주를 즐겼다.

"오후에는 뭘 하죠? 그리고 내일은? 앞으로 30년 동안 또 뭘 하죠?"

데이지가 큰 소리로 말했다.

"그런 소리 하지 마. 곧 가을이 되고 선선해지면 또 다른 삶이 시작될 거야."

조던이 말했다.

"하지만 너무 덥잖아. 모든 게 엉망진창이야. 우리 시내 나가요."

데이지가 울상을 지으며 말했다.

더위를 헤치고 달려나가려 기를 쓰는 그녀의 목소리는 부질없는 소리를 형상화하는 듯했다.

"마구간을 뜯어서 차고로 만든다는 얘기는 들어봤겠지만 차고를 마구간으로 만든 사람은 내가 처음일 겁니다."

톰이 개츠비에게 말했다.

"시내로 나갈 사람 없어요?"

데이지가 집요하게 말했다. 개츠비가 데이지를 보았다.

"어머! 너무 멋져요, 당신."

데이지가 소리쳤다.

두 사람은 눈이 마주치자 그곳에 둘만 있는 듯 서로를 똑바로 쳐다보았다. 그러더니 데이지가 식탁 아래로 눈을 내리깔았다.

"정말 멋져요, 당신."

데이지가 또다시 말했다.

이 말은 개츠비를 사랑한다는 뜻이었는데 그것을 알아차린 톰은 너무 놀라 낯빛이 변했다. 그는 개츠비를 한 번 보고는 마치 오래전부터 알고 있던 사람을 방금 본 듯한 표정으로 데이지를 쳐다보았다.

"광고에 나오는 남자 같아요. 그 광고에 나온 남자 아시죠?"

데이지가 꾸밈없이 계속 말했다.

"좋아. 시내로 가지, 뭐. 자, 다 같이 시내로 갑시다."

톰이 얼른 그녀의 말을 가로막으며 일어섰다. 그의 눈은 개츠비와 아내를 차례로 노려보고 있었다. 그러나 한 사람도 일어나지 않았다.

"갑시다! 왜 그러죠? 시내로 갈 거면 지금 갑시다."

톰이 조금 욱해서 말했다.

그는 감정을 억지로 참으면서 떨리는 손으로 잔을 들어 마지막 남은 맥주를 들이켰다. 이어서 데이지의 한마디에 모두 일어나 후끈 달아오른 자갈 차도로 나갔다.

"지금 바로 갈 거예요? 이대로 말이에요? 담배 피우고 싶은 사람은 한 대 피우고 갈 시간은 줘야죠."

데이지가 다른 의견을 내놓았다.

"점심 먹으면서 다 피웠잖아."

"그러지 말고 재미있게 즐겨요. 더워서 짜증 내기도 힘드네요."

데이지가 부탁하듯 말했다.

톰은 아무 대꾸도 하지 않았다.

"그럼, 마음대로 하세요. 이리 와, 조던."

데이지가 말했다.

데이지와 조던은 외출 준비를 하려고 위층으로 올라갔다. 남자들은 뜨거운 자갈을 발로 구르며 서서 기다렸다. 서쪽 하늘에는 어느 새 은빛 초승달이 떠올랐다. 개츠비가 뭔가 말을 꺼내려다 그만두었는데 톰이 기다렸다는 듯이 홱 돌아서서 말했다.

"뭐라고 하셨습니까?"

"이곳에 마구간이 있나요?"

개츠비가 할 수 없이 물었다.

"이 길을 따라 0.25마일(약 4백 미터—옮긴이) 정도 내려가면 있지요."

"그렇군요."

잠시 침묵이 흘렀다.

"굳이 시내로 갈 이유가 있나? 하여튼 여자들이 생각하는 것하고는."

톰이 퉁명스럽게 말했다.

"마실 것 좀 가지고 갈까요?"

데이지가 위층 창에서 소리쳤다.

"위스키를 준비할게."

톰이 대답하고 안으로 들어갔다.

개츠비가 굳은 얼굴로 나를 돌아보았다.

"이 집에서는 어떤 말도 할 수 없군요."

"데이지의 목소리는 가볍죠. 뭐랄까……."

내가 선뜻 말하지 못하고 머뭇거리자 그가 불쑥 이렇게 말했다.

"그녀의 목소리는 돈으로 그득하죠."

그랬다. 그전에는 미처 깨닫지 못한 사실이었다. 데이지의 목소리는 과연 돈으로 그득했다. ……그 안에서 끊임없이 올라갔다 내려갔다 하는 매력, 잘랑거리는 소리, 심벌즈 같은 소리, ……새하얀 궁전 꼭대기에 사는 공주님, 황금을 두른 여인……, 그런 것이었다.

톰이 1쿼트(약 1리터—옮긴이)짜리 술병을 수건에 싸서 들고 나왔다. 뒤이어 데이지와 조던이 금속처럼 번쩍거리는 천으로 만든 모자를 눌러쓰고 얇은 케이프를 팔에 걸치고 나왔다.

"다 함께 내 차를 타고 가시죠?"

개츠비가 제안하고는 뜨끈뜨끈한 녹색 시트를 만지며 말했다.

"그늘에 세워둘걸 잘못했군."

"변속 기어입니까?"

톰이 물었다.

"그렇습니다."

"그럼 내 쿠페를 타시지요. 댁의 차는 내가 몰고 가죠."

개츠비는 이 제안이 마음에 들지 않았다.

"기름이 모자랄 겁니다."

개츠비가 반대한다는 뜻으로 말했다.

"기름은 충분합니다."

톰이 빼기듯 말하며 계량기를 보았다.

"기름이 떨어지면 약국에 들르죠, 뭐. 요즘 약국에 없는 게 없거든요."

요점을 벗어난 이 말에 잠시 모두 입을 다물었다. 데이지는 인상을 찌푸리며 톰을 쳐다보았다. 그러자 말로 표현하기 힘든 표정이 개츠비의 얼굴에 스쳤다. 직접 보지 못하고 다른 사람에게 들은 것처럼 생소하고 어렴풋이 알 수 있음직한 표정이었다.

"데이지, 이제 가지."

톰이 아내를 붙들고 개츠비의 차 쪽으로 이끌면서 말했다.

"이 곡마단 차로 데려다 줄게."

그가 차 문을 열었지만 그녀는 그의 팔을 뿌리쳤다.

"당신은 닉하고 조던을 태우고 먼저 가요. 우리는 쿠페로 따라갈게요."

그녀가 개츠비 가까이 다가가 그의 윗옷을 만지작거렸다. 조던과 톰과 나는 개츠비의 차에 탔다. 기어에 익숙하지 않은 톰은 그것을 한번 밀어보았다. 이어서 우리가 탄 차는 숨 막힐 듯한 무더위 속을 쌩하게 달려갔다. 남겨진 사람들은 어느새 보이지 않았다.

"그거 봤나?"

톰이 물었다.

"뭘 말인가?"

그가 매섭게 나를 쏘아보았다. 조던과 내가 처음부터 끝까지 모든 걸 알고 있다고 생각하는 모양이었다.

"나를 바보로 아나?"

그가 나를 떠보듯 말했다.

"어쩌면 그럴지도 모르지. 그러나 나도 그…… 천리안을 가지고 있지. 그것을 통해 내가 어떻게 해야 할지 알 수 있고 말이야. 자네는 안 믿겠지만 과학이란……."

그가 갑자기 말을 끊었다. 뜻밖의 사건에 맞닥뜨리자 그는 이론의 구렁텅이에서 빠져나왔다.

"저자에 대해 좀 알아봤지. 이럴 줄 알았으면 좀더 자세히 파보는 건데……."

그가 계속 말했다.

"점쟁이라도 만나셨나요?"

조던이 우스갯소리를 했다.

"뭐라고? 점쟁이?"

우리가 웃음을 터뜨리자 그가 당황한 표정으로 우리를 노려보았다.

"개츠비에 관해 물어봤냐고요."

"말도 안 돼. 누가 그런 곳에 가? 그냥 그동안 뭘 하고 살았는지 뒷조사를 좀 해봤다고."

"그분이 옥스퍼드 출신이라는 걸 알아냈군요?"

조던이 맞장구를 치듯 물었다.

"옥스퍼드? 천만의 말씀! 분홍색 양복을 입고 있는 저자가?"

그는 말도 안 된다는 표정을 지었다.

"하지만 옥스퍼드 출신이래요."

"뉴멕시코 주에 있는 옥스퍼드겠지. 아니면 그 비슷한 어디든가."

톰이 코웃음을 쳤다.

"톰, 그렇게 속물적으로 따질 거면서 뭐하러 그 사람을 점심에 초대했죠?"

조던이 못마땅한 투로 물었다.

"데이지가 초대한 거야. 결혼 전부터 알던 사람이라더군. 어디서 알게 됐는지는 모르지만!"

맥주를 마신 뒤 술기운이 가시는 중에 우리 모두 신경이 날카로웠다. 그것을 알고 있었기에 우리는 한동안 말없이 차를 달렸다. 길 아래쪽으로 T. J. 에클버그 의사의 빛바랜 눈이 나타나기 시작하자 나는 개츠비가 기름이 모자랄지 모른다고 했던 말이 떠올랐다.

"시내까지는 괜찮아."

톰이 말했다.

"저기 주유소가 있잖아요. 날도 더운데 기름이 떨어지면 큰일이에요."

조던이 항의하고 나섰다.

톰이 급히 브레이크를 밟았다. 그리고 윌슨 정비소 간판 아래로 미끄러지듯 차를 몰고 가서 멈췄다.

잠시 후 정비소 안에서 주인이 나타나더니 퀭한 눈으로 차를 바라보았다.

"기름 좀 넣어주시오! 우리가 왜 여기 왔겠소? ……경치 구경이나 하려고?"

톰이 괄괄한 목소리로 소리쳤다.

"몸이 좀 불편해서요. 온종일 아팠다니까요."

윌슨이 그대로 서서 말했다.

"어디가 아픈 거요?"

"기력이 떨어진 거죠, 뭐."

"그럼 내가 직접 하면 좋겠소? 아까 전화 목소리는 팔팔하던데."

톰이 말했다.

그늘진 문설주에 기대서 있던 윌슨이 숨을 헐떡거리며 겨우 주유탱크 뚜껑을 열었다. 햇빛 아래서 보니 그의 얼굴이 푸르스름했다.

"점심 드시는데 폐 끼칠 생각은 없었습니다. 갑자기 돈이 필요해서 오래된 당신 차를 어떻게 하실 건지 알고 싶었던 겁니다."

윌슨이 말했다.

"이 차는 어떻소? 지난주에 새로 샀는데."

톰이 물었다.

"아주 멋진 노란색이네요."

윌슨이 주유기 손잡이를 잡아당기며 말했다.

"사겠소?"

"이 차로 돈 벌기는 쉽지 않겠어요. 됐습니다. 다른 차라면 몰라도."

윌슨이 맥없이 미소 지으며 말했다

"그런데 갑자기 돈은 왜 필요한 거요?"

"다른 곳으로 떠나려고요. 여기 너무 오래 살았어요. 집사람이랑

서부로 갈까 합니다."

"부인이 그러자고 하오?"

톰이 깜짝 놀라 큰 소리로 물었다.

"집사람이 10년 전부터 꺼낸 얘기예요."

윌슨은 손으로 눈을 가리고 주유기에 잠시 몸을 기댔다.

"이번에는 무슨 일이 있어도 갈 겁니다. 함께 말입니다."

쿠페가 손을 흔들면서 먼지를 일으키며 쌩하니 우리 옆을 지나갔다.

"얼마요?"

톰이 무뚝뚝하게 물었다.

"이틀 전에 기가 막힌 사실을 알게 되었어요. 그 때문에 떠나려는 겁니다. 차 문제로 성가시게 한 것도 그 때문입니다."

윌슨이 말했다.

"얼마냐 말이오?"

"1달러 20센트요."

잔혹하리만큼 내리쬐는 불볕더위로 머리가 멍해진 나는 한참 뒤에야 윌슨이 아직은 톰을 의심하고 있지 않다는 것을 알았다. 그는 아내가 자기를 배신했고 다른 세계에서 삶을 즐기고 있다는 것을 알게 되었다. 지금 병이 난 것도 그 충격 때문이었다. 나는 그를 가만히 쳐다보고 나서 톰을 돌아보았다. 톰도 한 시간 전에 그와 똑같은 사실을 발견한 것이다. 그래서 나는 문득 지능이나 인종의 차이보다 병든 자와 건강한 자의 차이가 훨씬 더 크다는 생각이 들었다.

윌슨의 얼굴은 죄를 지은 사람, 그것도 결코 용서받지 못할 죄를 지은 사람처럼 병색이 완연했다. 말하자면 가련한 소녀를 임신시킨 남자처럼 말이다.

"그 차를 팔겠소. 내일 오후에 보내주리다."

톰이 말했다. 이 동네는 햇볕이 눈부시게 내리쬐는 대낮에도 왠지 분위기가 산란하고 심란했다. 나는 뒤에서 무언가 위협하기라도 한 듯 획 돌아보았다. 재의 골짜기 너머 T. J. 에클버그 의사의 어마어마하게 큰 눈이 지켜보고 있었다. 그러나 나는 20피트(약 6미터—옮긴이)도 안 되는 곳에서 또 다른 눈이 유난히 강렬한 눈빛으로 우리를 지켜보고 있다는 것을 알았다. 정비소 건물 위층 창문에서 머틀이 커튼을 살짝 젖히고 우리가 탄 자동차를 내려다보고 있었다. 그녀는 이쪽에서 누가 자신을 보고 있다는 것조차 눈치채지 못할 만큼 정신없이 바라보았다. 필름을 현상하면 인화지에 찍힌 사물이 서서히 나타나듯이 그녀의 얼굴에 여러 가지 감정이 퍼져 나갔다. 기이하게도 익히 아는 표정이었다. 여자들 얼굴에 흔히 나타나는 표정인데, 머틀의 얼굴에서는 목적도 없고 설명할 수도 없는 것이었다. 마침내 나는 질투와 두려움으로 사납게 치켜뜬 그녀의 눈이 톰이 아닌 조던을 바라보고 있다는 것을 알아챘다. 그녀는 조던을 톰의 아내라고 생각했던 것이다.

단순한 사고가 혼란에 빠지는 것만큼 감당하기 힘든 것도 없었다. 차를 몰고 가면서 톰은 몹시 괴로운 듯했다. 한 시간 전만 해도 아내와 머틀 모두 완전히 자기 손아귀에 들어 있었건만 지금은 둘 다 서서히 빠져나가고 있었다. 머틀에게서는 멀어지고 얼른 달려가 데이지를 붙잡기 위해 그는 충동적으로 액셀을 밟았다. 우리는 시속 50마일(약 80킬로미터—옮긴이)로 애스토리아를 향해 달렸다. 마침내 고가철도의 거미줄 같은 교각 사이를 유유히 달리는 푸른색 쿠페가 보였다.

"50번가 근처 큰 영화관이 시원해요."

조던이 귀띔하고는 덧붙였다.

"나는 뉴욕의 여름 오후가 좋아요. 사람들이 빠져나가서 한산하거든요. 뭐랄까, 아주 관능적이죠. 모든 과일이 저절로 손에 떨어질 만큼 농익은 느낌이랄까."

'관능적'이라는 말에 톰의 마음은 한결 더 불안했다. 그러나 그가 맞받아칠 말을 찾을 겨를도 없이 쿠페가 멈추더니 데이지가 옆으로 와서 차를 세우라고 손짓했다.

"어디로 갈 거예요?"

데이지가 소리쳤다.

"영화관 어때?"

"거긴 너무 더워요. 당신들 먼저 가요. 우리는 좀더 돌다가 천천히 갈게요."

데이지가 투덜거렸다. 그러고는 짐짓 재치 있는 말을 했다.

"우리 길모퉁이에서 만나요. 한자리에서 담배 두 대를 연달아 피우는 사람을 보며 나라고 생각해요."

"지금 그런 농담할 상황이 아니야."

톰이 다급하게 말했다. 뒤에 나타난 트럭이 욕지거리를 퍼붓듯 요란하게 경적을 울려댔던 것이다.

"센트럴파크 남쪽 플라자 호텔까지 따라와."

톰은 몇 번이나 그들이 탄 차를 돌아보았다. 차량이 늘어나 그들의 차가 보이지 않으면 속도를 늦추고 시야에 나타날 때까지 기다렸다. 그들이 옆길로 빠져나가 영원히 그의 삶에서 달아나버릴까봐 조바심이 나는 듯했다.

그러나 그들은 달아나지 않았다. 그리고 우리는 플라자 호텔 스위트룸을 얻었다. 이해할 수 없는 상황을 만들고 있었던 것이다.

우리는 객실로 들어가는 순간까지 지리하게 시끌벅적한 입씨름을 벌였는데 어떤 내용인지는 기억나지 않는다. 어쨌든 이러쿵저러쿵 떠들어대는 사이 땀에 젖은 속옷이 뱀처럼 다리에 휘휘 감겼고, 등줄기에서 땀이 서늘하게 줄줄 흘러내렸던 기억이 지금도 생생하다. 호텔에 들어가자는 발상은 데이지가 욕실 5개를 빌려 냉수욕을 하자고 제안하면서 나왔다. 그리고 '민트줄렙(박하를 첨가한 칵테일—옮긴이)을 마실 곳'을 찾던 중 더욱 구체화되었던 것이다. 저마다 '기막힌 생각'이라고 큰 소리로 떠들어대면서 호텔로 들어가 얼떨떨해하는 프론트 직원에게 네 사람이 한꺼번에 말을 걸었다. 그러면서 우리가 참 재미있는 사람들이라고 생각했는데, 어쩌면 그런 척한 것인지도 모른다.

객실이 넓기는 했지만 숨이 턱턱 막힐 만큼 더웠다. 4시였는데도 열린 창으로 공원의 관목림에서 후끈한 바람만 들어왔다. 데이지는 거울 앞으로 가서 우리에게 등을 돌리고 머리를 매만졌다.

"참 근사한 방이네요."

조던이 감탄하며 속삭이자 모두 소리 내어 웃었다.

"다른 창문도 열어요."

데이지가 돌아보지도 않고 명령조로 말했다.

"다 열려 있어."

"그럼 인터폰으로 도끼 좀 가져오라고 해요."

"덥다는 생각을 안 하는 게 상책이야. 덥다고 수선 떨면 더 더운 법이니까."

톰이 신경질적으로 말했다.

그는 수건을 풀고 위스키 병을 탁자에 놓았다.

"부인을 그냥 내버려둬요, 친구. 당신이 오자고 하지 않았습니까?"

개츠비가 한마디 했다.

한순간 침묵이 흘렀고 못에 걸려 있던 전화번호부가 바닥에 떨어졌다. 그러자 조던이 "미안해요."라고 속삭였는데 이번에는 아무도 웃지 않았다.

"내가 주울게."

내가 말했다.

"내가 집었습니다."

개츠비는 끊어진 줄을 살펴보고는 "흠!" 하고 숨을 내쉬더니 의자에 툭 던졌다.

"그게 당신의 그 대단한 말투군그래?"

톰이 날카롭게 말했다.

"무슨 말입니까?"

"말끝마다 그 '친구' 어쩌고 하는 것 말이오. 그런 말은 어디서 배웠소?"

"톰!"

거울을 보고 있던 데이지가 돌아서면서 소리쳤다.

"비난이나 할 거면 나는 단 1분도 여기 있지 않을 거예요. 인터폰으로 민트줄렙에 넣을 얼음이나 갖다 달라고 해요."

톰이 수화기를 들자 눌려 있던 뜨거운 공기가 소리로 확 터졌다. 아래층 연회장에서 멘델스존의 〈결혼행진곡〉이 들렸다. 우리는 장중한 음악에 귀를 기울였다.

"이렇게 더운 날 결혼식을 올리다니!"

조던이 우울한 목소리로 말했다.

"우리도 6월 중순에 결혼했어. 루이빌에서 6월에. 그때 어떤 사람이 졸도를 했는데 누구였죠, 톰?"

데이지가 기억을 떠올리며 말했다.

"빌럭시."

톰이 짧게 대답했다.

"맞아, 빌럭시. '블록스' 빌럭시. 상자 만드는 일을 했던 사람이었죠. 정말이에요. 테네시 주 빌럭시 출신이었어요."

"그 사람을 우리 집으로 싣고 갔죠."

조던이 덧붙였다.

"교회에서 두 집 건너가 바로 우리 집이었거든요. 그런데 그 사람이 3주일이나 우리 집에 머물면서 갈 생각을 안 하자 아버지가 할 수 없이 나가달라고 말했어요. 그 사람이 나간 바로 다음 날 아버지가 세상을 뜨셨죠."

그리고 잠시 뒤 조던이 덧붙였다.

"그렇다고 무슨 관련이 있는 건 아니에요."

"나도 멤피스 출신의 빌 빌럭시라는 사람을 만난 적이 있어요."

내가 말했다.

"그 사람이 블록스 빌럭시의 사촌이에요. 그 사람이 우리 집에 머무는 동안 그 집안에 대해 모두 알게 되었죠. 그리고 요즘 사용하는 알루미늄 골프채도 그가 준 거예요."

예식이 시작되었는지 음악이 멈추고 기쁨의 탄성이 들렸다. 이어서 "그래, 그래!"라고 고함치는 소리가 간간이 들리더니 마지막으로 재즈 음악이 들렸다. 댄스파티가 시작된 것이다.

"우리도 이제 나이를 먹었나 봐요. 젊었다면 저 음악에 맞춰 춤을 출 텐데 말이에요."

데이지가 말했다.

"빌럭시를 생각하면서 참자고."

조던이 그녀에게 주의를 주고 나서 톰에게 말했다.

"그 사람을 어디서 만났어요?"

"빌럭시? 난 모르는 사람이야. 그 사람은 데이지의 친구였지."

그가 마음을 추스르려고 애쓰며 말했다.

"내 친구는 아니었어요. 그 전에 한 번도 본 적 없는 사람이에요. 그는 자가용으로 왔어요."

데이지가 고개를 저으며 말했다.

"하지만 그 사람은 당신을 안다고 했어. 루이빌에서 자랐다던데. 끝 무렵에 에이서 버드가 그 사람을 데리고 오더니 초대해줄 수 없냐고 묻더군."

그러자 조던이 싱긋 웃으며 말했다.

"걸어서 고향에 가는 중이었나 보죠. 그 사람한테 듣기로 예일대학 시절 학년 회장을 지냈다던데."

톰과 내가 멍하니 서로를 쳐다보았다.

"빌럭시가?"

"예일에는 학년 회장이라는 게 없어."

개츠비가 불안스레 발로 바닥을 툭툭 치자 톰이 돌연 그를 쏘아보며 말했다.

"개츠비 씨, 옥스퍼드를 나오셨죠?"

"꼭 그렇다고는 할 수 없겠죠."

"아니, 옥스퍼드를 다녔다고 들었는데요?"

"네……, 다니기는 했습니다."

잠시 침묵이 흐르고 나서 톰이 못 믿겠다는 투로 말했다.

"빌럭시가 뉴헤이번에 있을 무렵 당신은 옥스퍼드에 있었겠군요?"

또다시 침묵이 흘렀다. 노크 소리가 들리더니 웨이터가 잘게 부순 박하와 얼음을 가지고 들어왔다. 그가 "감사합니다."라고 인사를 하고, 나갈 때 가만히 문을 닫는 소리가 났는데도 누구 하나 침묵을 깨뜨리지 않았다. 마침내 그의 엄청난 과거가 밝혀지는 순간이었다.

"거기 다녔다고 말하지 않았습니까?"

개츠비가 대꾸했다.

"네. 그런데 다만 몇 년에 다녔는지 알고 싶어서요."

"1919년입니다. 다섯 달밖에 다니지 않았습니다. 그래서 엄밀히 말해 옥스퍼드를 나왔다고 할 수는 없죠."

톰이 힐끗 우리를 둘러보았다. 우리도 자기처럼 그의 말을 안 믿는지 알아보려는 것이었다. 그러나 우리는 개츠비를 보고 있었다.

개츠비가 계속 말했다.

"휴전 후 장교들에게 그런 기회가 주어진 겁니다. 영국이나 프랑스 어느 대학이든 갈 수 있었지요."

나는 일어나 그의 등을 토닥이고 싶었다. 전에도 경험한 적이 있지만 그에 대한 완전한 믿음이 새로 솟아났던 것이다. 데이지는 일어나 씩 웃으며 탁자 앞으로 갔다.

"톰, 위스키 좀 따요."

그녀가 명령하듯 말했다.

"민트줄렙 만들어줄게요. 한잔 마시면 아둔해 보이지 않을 거예요. ……와, 박하 좀 봐!"

"잠깐만, 개츠비 씨한테 물어보고 싶은 게 하나 더 있어."

톰이 매몰차게 말했다.

"말씀하세요."

개츠비가 점잖게 대꾸했다.

"당신은 우리 집안에 어떤 분란을 일으킬 셈이오?"

마침내 모든 것을 까발리자 개츠비는 오히려 잘됐다고 여겼다.

"분란을 일으키는 건 그가 아니에요. 되레 당신이라고요. 당신이 분란을 일으키고 있잖아요. 제발 좀 그만해요."

데이지가 마음이 몹시 상한 표정으로 두 사람을 차례로 쳐다보았다.

"그만하라고?"

톰이 어이없다는 듯 되풀이했다.

"어디서 굴러먹다 온지도 모를 작자가 내 마누라를 건드리는데 보고만 있으라고? 글쎄, 당신은 그렇게 생각하는지 모르겠지만 난 아냐. 요즘 사람들은 가정과 가족제도 자체를 농락하려 든다니까.

이러다가는 다 집어던지고 백인이 흑인하고 결혼하려 들걸."

얼굴이 붉으락푸르락하면서 아무 말이나 내뱉고 있는 그는 자신이 문명의 마지노선에 홀로 서 있다는 것을 깨달았다.

"우리 모두 백인인걸요."

조던이 중얼거렸다.

"사람들이 나를 별로 좋아하지 않는다는 것 알아. 거창한 파티를 여는 것도 아니고 말이야. 현대사회에서 친구를 사귀려면 자기 집을 돼지우리로 만들어야 할 거야."

나도 화가 나기는 했지만 톰이 말할 때마다 웃음이 터져 나오려고 했다. 난봉꾼이 어느새 도덕군자가 되어 있었던 것이다.

"할 말이 있습니다, 친구."

개츠비가 말을 꺼냈다. 그때 데이지는 그가 무슨 말을 하려는지 짐작했다.

"하지 말아요, 제발……. 이제 집으로 가요, 네? 다 같이 집으로 가요."

데이지가 절망감에 휩싸여 그의 말을 끊었다.

"그게 좋겠어. 가세, 톰. 아무도 술을 마시고 싶어 하지 않는데."

내가 동조하며 얼른 일어났다.

"아니, 개츠비 씨가 나한테 할 말이 있다고 하잖나. 들어봐야지."

"부인은 당신을 사랑하지 않아요. 지금까지 단 한 번도 사랑한 적 없습니다. 그녀가 사랑하는 건 나예요."

개츠비가 말했다.

"이 양반 정신이 나갔군!"

톰이 순간적으로 소리쳤다. 개츠비가 흥분해서 벌떡 일어났다.

"당신을 사랑한 적이 없어요. 알겠소? 당신하고 결혼한 건 내가 너무 가난했기 때문이오. 나를 기다리다 지쳤기 때문이지. 그것이 큰 잘못이었소. 그러나 마음속으로는 오직 나만을 사랑하고 있었소."

개츠비가 소리쳤다.

그때 조던과 나는 나가려고 했지만 톰과 개츠비가 앞다퉈 가지 말라고 붙잡았다. 마치 더 이상 그들은 아무것도 감출 것이 없으므로 이제 그들의 감정을 대신 겪어볼 특권이라도 주겠다는 듯이 말이다.

"데이지, 여기 앉아봐. 무슨 일이 있었는지 다 얘기해봐."

톰은 마치 아버지처럼 말하려 했지만 잘 안 되었다.

"다 말하지 않았소? 무슨 일이 있었는지. 5년 동안 계속되어온 일을 당신만 모르고 있었던 거요."

개츠비가 말했다.

톰이 데이지를 바라보며 말했다.

"5년 동안 계속 이자를 만났단 말이야?"

"만난 건 아니오. 아니, 만나고 싶어도 만날 수 없었소. 그러나 우리는 언제나 변함없이 서로를 사랑했소. 그런데도 당신은 모르고 있었던 거요. 가끔 우습기도 했지. 당신이 모르고 있다는 걸 생각하면 말이오."

개츠비가 말했다. 그러나 그의 눈에는 웃음기가 전혀 없었다.

"그래……, 그게 다요?"

톰이 목사처럼 두툼한 손가락을 툭툭 치며 의자에 몸을 기댔다.

"당신은 미쳤어!"

그가 갑자기 소리를 질렀다.

"5년 전에 무슨 일이 있었는지 그건 내가 상관할 바 아냐. 데이지를 모를 때니까……. 뒷문으로 식료품을 배달한 게 아니라면 이 여자를 어떻게 가까이할 수 있었겠어. 하지만 나머지는 사실이 아냐. 데이지는 결혼할 때 분명 나를 사랑했고 지금도 사랑하고 있소."

"천만에!"

개츠비가 고개를 흔들었다.

"그녀는 나를 사랑하오. 가끔 바보처럼 자기가 무슨 짓을 하는지도 모를 때가 있지만 말이오."

톰이 마치 성인군자나 되는 것처럼 고개를 끄덕였다.

"또한 나도 그녀를 사랑하오. 물론 가끔 술김에 부적절한 짓을 저지르기는 했지만 결국 제자리로 돌아오지. 마음만은 변함없이 그녀를 사랑하고 있소."

"역겨워."

데이지가 말했다. 그리고 나를 돌아보며 무서우리만큼 경멸스러운 투로 한 옥타브 낮춰 말하는 그녀의 목소리가 방 안 가득 울렸다.

"우리가 왜 시카고를 떠난 줄 아세요? 그 가끔 있는 술주정이 어떻게 오빠 귀에 안 들어갔는지 정말 놀라워요."

개츠비가 데이지 곁으로 다가갔다.

"데이지, 이제 다 끝났소. 이제 그런 건 신경 쓰지 말아요. 저 사람에게 진실만 말하면 돼요……. 그러면 모든 것을 영원히 지워버릴 수 있어요."

그가 간곡하게 말했다.

데이지는 넋이 나간 듯 그를 바라보며 말했다.

"정말이지…… 내가 어떻게 저 사람을 사랑할 수 있었겠어요."

"당신은 저 사람을 사랑한 적이 없소. 그렇죠?"

순간 데이지는 망설였다. 그리고 애원하듯 조던과 나를 바라보았다. 지금 자신이 무슨 짓을 하고 있는지 비로소 깨달은 듯했다. 아니, 애초에 그럴 생각이 전혀 없었다는 표정이었다. 하지만 화살은 이미 시위를 떠났다. 때는 이미 너무 늦어버린 것이다.

"그를 사랑하지 않았어요."

누가 봐도 마음에 없는 말이었다.

"카피올라니(하와이 오아후 섬에 있는 공원—옮긴이)에서도 사랑하지 않았다는 건가?"

톰이 갑자기 추궁하듯 물었다.

"그래요."

숨이 콱콱 막힐 듯한 음악이 아래층 연회장에서 무더운 공기와 함께 올라왔다.

"펀치볼(하와이 오아후 섬의 분지—옮긴이)에서 신발이 젖을까 봐 당신을 안고 내려온 날도 그랬단 말이지? 그랬어, 데이지?"

그의 말투는 괄괄하면서도 다정했다.

"그만, 그만해요, 제발."

데이지의 목소리는 여전히 냉담했지만 증오심이 배어 있지는 않았다.

데이지가 개츠비를 불렀다.

"이봐요, 제이."

그녀는 떨리는 손으로 담뱃불을 붙이려 했다. 그러나 돌연 담배와 불붙은 성냥개비를 카펫에 내던지고 소리쳤다.

"당신은 너무 많은 걸 바라요. 지금 난 당신을 사랑하고 있어요. 그걸로 만족하지 않는 거예요? 과거는 어쩔 수가 없어요."

그러고는 좌절감에 휩싸여 흐느끼기 시작했다.

"한때는 저 사람을 사랑했어요. ……그리고 당신도 사랑했어요."

개츠비가 눈을 떴다 감았다.

"나도 사랑했다고?"

그가 그녀의 말을 되뇌었다.

"그것도 거짓말이오."

톰이 거만하고 사납게 내질렀다.

"데이지는 당신이 살아 있다는 것조차 잊고 있었소. 아무튼 그녀와 나 사이에는 당신이 모르는 일이 아주 많소. 둘 다 절대 잊지 못할 일들 말이오."

그 말이 개츠비를 물어뜯는 듯했다.

"데이지와 단둘이 얘기하고 싶소. 지금은 그녀가 너무 격앙되어 있어서……."

개츠비가 집요하게 말했다.

"단둘이 있더라도 톰을 사랑한 적이 없다고 말할 수는 없어요. 그것이야말로 거짓말이에요."

데이지가 애절한 목소리로 인정했다.

"물론 거짓말이지."

톰이 거들었다.

데이지는 남편을 쳐다보았다.

"당신한테는 그게 그렇게 중요해요?"

"물론이지. 앞으로 당신한테 더 잘할게."

"이해 못 하고 있군요. 당신은 그녀에게 잘할 필요도 없을 거요."

개츠비가 조금 당황한 표정으로 말했다.

"잘할 필요도 없다고?"

톰이 눈을 부릅뜨고 웃어댔다. 이제 그는 감정을 자제할 여유가 생긴 것이다.

"어째서요?"

"그녀는 당신을 떠날 테니까."

"얼토당토않은 소리."

"하지만 사실이에요."

데이지가 말했다. 애쓰는 모습이 역력했다.

"나를 떠날 순 없어!"

톰이 한 대 칠 듯이 말했다.

"도둑질을 하지 않고서는 여자의 손가락에 반지조차 끼워주지 못할 협잡꾼 때문에 나를 떠난다고? 절대 못 그럴걸."

"더 이상 못 참겠어요. 밖으로 나가요, 제발."

데이지가 소리 질렀다.

"도대체 당신 정체가 뭐요? 마이어 울프심과 한통속이라는 건 알고 있소. 당신 사업을 조사해봤지. ……내일은 더 자세히 알아볼 작정이오."

톰이 고함을 질렀다.

"마음대로 하시오, 친구."

개츠비가 침착하게 말했다.

"당신의 그 '약국'에서 무슨 짓을 하는지 알아냈단 말이오."

톰이 우리를 보면서 단숨에 지껄였다.

"이자와 울프심이 이곳과 시카고의 뒷골목 약국을 대거 사들여 에틸알코올을 판 거야. 그런 잔재주는 있더군. 난 한눈에 밀주업자라고 생각했는데 영 잘못 본 건 아니었어."

"그게 어쨌단 말이오? 그러는 당신 친구 월터 체이스는 자존심이 없어서 이 사업에 가담했나 보군요."

개츠비가 점잖게 말했다.

"그래서 그 친구가 곤경에 처했는데도 모른 척했소? 한 달이나 뉴저지 형무소에 있었는데. 월터가 당신에 대해 뭐라고 하는지 들어봐야 하는데."

"무일푼 신세로 찾아왔소. 돈을 좀 주었더니 감지덕지하더군요, 친구."

"그놈의 친구, 친구, 그만 좀 하시오."

톰이 소리쳤다. 개츠비는 아무 말도 하지 않았다.

"월터는 도박금지법으로 당신을 고소할 수도 있었소. 그러나 울프심의 협박에 입을 다물었던 거요."

자주 볼 수 있는 것은 아니었지만 알 만한 표정이 다시금 개츠비의 얼굴에 떠올랐다.

톰이 조용히 말을 이어갔다.

"약국 사업은 작은 놀이에 불과하지. 당신은 지금 월터가 겁이 나서 감히 입 밖에 꺼내지 못하는 그런 일을 하고 있소."

나는 데이지를 슬쩍 보았다. 그녀는 겁에 질린 눈으로 개츠비와 남편을 똑바로 쳐다보고 있었다. 조던을 보니 그녀는 눈에 보이지 않는 재미있는 물건을 턱 끝에 올려놓은 듯 균형을 잡기 시작했다. 그다음 돌아서서 개츠비를 보았다. 그 순간 그의 표정을 보고 깜짝 놀라고 말았다. 일전에 그의 집 정원에서 쑤군대던 소문 따위는 완전히 배제하고 하는 말이지만, 마치 '사람을 죽인' 자의 표정이었다. 한순간 그의 표정을 그렇게 기이하게 표현할 수밖에 없었다.

그 표정이 사그라진 뒤 그는 격앙된 어조로 데이지에게 얘기하기 시작했다. 그는 모든 것을 부정하고, 아직 비난하지도 않은 것에 대해 변명을 늘어놓았다. 그러나 그가 한 마디 한 마디 할 때마다 그녀는 점점 더 뒷걸음질 치며 움츠러들었고, 결국 그는 단념했다. 어느새 해는 기울어갔고, 오직 스러진 꿈만이 더 이상 만질 수 없는 것을 만지려 기를 썼으며, 불행하지만 그렇다고 절망에 빠지지도 않으면서 맞은편의 그 잃어버린 목소리를 향해 버둥거리고 있었다.

그 목소리의 주인공이 다시금 가자고 애원했다.

"제발, 톰! 그만해요."

지금까지는 어떤 의지와 용기가 있었는지는 모르겠지만 겁에 질린 데이지의 눈에서 더 이상 그러한 것들을 찾아볼 수 없었다.

"데이지, 두 사람 먼저 출발해. 개츠비 씨 차로."

톰이 말했다.

그녀가 놀란 눈으로 톰을 보았다. 그러나 톰은 너그러운 듯하면서도 경멸에 찬 투로 재차 말했다.

"그렇게 하라니까. 저자가 당신을 괴롭히지는 않을 거야. 분수도 모르고 덤볐던 애정 행각은 이제 끝났다는 걸 알았을 테니까."

개츠비와 데이지는 한마디도 없이 불쑥 떠났다. 마치 유령처럼 말이다. 그리고 우리의 동정심으로부터 멀리 달아나버렸다. 잠시 후 톰이 일어나 따지도 않은 위스키 병을 수건으로 감쌌다.

"좀 마실까, 조던? 닉은 어때?"

나는 대답하지 않았다.

"닉 어때?"

그가 또 물었다.

"뭐라고?"

"좀 마시겠냐고?"

"아니……. 지금 생각났는데 오늘이 내 생일이군그래."

이제 서른 살이 된 내 앞에는 예사롭지 않고 위협적인 새로운 10년이 펼쳐져 있었다.

우리가 쿠페를 타고 롱아일랜드로 떠난 것은 7시였다. 톰은 연신 기분 좋게 지껄여댔다. 그러나 나와 조던의 귀에는 그의 목소리가 보도에서 들려오는 낯선 소리나 머리 위 고가철도의 소음과 다름없이 희미하게 들렸다. 인간의 동정심에도 한계가 있는 법이다. 그래서 우리는 이들의 처참한 다툼이 도시의 등불 뒤로 사라져간 것을 다행으로 생각했다. 서른 살…… 앞으로 고독한 10년이 기다리고 있었다. 독신 남자가 알아둬야 할 항목이 점점 줄어들고, 열정 가득한 서류 가방도 점점 얇아지며, 머리숱도 점점 줄어든다는 뜻이었다. 그러나 내 곁에는 조던 베이커가 있었다. 데이지와 달리 이 여자는 잊고 있었던 꿈을 두고두고 간직하기에는 너무나 총명했다. 어둠이 깔린 다리 위를 달릴 때 조던의 창백한 얼굴이 내 어깨에 부드럽게 내려앉았다. 서른 살을 맞이하며 받은 엄청난 충격도 마음을 편안하게 해주는 그녀의 손길 속에서 사그라들고 말았다.

우리는 시원한 황혼을 뚫고 죽음을 향해 계속 차를 달렸다.

재의 골짜기 근처 카페 주인인 젊은 그리스인 미카엘리스는 검시 현장에서 중요한 증인으로 나섰다. 그는 찌는 듯한 더위 속에서 무려 5시가 넘도록 잠을 자고 일어나 정비소 쪽으로 천천히 걸어가 사무실에서 앓고 있는 조지 윌슨을 발견했다. 머리 색 못지않게 얼굴빛이 파리한 그는 온몸을 덜덜 떨고 있었다. 미카엘리스는 눕는 게 좋겠다고 말했지만 그는 그러면 하루 장사를 망치게 된다며 한사코 말을 듣지 않았다. 이웃 청년이 윌슨을 설득하고 있는데 위쪽에서 요란한 소리가 났다.

"마누라를 가둬놓았소. 모레까지 그렇게 둘 거요. 그다음 이곳을 떠날 작정이오."

윌슨이 천천히 말했다.

미카엘리스는 깜짝 놀랐다. 4년을 이웃에 살면서 봐왔지만 윌슨이 그런 짓을 할 사람이라고는 생각하지 않았기 때문이다. 그는 늘 맥없이 살았다. 일이 없을 때는 문간 의자에 앉아 한길을 지나가는 사람들이나 차를 물끄러미 바라보았고 어느 누가 말을 걸든 호의적으로 웃었지만 늘 기운이 없어 보였다. 그는 자기 주장이라고는 없이 아내의 기에 눌려 사는 남자였다. 미카엘리스는 무슨 일이 생겼냐고 물어보았으나 그는 한마디도 하지 않았다. 그 대신 의심스러운 눈초리로 미카엘리스를 보면서 아무 날 몇 시에 뭘 하고 있었냐고 캐물었다. 미카엘리스가 난처해하던 참에 마침 노동자 몇 명이 정비소 앞을 지나 카페 쪽으로 가는 것을 보고 나중에 다시 올 생각으로 그곳을 나왔다. 그러나 정비소에 다시 가지는 않았다. 잊어버린 것이지 별다른 이유가 있었던 것은 아니었다. 7시 조금 넘어 밖으로 나왔을 때 윌슨의 아내가 아래층에서 큰 소리로 욕을 퍼부어대는 소리를 듣고 그는 아까 윌슨하고 주고받았던 얘기가 생각났다.

"때려! 어디 한번 때려보라고. 이 더럽고 비겁한 자식아!"

여자가 악다구니를 부렸다.

잠시 후 여자가 소리소리 지르고 두 손을 흔들며 어스름한 거리로 뛰어들었다. 미카엘리스가 문간에서 몸을 돌리기도 전에 일이 끝나고 말았다.

신문에서 표현한 대로 '죽음의 차'는 멈추지 않았다. 짙어가는 어둠 속에서 불쑥 나타난 차는 잠시 참혹하게 비틀거리다가 다음 모퉁이로 사라졌다. 미카엘리스는 자동차 색깔도 미처 보지 못했다. 그는 맨 처음 온 경찰관에게 연한 녹색이었다고 말했다. 반대편 차선에서 뉴욕 방향으로 달리던 차가 1백 야드(약 91미터—옮긴이) 정도 지나쳤다가 멈추고는 급히 차를 돌려 머틀 윌슨이 쓰러져 있는 곳으로 갔다. 한길에 엎드린 그녀의 몸에서 검붉은 피가 흘러나와 먼지와 뒤섞여 있었다. 그녀의 목숨은 참혹하게 끊어져 있었다.

가장 먼저 그녀에게 달려온 것은 미카엘리스와 이 남자였다. 땀에 젖은 블라우스를 찢어 들춰보니 왼쪽 가슴이 축 늘어져 흔들거리고 있었다. 그 아래 심장 고동 소리를 굳이 들어볼 필요도 없었다. 입은 마치 오랫동안 쌓아온 엄청난 생명력을 한꺼번에 토해내느라 몹시 숨이 가빴는지 양쪽 입가가 약간 찢어진 채 벌어져 있었다.

우리는 꽤 먼 거리에서 자동차 서너 대와 사람들이 몰려 있는 광경을 볼 수 있었다.

"사고가 났나 봐! 잘됐네. 윌슨한테도 일이 좀 생기겠군."

톰이 말했다.

그는 속력을 늦췄을 뿐 멈추려고 하지 않았다. 우리가 가까이 다가갔을 때 보니 정비소 문 앞에 모여든 사람들은 입을 다문 채 뭔가에 정신이 팔려 있었다. 그러자 톰이 반사적으로 브레이크를 밟았다.

"무슨 일인지 구경이나 하지. 잠깐만 말이야."

그는 께름칙한 표정으로 말했다.

그때 정비소에서 절망적으로 울부짖는 소리가 끊임없이 새어 나오고 있다는 것을 알아챘다. 우리가 쿠페에서 내려 정비소 문으로 걸어가자 울음소리는 "아, 하느님 맙소사!"라는 신음 소리로 바뀌었다.

"큰 사고가 났나 본데?"

톰이 흥분해서 말했다.

그는 발돋움을 하고 둘러선 사람들의 머리 너머로 정비소 안을 살펴보았다. 거기에는 머리 위로 철망에 싸인 노란 등불 하나만이 켜진 채 흔들거리고 있었다. 이어 그는 목구멍으로 억센 외마디소리를 토해내더니 우악스러운 팔로 사람들을 마구 밀치고 안으로 들어갔다.

사람들이 왜 이러느냐고 투덜거리면서 다시 정비소 가까이 모여들어 잠시 동안 나는 아무것도 볼 수 없었다. 그러자 새로 사람들이 모여들면서 밀치락달치락하는 바람에 조던과 나는 갑자기 안으로 떠밀려 들어갔다.

머틀 윌슨의 시체는 추워서 못 견디겠다는 듯이 담요 두 장에 싸여 벽 앞 작업대 위에 눕혀져 있었다. 우리에게 등을 돌리고 서 있는 톰은 시체 위로 몸을 숙인 채 꼼짝도 하지 않았다. 그 옆에서 오토바이를 타고 온 경찰관이 땀을 뻘뻘 흘리며 수첩에 이름을 적었다 다시 고치곤 했다. 텅 빈 정비소 안에 시끄럽게 울리는 신음 소리가 어디에서 나오는지 처음에는 알 수 없었다. 보아하니 윌슨이 조금 높이 돋운 사무실 문지방에 서서 문설주를 부여잡고 몸부림치고 있었다. 한 남자가 나지막이 이야기하며 한 번씩 그의 어깨를 잡으려 했으나 그의 귀에는 아무것도 들리지 않고 어떤 것도 눈에 들어오지 않는 것 같았다. 그는 흔들리는 등불을 바라보다가 시체가 놓인 벽 앞 작업대로 천천히 시선을 떨구더니 다시 등불을 올려다보곤 했는데, 그때마다 그는 무섭게 소리를 질러댔다.

"아, 하느님! 아, 하느님! 아, 하느님! 아, 하느님!"

급기야 톰이 고개를 번쩍 들고 허탈한 시선으로 정비소를 쓱 훑어보더니 옆에 있는 경찰관에게 두서없이 웅얼거렸다.

"마……브……오……."

경찰관이 말하고 있었다.

"아니, '로'예요. 마브로……."

남자가 정정했다.

"내 말 좀 들어보시오!"

톰이 괄괄한 목소리로 나지막하게 말했다.

"르……, 오……."

경찰관이 말했다.

"그……."

"그……."

톰이 넓적한 손으로 경찰관의 어깨를 잡자 그가 고개를 번쩍 들었다.

"뭡니까?"

"어찌된 일인지 알고 싶소."

"차에 치여 즉사했습니다."

"즉사요?"

톰이 눈을 휘둥그렇게 뜨고 그 말을 되뇌었다.

"저 여자가 도로로 뛰어들었답니다. 차는 그대로 달아났고요."

"차 두 대가 지나가고 있었습니다."

미카엘리스가 말했다.

"하나는 내려오고 하나는 올라가고, 알겠죠?"

"어느 쪽이라고요?"

경찰관이 날카롭게 물었다.

"양방향이오. 그런데 그녀가……."

그가 담요 쪽으로 손을 들다가 허리께에서 얼른 내렸다.

"그녀가 저리로 달려갔고, 뉴욕에서 내려오던 차가 그녀를 정면으로 들이받았어요. 시속 3, 40마일(약 48~64킬로미터—옮긴이)쯤 되었을 걸요."

"여기 지명이 어떻게 되죠?"

경찰관이 물었다.

"딱히 없습니다."

피부색이 조금 밝고 말쑥하게 차려입은 흑인이 한 걸음 앞으로 다가서며 말했다.

"노란색이었습니다. 크고 노란 차였습니다. 새 차였어요."

그가 말했다.

"사고를 직접 목격하셨나요?"

경찰관이 물었다.

"그건 아니에요. 하지만 그 차가 시속 40마일 이상 밟고 나를 지나쳐 길을 내리달았습니다. 시속 5, 60마일쯤 됐을 겁니다."

"이리 와보세요. 이름 좀 적어야겠소. 저기 좀 비켜요. 이 사람 이름 좀 적게요."

이들이 주고받은 말 중에 몇 마디가 사무실 문간에서 몸을 흔들고 있던 윌슨의 귀에 들린 모양인지 거칠게 몰아쉬던 그의 숨소리가 그치고 새로운 고함이 터져 나왔다.

"어떤 차인지 말할 필요 없어! 어떻게 생겼는지 아니까!"

그 순간 톰의 어깨 뒤쪽 근육이 뻣뻣해지는 것이 보였다. 그는 곧바로 윌슨한테 걸어가 마주 서서 그의 양어깨 아래쪽 팔을 꽉 쥐었다.

"정신 차리게."

톰이 무뚝뚝한 목소리로 달래듯 말했다.

윌슨이 톰을 쳐다보았다. 그는 놀라서 발끝에 힘을 주고 몸을 세우려 했다. 그때 톰이 잡아주지 않았다면 그대로 무릎이 꺾여 바닥에 주저앉았을 것이다.

"내 말 잘 듣게."

톰이 그를 가볍게 흔들며 말했다.

"난 방금 뉴욕에서 오는 길이오. 일전에 말했던 쿠페를 가지고 말이오. 오늘 오후에 내가 운전했던 그 노란 차는 내 차가 아니오……. 알겠소? 그 뒤로 지금까지 그 차를 보지 못했소."

나와 그 흑인만이 그의 말을 알아들을 정도로 가까이 있었다. 그런데 경찰관이 말투에서 어떤 낌새를 알아챘는지 사납게 쳐다보았다.

"무슨 얘깁니까?"

경찰관이 물었다.

"난 이 사람 친구요."

톰이 윌슨의 팔을 꽉 잡은 채 고개를 돌렸다.

"이 사람이 사고 차량을 알고 있다는군요……. 노란색 차였답니다."

목소리가 불안하다는 것을 감지했는지 경찰관은 미심쩍게 쳐다보았다.

"그런데 당신 차는 무슨 색입니까?"

"푸른색 쿠페입니다."

"방금 뉴욕에서 오는 길입니다."

내가 말했다.

우리 뒤를 따라오던 사람이 이 사실을 확인해주자 그제야 경찰관이 돌아섰다.

"다시 한번 정확하게 이름을 말씀해주세요……."

톰은 인형을 다루듯 윌슨을 번쩍 들어 사무실로 데리고 들어가 의자에 앉히고 다시 나오더니 명령조로 말했다.

"누가 이리 와서 저 사람 곁에 있어주시오."

그러자 가까이 있던 남자 둘이 서로의 얼굴을 힐끔거리더니 귀찮지만 할 수 없다는 듯이 사무실로 들어갔다. 톰은 두 사람이 들어가는 것을 지켜보다가 사무실 문을 닫고 작업대 쪽으로는 일부러 눈길을 피하며 한 단짜리 계단을 내려왔다. 톰은 내 옆으로 와서 귀엣말로 소곤댔다.

"이제 나가지."

그는 사람들 눈을 의식하며 위엄스럽게 두 팔로 사람들을 헤쳤다. 우리는 아직도 모여드는 군중 속을 빠져나왔다. 30분 전쯤 부른 의사가 혹시나 하는 마음에 왕진 가방을 들고 바삐 걸어가고 있었는데, 우리는 그를 스쳐 지나갔다.

톰은 천천히 운전하다가 의사가 모퉁이를 돌아서자 힘껏 액셀을 밟았다. 그의 쿠페가 어둠을 뚫고 쌩하니 달렸다. 그러더니 잠시 뒤 낮은 울음소리가 들렸다. 그가 눈물을 줄줄 흘리며 울먹였다.

"비겁한 자식! 차를 세우지도 않다니!"

바람에 사락거리는 검은 나무 사이로 톰의 집이 갑자기 나타났다. 톰은 현관 옆에 차를 세우고 2층을 올려다보았다. 담쟁이덩굴 사이로 창문 2개가 불을 밝히고 있었다.

"데이지가 들어온 모양이군."

톰이 말했다. 차에서 내리는데 그가 나를 슬쩍 보더니 얼굴을 살짝 찌푸렸다.

"자네를 웨스트에그에 내려줄걸 잘못했어. 오늘 밤에는 아무것도 할 수 없으니 말이야."

그는 조금 전과 달리 숙연하고 딱딱하게 말했다. 달빛 어린 자갈길을 지나 현관 쪽으로 걸어가면서 그는 몇 마디로 얼른 일을 처리했다.

"전화로 집까지 태워줄 택시를 불러야겠어. 그동안 자네는 조던하고 부엌에 가서 저녁 식사나 하게. 내키면 말이야."

그가 현관문을 열었다.

"들어가지."

"아니, 생각 없네. 택시를 불러주면 고맙겠어. 난 밖에서 기다리면 돼."

조던이 내 팔을 잡았다.

"닉, 들어가요, 네?"

"아니, 괜찮아요."

나는 속이 울렁거리고 토할 것 같은 기분이어서 혼자 있고 싶었다. 그러나 조던은 잠시 망설였다.

"아직 9시 30분밖에 안 됐어요."

조던이 말했다.

집 안으로 들어가는 것은 너무나 끔찍한 일이었다. 오늘 하루 나는 지겹도록 그들과 어울렸다. 갑자기 조던도 마찬가지라는 생각이 들었다. 그녀는 그런 내 마음을 눈치챈 모양인지 별안간 돌아서서 현관 층계를 뛰어 올라가더니 집 안으로 사라졌다. 나는 잠시 두 손으로 머리를 감싸고 앉아 있었다. 집 안에서 집사가 택시를 부르는 소리가 들리자 정문 앞에서 기다리려고 천천히 차도를 내려갔다.

20야드(약 18미터—옮긴이)도 채 못 갔을 때 내 이름을 부르는 소리가 들리더니 관목 숲에서 개츠비가 나타났다. 그때 나는 무서움을 느꼈던 모양이다. 달빛 아래 분홍색 양복이 나타나자 아무 생각도 할 수 없었던 것이다.

"여기서 뭘 하고 계시는 겁니까?"

내가 물었다.

"그냥 서 있었습니다, 친구."

그런 모습이 왠지 비열해 보였다. 나는 그가 당장이라도 그 집을 약탈하러 들어갈지 모른다는 생각을 했던 것이다. 방금 그가 나온 어두운 관목 숲에서 울프심 주변의 흉악스러운 얼굴들이 보였더라도 나는 의아해하지 않았을 것이다.

"사고 난 것 보셨습니까?"

잠시 후 그가 물었다.

"네, 봤습니다."

그가 잠시 망설였다.

"그 여자는 죽었습니까?"

"네."

"그럴 것 같았습니다. 그렇잖아도 데이지에게 그렇게 말했죠. 충격은 한꺼번에 받는 것이 좋으니까요. 데이지는 잘 버티고 있어요."

데이지의 반응 말고는 아무 문제 없다는 듯이 말했다.

"뒷길로 돌아서 웨스트에그로 갔습니다."

그가 계속 말했다.

"그 차는 우리 집 차고에 넣어두었습니다. 본 사람은 없는 것 같은데 확실하지는 않아요."

나는 그가 너무 역겨워서 잘못 생각했다고 말하고 싶지도 않았다.

"그 여자는 누굽니까?"

그가 물었다.

"머틀 윌슨이라는 여자인데 정비소 주인의 아내입니다. 도대체 어쩌다 그렇게 됐죠?"

"난 핸들을 돌리려고 했어요……."

그가 갑자기 말을 멈춘 순간 나는 진실을 직감했다.

"데이지가 운전했나요?"

"그렇습니다."

잠시 후에 그가 말했다.

"하지만 내가 운전했다고 할 겁니다. 알다시피 뉴욕을 떠날 때 그녀의 신경이 극도로 날카로워져 있었어요. 그래서 운전이라도 하면 좀 나아질 거라고 생각했어요……. 그런데 맞은편에서 달려오는 차를 막 지나치는 순간 그 여자가 우리 차 앞으로 뛰어들었어요. 순식간에 벌어진 일이에요. 그녀는 우리에게 뭔가 할 말이 있는 듯했어요. 우리를 아는 사람으로 착각한 거죠. 데이지는 그녀를 피하려고 반대편 도로로 핸들을 꺾으려다 무서웠는지 다시 돌리더군요. 내가 핸들을 잡는 순간 부딪치는 느낌이 들었어요. 아마 그 자리에서 죽었을 겁니다."

"가슴이 갈기갈기 찢겨……."

"그만해요, 친구."

그는 얼굴을 찡그렸다.

"어쨌든…… 데이지가 그 여자를 친 거죠. 데이지도 차를 세우려고 했지만 그럴 수가 없었어요. 그래서 내가 핸드브레이크를 당겼어요. 그러고 나서 데이지는 내 무릎에 쓰러졌죠. 그다음에는 내가 운전했고요."

잠시 후 개츠비가 계속 말했다.

"내일이면 데이지도 안정을 찾을 겁니다. 난 여기서 톰이 데이지를 괴롭히지 않는지 지켜볼 겁니다. 오후에 있었던 기분 나쁜 일을 빌미로 말이죠. 데이지는 방문을 잠그고 있어요. 톰이 때리려 들면 불을 껐다 켜라고 일러뒀습니다."

"톰이 때리거나 하지는 않을 겁니다. 데이지는 관심도 없을 테니까요."

내가 말했다.

"난 그 사람을 믿을 수가 없어요."

"얼마나 더 있을 겁니까?"

"필요하다면 밤이라도 새워야죠. 일단 모두 잠들 때까지 여기 있을 겁니다."

새로운 생각이 머릿속에 떠올랐다. 데이지가 운전했다는 것을 톰이 알게 되면 어떻게 될까? 그는 어떤 연관이 있다고 생각할지 모른다. 그가 어떤 생각을 할지 모를 일이었다. 집을 올려다보니 아래층 창문 2개에 불이 켜져 있었다. 2층 데이지의 방 창에 분홍색 불빛이 환하게 비쳤다.

"여기서 기다려요. 내가 가서 소동이 벌어질 기미가 있는지 살펴보고 올게요."

내가 말했다.

나는 잔디밭 언저리를 돌아 자갈길을 가로질러 까치걸음으로 베란다 층계를 올라갔다. 거실 커튼이 젖혀져 있었고, 안에는 아무도 없었다. 석 달 전 6월 저녁 식사를 했던 현관을 가로질러 불빛이 새어 나오는 작고 네모난 창문으로 다가갔다. 식료품 저장실로 알고 있는 방이었다. 블라인드가 쳐져 있었지만 창턱 틈새로 안을 들여다볼 수 있었다.

데이지와 톰이 식탁 앞에 마주 앉아 있었다. 두 사람 사이에는 식은 닭튀김 한 접시와 맥주 두 병이 놓여 있었다. 톰은 맞은편에 앉은 데이지에게 뭔가 열심히 얘기하고 있었다. 그러면서 자신의 손으로 그녀의 손을 감쌌다. 데이지는 가끔 그를 쳐다보면서 알았다는 듯이 고개를 끄덕였다.

둘 다 기분이 좋아 보이지는 않았고, 닭고기나 맥주에는 손도 대지 않았다. 그렇다고 불쾌해 보이지도 않았다. 분위기는 자연스러웠고 친밀감이 느껴졌다. 이 모습을 본 사람이라면 누구나 이들이 한통속으로 음모를 꾸미고 있다고 생각했을 것이다. 내가 까치걸음으로 현관을 나오는데 택시가 어두운 길을 달려오는 소리가 들렸다. 개츠비는 내가 기다리라고 했던 그 자리에 가만히 서 있었다.

"잠잠하던가요?"

그가 걱정스레 물었다.

"네, 아주 잠잠하더군요."

내가 머뭇거리며 말했다.

"이제 댁으로 가서 눈 좀 붙이시죠."

그는 고개를 저었다.

"데이지가 잠들 때까지 여기 있을 겁니다. 먼저 가세요, 친구."

그는 두 손을 윗옷 주머니에 넣고, 마치 내가 신성한 불침번 임무에 방해가 된다는 듯 돌아서서 집을 살펴보았다. 나는 달빛 아래 서서 아무것도 없는 것을 지켜보는 그를 남겨두고 그곳을 떠났다.

제8장

나는 밤새 잠을 이루지 못했다. 해협에서는 신음과 같은 안개 경보가 끊임없이 울렸다. 기이한 현실과 무시무시한 꿈결 사이를 헤매며 앓는 사람처럼 몸을 뒤척였다. 동이 틀 무렵 개츠비 저택의 차도로 택시 올라오는 소리가 들렸다. 나는 침대에서 벌떡 일어나 옷을 입었다. 개츠비한테 일러줄 말이 있었다. 조심하라고 말해줘야 하는데, 아침이 되면 너무 늦을 것 같았다.

그의 집 잔디밭을 가로질러 가보니 현관문이 열려 있었다. 탁자에 기대서 있는 그는 실의에 빠진 것 같기도 하고 졸음이 쏟아진 것 같기도 했다.

"별일 없었습니다. 계속 거기에 있었습니다. 4시쯤 데이지가 창가로 와서 잠깐 서 있다가 불을 껐습니다."

그가 힘없이 말했다.

그와 내가 담배를 찾아 큰 방들을 뒤졌는데 그날 새벽처럼 그의 집이 넓어 보인 적도 없었다. 우리는 휘장 같은 커튼을 한쪽으로 밀치고 전기 스위치를 찾아 가늠할 수 없는 높고 어두운 벽을 더듬었다. 허깨비 같은 피아노 건반 위에 엎어지기도 했다. 어디나 먼지투성이에 몇 날 며칠 창문을 열어놓지 않아 곰팡내가 났다. 나는 처음 보는 탁자 위에서 담뱃갑을 발견했다. 딱딱하게 굳어버린 담배 두 개비가 들어 있었다. 우리는 거실의 프랑스식 창문을 활짝 열고 앉아 어둠 속으로 담배 연기를 내뿜었다.

"여기를 떠나셔야 할 겁니다. 당신 차를 분명 찾아낼 겁니다."

내가 말했다.

"지금 당장 떠나라고요?"

"일주일 정도 애틀랜틱시티에 가 있어요. 아니면 몬트리올이나."

그는 그럴 생각이 아예 없었다. 데이지가 앞으로 어떻게 할지 알기 전에는 절대 그 곁을 떠나지 않겠다는 것이었다. 나는 마지막 희망의 끈을 붙잡고 있는 그의 마음을 움직여 잡고 있는 손을 놓게 할 수 없었다.

그날 밤 그는 댄 코디와 함께 지낸 별난 젊은 시절 이야기를 나에게 들려주었다. 지독히도 악의적인 톰에 의해 '제이 개츠비'라는 존재가 깨진 유리창처럼 산산조각 나면서 마침내 길고 비밀스러운 희가극이 막을 내렸기 때문이다. 지금 생각하면 그때 그는 무엇이든 솔직히 다 털어놓으려고 마음먹었지만 그보다 데이지에 대해 더 얘기하고 싶었던 것 같았다.

그가 난생처음 만난 '멋진' 아가씨가 바로 데이지였다. 그는 숨은 능력으로 상류층 사람들을 만나봤지만 그들과 사이에는 으레 보이지 않는 가시철조망이 놓여 있었다. 그는 데이지를 자신의 여자로 만들고 싶은 열망에 사로잡혔다. 처음에는 테일러 기지의 다른 장교들하고 그녀의 집을 찾아갔으나 나중에는 혼자 갔다. 그로서는 놀라운 일이 아닐 수 없었다. 그때까지 그렇게 아름다운 집을 가본 적이 없었기 때문이다. 그러나 그것보다 더 그를 숨 막히게 했던 것은 그 집에 데이지가 살고 있다는 사실이었다. 그러나 그가 테일러 기지의 막사를 예사롭게 생각하는 것처럼 그녀에게 그 집 또한 예사로울 뿐이었다. 그 집은 무언가 신비로운 분위기가 짙게 배어 있었다. 위층에는 세상에서 가장 아름답고 시원한 침실이 있을 것 같았고, 복도에서는 굉장히 즐거운 일들이 벌어질 것만 같았다. 곰팡내가 나서 라벤더 향유에 푹 절여놓은 그런 로맨스가 아니라 번쩍거리는 최신형 자동차 냄새를 풍기는 싱싱한 로맨스가 있을 것 같았다. 그리고 시들지 않는 꽃이 가득한 댄스파티가 열릴 것만 같았다. 이미 많은 남자들이 데이지를 사랑하고 있다는 사실도 그를 흥분시켰다. 그래서 더욱 그녀가 소중해 보였다. 그는 그 남자들의 들뜬 감정의 그림자와 메아리가 그녀의 집 안 구석구석을 감싸고 있는 듯했다.

그러나 그는 데이지의 집에 들어갈 수 있었던 것이 그야말로 기막힌 우연이었다는 것을 알았다. 제이 개츠비로서 아무리 장래가 촉망되는 청년이라도 그 당시에는 무일푼에 아무 능력도 없었던 것이다. 군복을 감싸고 있는 보이지 않는 덮개가 당장이라도 어깨에서 미끄러져 떨어질지 모를 일이었다.

그래서 그는 자기에게 주어진 시간을 최대한 이용하기로 했다. 얻을 수 있는 것이라면 무엇이든 체면 불구하고 닥치는 대로 손에 넣었고, 마침내 10월 어느 고요한 밤에 데이지를 자신의 여자로 만들었다. 현실적으로는 데이지의 손을 잡을 권리조차 없었기 때문이다.

그는 허위로 그녀를 차지한 자신을 경멸했는지도 모른다. 수백만 달러의 재산이 있다고 거짓말한 것이 아니라 계획적으로 데이지가 안심하게 만들었던 것이다. 그가 그녀와 거의 같은 계층이라고, 그녀를 보살펴줄 능력이 충분히 있다고 믿게 만들었던 것이다. 실제로 그에게는 그만한 능력이 없었다. 부유한 집안도 아니었을뿐더러 비인간적인 정부가 언제 변덕을 부려 세계의 어느 모퉁이에서 목숨이 날아갈지 알 수 없는 처지였다.

그러나 그는 자신을 경멸하지 않았다. 그리고 그가 상상한 대로 이루어지지도 않았다. 아마도 얻을 수 있는 것을 얻고 나서 떠날 작정이었는지 모르지만, 그는 자신이 혼신을 다해 일종의 성배(聖杯)를 쫓고 있다는 것을 깨달았다. 데이지가 보통 여자가 아니라는 것은 알고 있었으나 이 '멋진' 여자가 얼마만큼 특별할지는 미처 몰랐다. 그녀는 일말의 아쉬움도 없이 개츠비를 떠나 부유한 자신의 집으로 사라졌다. 부족한 것 없는 풍요로운 삶으로 들어갔다. 그는 마치 그녀와 결혼한 것 같은 느낌이 들었지만 단지 그뿐이었다.

이틀 후 그녀를 다시 만났을 때 배신당한 것 같은 기분에 심장이 벌떡거린 것은 개츠비였다. 그녀의 집 현관은 별빛을 사들인 듯한 사치품으로 눈이 부실 지경이었다. 그가 돌아선 그녀의 이상야릇하고 아름다운 입술에 키스하자 고리버들로 만든 긴 의자가 우아하게 삐걱거렸다. 감기에 걸려 더욱 허스키한 그녀의 목소리는 여느 때보다 더 매력적이었다. 돈의 보호를 받는 청춘과 신비, 새롭고 산뜻한 수많은 옷가지, 더불어 가난에 찌들어 힘든 나날을 보내는 빈민들과는 멀리 떨어진 안전한 곳에서 한껏 뽐을 내며 은빛으로 빛나는 데이지에게 개츠비는 압도되는 듯했다.

"내가 그녀를 사랑한다는 것을 깨달았을 때 얼마나 놀랐는지 차마 말로 표현할 수 없군요, 친구. 한동안 나는 데이지가 나를 멀리 해주기를 바랐습니다. 그러나 그녀는 그러지 않았어요. 그녀도 나를 사랑하고 있었으니까요. 그녀는 자기가 모르는 것을 아는 내가 굉장히 똑똑하다고 생각했습니다. 아무튼 나는 야망을 잊은 채 점점 더 깊이 사랑에 빠졌죠. 세상만사 다 잊고 있었던 거죠. 그녀에게 장래에 대해 이야기하며 더없이 즐거운 시간을 보내고 있는데 아무리 큰일인들 무슨 의미가 있었겠습니까?"

그는 해외로 떠나기 전날 오후 오랫동안 데이지를 안고 있었다. 쌀쌀한 가을 날씨에 난롯불을 피워 그녀의 뺨이 빨갛게 상기되었다. 이따금 데이지가 움직일 때마다 그도 팔을 조금씩 움직였다. 그리고 그녀의 반짝이는 새까만 머리칼에 입을 맞추기도 했다. 그날 오후 그들은 꽤 오랫동안 그렇게 가만히 있었다. 이튿날 오랜 이별을 앞두고 깊은 추억이라도 남기려는 듯. 그날 오후 그녀의 입술이 코트를 걸친 그의 양어깨에 가만히 닿았고, 그는 그녀가 잠이 든 듯 조용히 그 손가락 끝을 어루만졌다. 두 사람이 사랑했던 한 달 동안 지금처럼 이렇게 가까이 있었던 적도, 이렇게 깊이 마음을 주고받은 적도 없었다.

전쟁에서 그는 대단한 활약을 펼쳤다. 전선에 나가기도 전에 대위로 진급했고 아르곤 숲 전투 후에는 소령으로 사단 기관총 부대 사령관이 되었다. 휴전 후에는 하루라도 빨리 고국으로 돌아가고자 조바심을 내며 미친 듯이 애썼건만 어떤 착오가 있었는지 옥스퍼드로 파견되었다. 그는 걱정이 앞섰다. 데이지가 보내온 편지에 좌절감으로 신경이 날카로워진 듯한 사연이 담겨 있었던 것이다. 그녀는 그가 왜 돌아올 수 없는지 이해하지 못했다. 주위 사람들이 압박을 가하던 터라 그녀는 더욱 그가 보고 싶었다. 그가 곁에서 자신이 옳다는 것을 확인해주기를 바랐던 것이다.

그녀는 아직 젊었고, 그녀를 둘러싸고 있는 인위적인 세계는 난초 향기와 유쾌하고 신나는 속물근성의 냄새가 물씬 풍겼다. 그리고 슬픔이나 암시로 점철된 인생을 담은 새로운 곡조를 만들어 그해의 리듬을 연주하는 오케스트라가 있었다. 〈빌 스트리트 블루스〉의 절망적인 선율을 구슬프게 토해내는 색소폰 소리가 밤새도록 이어졌고 백여 켤레의 금빛과 은빛 구두가 반짝이는 먼지를 일으켰다. 해거름에 차를 마실 때면 으레 방마다 달콤한 흥분이 나지막하게 끊임없이 고동쳤고, 애절한 트럼펫 소리에 바닥에 흩날리는 장미 꽃잎처럼 새로운 얼굴들이 떠돌아다녔다.

계절이 바뀌면서 데이지는 다시 이 황혼의 세계를 드나들기 시작했다. 그녀는 하루에 대여섯 번이나 데이트를 했고, 새벽 무렵 시폰 이브닝드레스를 침대 옆 시든 난초 사이에 팽개치고 잠들었다. 그동안 데이지의 마음은 결단을 내리라고 재촉했다. 그녀는 지금 당장 자기 삶이 갖춰지기를 바랐다. 그리고 결단을 내리려면 어떤 힘이 필요했다. 사랑이나 돈, 혹은 확실한 현실의 힘 같은 것 말이다. 게다가 그러한 힘은 그녀의 손이 닿는 곳에 있어야 했다.

그 힘은 봄이 한창 무르익을 즈음 톰 뷰캐넌과 함께 나타났다. 데이지는 톰의 겉모습과 무게감 있는 사회적 지위에 의기양양했다. 분명 조금 갈등하기도 했겠지만 한편으로 안도감을 느꼈다. 개츠비는 옥스퍼드에서 그런 사연이 담긴 데이지의 편지를 받았다.

롱아일랜드에 새벽이 밝았다. 개츠비와 나는 돌아다니며 아래층 창문까지 모두 열어젖히고 집 안을 잿빛과 금빛으로 가득 채웠다. 이슬 위로 나무 그림자가 내려앉고 푸른 나뭇잎 속에서 보이지 않는 새들이 노래했다. 바람 한 점 없고 천천히 움직이는 쾌적한 공기가 맑고 선선한 날씨를 예고했다.

"난 데이지가 톰을 사랑했다고 생각하지 않습니다."

개츠비가 갑자기 창가에서 홱 돌아서더니 덤빌 듯이 나를 쳐다보았다.

"어제 오후에 그녀는 몹시 흥분해 있었습니다, 친구. 그 와중에 톰이 무섭게 몰아붙였으니 겁을 먹은 겁니다. 마치 내가 야비한 사기꾼인 것처럼 말입니다. 그래서 그녀는 자신이 무슨 말을 하고 있는지도 모르는 지경에 빠진 것입니다."

그는 침울한 낯빛으로 앉았다.

"물론 결혼식을 올릴 때는 그 남자를 사랑했는지도 모르죠. 하지만 그때도 나를 더 많이 사랑했어요. 아시겠어요?"

그러고 나서 갑자기 이해할 수 없는 말을 했다.

"하여튼 그건 개인적인 문제일 뿐입니다."

판가름하기 힘든 사안에 대해 지나치게 집착하고 있다는 것 말고는 그가 왜 그런 말을 했는지 설명할 수 없었다.

개츠비가 프랑스에서 돌아왔을 때 톰과 데이지는 한창 신혼여행 중이었다. 그는 더할 나위 없이 참담했지만 군대에서 받은 마지막 월급으로 마지못해 루이빌로 가서 일주일을 머물렀다. 11월 밤 데이지와 둘이 발소리를 드높이며 걸었던 거리를 둘러보았고, 그녀의 하얀 차로 드라이브를 했던 한적한 곳을 다시 찾아가보았다. 그녀의 집이 항상 다른 집들보다 더 신비롭고 활기차 보였던 것처럼 비록 그녀가 떠나고 없었지만 개츠비의 눈에는 그 도시 전체에 우울한 아름다움이 깃들어 있는 듯 보였다.

그곳을 떠날 때 그는 좀더 열심히 둘러보았다면 그녀를 찾아낼 수 있었을지도 모른다고 생각했다. 그녀를 남겨두고 떠나는 듯한 기분이 들었던 것이다. 기차 일반석(그의 호주머니에는 한 푼도 남아 있지 않았다)은 찌는 듯이 더웠다. 그는 객차 복도로 나가 접이의자를 펴고 앉았다. 미끄러지듯 역들을 지나고 낯선 건물의 뒷모습이 스쳐 지나갔다. 봄 벌판으로 나오자 노란 전차가 경주하듯 잠시 나란히 달렸다. 전차에 탄 사람들은 길에서 우연히 우윳빛 얼굴의 매력적인 데이지를 보았을지 모른다.

굽은 선로를 달리면서 기차는 차츰 태양으로부터 멀어져갔다. 축복이 내리는 듯 조금씩 내려앉는 태양빛이 희미해져가는 도시 위로 퍼져 나갔다. 그는 마치 공기 한 줌을 잡으려는 듯, 그녀로 인해 아름다운 도시의 한 조각이라도 붙잡아 간직하려는 듯 두 손을 뻗었다. 그러나 눈물져 흐린 눈으로 바라본 도시는 순식간에 지나가버렸고, 그는 가장 생기 있고 가장 아름다운 것을 영원히 잃어버렸다는 사실을 깨달았다.

우리는 아침을 먹고 9시쯤 현관으로 나갔다. 어제까지만 해도 무덥던 날씨가 밤새 완연한 가을 날씨로 바뀌었다. 유일하게 해고되지 않은 개츠비의 정원사가 계단 밑으로 다가와 말했다.

"오늘 수영장 물을 뺄까 합니다. 낙엽이 떨어지기 시작하면 배수구가 막히거든요."

"오늘은 놔두게."

개츠비가 대답했다. 그가 나를 돌아보고 해명하듯 말했다.

"올여름에는 한 번도 수영장에 들어가지 못했거든요."

나는 시계를 보고 일어섰다.

"12분 뒤에 기차가 떠납니다."

나는 시내로 나가고 싶지 않았다. 꼭 해야 할 중요한 업무가 있는 것도 아니었지만 꼭 그 때문만은 아니었다. 나는 개츠비를 두고 가고 싶지 않았던 것이다. 나는 그 기차를 놓치고 다음 기차마저 그냥 보내고 나서야 그곳을 떠났다.

"전화하겠습니다."

내가 말했다.

"그러세요, 친구."

"정오쯤 전화하겠습니다."

우리는 천천히 계단을 내려갔다.

"데이지도 전화할 겁니다."

그가 자신의 말을 확증해주기를 바라는 듯 애타는 표정으로 말했다.

"그럴 겁니다."

"그럼, 안녕히 가십시오."

나는 그와 악수를 하고 그 집을 나왔다. 그런데 울타리 바로 앞에서 어떤 생각이 떠올라 뒤돌아서서 잔디밭 너머로 소리쳤다.

"그들은 모두 썩어빠진 인간들이오. 당신은 그들 모두를 합친 것보다 훨씬 가치 있는 사람입니다."

지금도 나는 그때 그 말을 했던 것을 기쁘게 생각한다. 그를 칭찬한 것은 오직 그때뿐이었기 때문이다. 사실 처음부터 끝까지 진심으로 그를 동조한 적이 없었다. 그는 정중하게 고개를 끄덕이고는 처음부터 끝까지 둘이 함께 이 일을 꾸미기라도 한 듯 환한 미소를 지었다. 화려한 분홍빛 양복이 하얀 돌계단에 밝은 문양을 이루는 모습을 보면서 석 달 전 예스러운 운치가 있는 그의 저택에 처음 찾아온 날 밤을 떠올렸다. 잔디밭과 차도에는 그가 부정 축재를 했다고 여기는 사람들이 우글거렸다. 그때 그는 계단에 서서 영원히 스러지지 않을 자신의 꿈을 숨긴 채 사람들에게 손을 흔들며 잘 가라고 인사했다. 나는 그에게 후한 대접에 감사하다고 인사했다. 우리는 늘 그의 환대에 감사하다고 말했다. 나도, 다른 사람들도.

"안녕히 계십시오. 아침 잘 먹고 갑니다, 개츠비 씨."

내가 소리쳤다.

뉴욕에서 나는 한동안 끊임없이 쏟아지는 주식시세표를 적다가 회전의자에 앉은 채 잠이 들었다. 정오가 되기 직전 전화벨 소리에 번쩍 눈을 떠보니 이마에서 땀이 주르르 흘러내리고 있었다. 조던한테 걸려온 것이었다. 그녀는 일정이 정해져 있지 않은 데다 호텔과 골프장, 자신의 집을 이리저리 옮겨 다녔기 때문에 내 쪽에서 연락할 방법이 없어서 가끔 이 시간에 전화하곤 했다. 여느 때 같으면 푸르디푸른 골프장 잔디가 날아와 사무실 창으로 툭 떨어진 듯 경쾌하고 시원한 그녀의 목소리가 오늘은 거칠고 칼칼하게 들렸다.

"데이지 집에서 나왔어요. 지금은 헴스테드(롱아일랜드 중서부 마을—옮긴이)에 있는데 이따가 오후에 사우샘프턴(롱아일랜드 남서쪽의 부촌—옮긴이)으로 넘어갈 거예요."

그녀가 말했다.

데이지의 집을 나온 것은 잘한 일이었지만 약삭빠르게 느껴져 기분이 언짢았다. 그리고 이어진 말에 온몸이 굳어지는 듯했다.

"당신, 어젯밤 나는 안중에도 없었어요."

"어제는 그럴 수밖에 없었어요."

한동안 침묵이 흘렀다.

"그건 그렇고 만나고 싶어요."

"그래요, 나도 만나고 싶어요."

"그럼 사우샘프턴에 가지 말고 오후에 시내로 나오라는 얘긴가요?"

"아니……, 오늘 오후에는 곤란할 것 같아요."

"그래요."

"오늘은 아무래도 힘들어요. 여러 가지……."

한동안 이렇게 주거니 받거니 하다가 갑자기 대화가 끊어졌다.

그리고 둘 중 누가 먼저 전화를 끊었는지 모르지만 신경 쓰지 않았다. 앞으로 그녀와 다시는 이야기를 나눌 수 없게 되더라도 그날은 도무지 탁자 앞에 마주 앉아 대화를 나눌 수 없었다.

몇 분 뒤 개츠비의 집에 전화를 걸었으나 통화 중이었다. 네 번째 걸자 교환수가 짜증스러운 목소리로 디트로이트에서 장거리 전화가 걸려와 계속 통화 중이라고 알려주었다. 나는 기차 시간표를 꺼내 3시 50분에 작게 동그라미를 쳤다. 그러고는 의자에 기대고 생각을 정리했다. 그때가 정오였다.

그날 아침 나는 기차를 타고 가면서 재의 골짜기를 지나갈 때는 반대편 자리에 앉았다. 호기심에 몰려든 구경꾼들이 하루 종일 그곳에 있을 터였기 때문이다. 아이들은 먼지 구덩이에서 거무스름한 핏자국을 찾을 것이고, 말하기 좋아하는 사람들은 그 사고에 대해 끊임없이 이야기할 것이다. 그러면 결국 현실과 점점 멀어져 그들도 더 할 이야기가 없을 것이고, 머틀 윌슨의 비극적인 죽음도 사람들 뇌리에서 사라질 것이다. 이쯤에서 잠시 얘기를 뒤로 돌려 어제 저녁 우리가 떠난 뒤 정비소에서 있었던 일을 말해야겠다.

경찰은 어렵게 머틀의 여동생 캐서린이 있는 곳을 알아냈다. 술을 마시지 않는다던 그녀는 그날 밤 그 규칙을 깨뜨렸는지 거나하게 취해 정비소에 나타났다. 그녀는 너무 취해서 구급차가 플러싱으로 떠났다는 말도 알아듣지 못했다. 사람들이 알아듣게 얘기하자 그녀는 곧바로 기절해버렸다. 마치 이 사고에서 가장 참을 수 없는 것이 구급차가 떠났다는 사실이라도 되는 듯이 말이다. 어떤 사람이 단순한 친절인지 아니면 호기심이 생겨서 그런지는 몰라도 자기 차에 그녀를 태워 시신이 지나간 길을 따라갔다.

한밤중이 지나고 한참 뒤에도 새로운 사람들이 정비소 문 앞으로 계속 모여들었다. 그동안 조지 윌슨은 소파에 앉아 몸을 앞뒤로 흔들어댔다. 사무실 문이 열려 있었기 때문에 정비소 안으로 들어온 사람들은 힐끗 쳐다보게 마련이었다. 그러다 누군가가 무안스럽다며 문을 닫아버렸다. 미카엘리스와 몇 사람이 조지 윌슨 곁에 있었다. 처음에는 네댓 명이 있다가 시간이 지나자 두어 명밖에 남지 않았다. 좀더 지나자 미카엘리스가 마지막까지 남은 처음 보는 남자에게 15분만 더 있어달라고 부탁한 후 카페에 가서 커피를 만들어 왔다. 그는 새벽까지 윌슨 곁에 머물렀다.

새벽 3시쯤 되자 윌슨은 대중없이 중얼거리기 시작했다. 조금 안정을 찾은 그는 노란색 차 얘기를 꺼냈다. 노란색 자동차 주인이 누구인지 알아낼 방법이 있다고 말한 다음, 뜬금없이 두 달 전 아내가 시내에 나갔다가 얼굴에 멍이 들고 코가 부은 채 돌아왔다고 했다.

그리고 자기가 말하고는 자신이 놀라 몸을 움츠리더니 신음하는 목소리로 "아아, 하느님!"이라고 절규하기 시작했다. 미카엘리스는 미숙하게나마 그의 주의를 다른 쪽으로 돌려보려고 애썼다.

"아저씨, 결혼한 지 얼마나 됐어요? 잠시만 조용히 앉아 내 말 좀 들어보세요. 결혼한 지 얼마나 됐죠?"

"12년."

"아이는요? 자, 가만히……. 내가 묻잖아요. 아이가 있어요?"

갈색 딱정벌레가 두껍고 단단한 앞날개를 퍼덕이며 희미한 전등 불빛에 계속 부딪쳤다. 미카엘리스는 정비소 앞 도로에서 자동차 소리가 들릴 때마다 어제저녁 멈추지 않고 그대로 달아난 자동차를 떠올렸다. 그는 정비소에는 가려고 하지 않았다. 시체를 눕혀놓았던 작업대에 핏자국이 묻어 있었기 때문이다. 불안한 마음으로 사무실 주변만 왔다 갔다 하던 그는 아침 무렵 사무실에 어떤 물건이 있는지 모조리 알 정도였다. 그리고 이따금 윌슨 옆에 앉아 그를 달래주려고 애썼다.

"아저씨, 가끔 교회에 나가세요? 한동안 안 다녔더라도 괜찮아요. 예전에 다녔던 교회라도 있으면 내가 전화해서 목사님한테 좀 와달라고 말씀드릴게요. 목사님과 이야기를 나눠보면 좋을 것 같은데."

"교회 나간 적 없어."

"이럴 때를 대비해 교회에 다녀야 해요. 한 번쯤은 가보셨겠죠. 결혼식은 교회에서 올렸을 것 아닙니까? 내 말 좀 들어보세요. 교회에서 결혼하지 않았나요?"

"옛날 얘기지."

대답하느라 몸을 앞뒤로 움직이던 리듬이 끊어졌다. 그는 한순간 아무 말도 하지 않았다. 그러고는 전처럼 반은 알겠다는 듯, 그리고 반은 당황한 듯한 표정이 멍한 눈빛에 살아나더니 책상을 가리키며 말했다.

"거기 서랍을 열어봐."

"어떤 서랍이요?"

"거기 그 서랍. 그쪽."

미카엘리스는 가장 가까이 있는 서랍을 열었다. 그 안에는 가죽에 은장식이 달린 값비싼 개 목줄밖에 없었다. 새로 산 것 같았다.

"이거 말이에요?"

미카엘리스는 그것을 꺼내 들고 물었다.

"어제 오후에 처음 봤지. 마누라는 적당히 둘러대려고 했지만 나는 그게 보통 물건이 아니라는 걸 알았지."

"부인이 산 거라는 말이에요?"

"마누라는 포장된 채로 그걸 화장대 위에 놓아두었지."

미카엘리스는 그 물건이 어떻다는 건지 도무지 이해할 수 없었다. 그래서 윌슨에게 몇 가지 이유를 들며 그의 아내가 개 목줄을 살 수도 있지 않냐고 말했다. 그때 윌슨이 다시 "아, 하느님 맙소사!"라고 중얼거리는 것을 보고 미카엘리스는 그의 아내가 이미 자신이 한 것과 비슷한 말을 했던 것으로 짐작했다. 그를 위로하려던 미카엘리스는 더 이상 아무 말도 할 수 없었다.

"그러니까 그놈이 죽인 거야."

윌슨이 갑자기 입을 열었다.

"누가 죽였다고요?"

"알아낼 방법이 있지."

"무섭게 그러지 마세요, 아저씨. 아저씨는 지금 너무 큰 충격을 받아서 자기가 무슨 말을 하고 있는지도 모르는 거예요. 날이 밝을 때까지 안정을 취하는 게 좋겠어요."

"그놈이 아내를 죽였어."

"그건 사고였어요."

윌슨은 고개를 세차게 흔들었다. 그리고 다 알고 있다는 듯 눈을 찌푸리고 입을 실룩거리며 "흥!" 하고 콧소리를 냈다.

"난 누군지 알지."

그가 딱 잘라 말했다.

"나도 의리가 있는 사람이야. 난 사람들을 잘 믿고 누구한테 해코지하고 그러는 사람도 아냐. 하지만 내가 안다고 하면 그건 진짜 아는 거야. 그 차에 타고 있던 놈이었어. 마누라는 그놈한테 무슨 말을 하려고 뛰쳐나갔는데 그놈이 차를 멈추지 않은 거야."

미카엘리스도 그 상황을 직접 봤지만 특별한 점을 느끼지는 못했다. 그는 윌슨의 아내가 특정한 차를 보고 달려나간 게 아니라 그저 남편을 피해 달아나는 것처럼 보였다.

"부인이 왜 그랬겠어요?"

"간사한 여자니까."

윌슨이 말했다. 그는 이것으로 모든 대답이 끝났다는 듯이 "아아…….” 하고 다시 신음 소리를 내며 몸을 흔들기 시작했다. 미카엘리스는 들고 있던 개 목줄을 배배 꼬며 서 있었다.

“연락할 만한 친구 없어요? 내가 전화를 걸어드릴게요.”

이것은 부질없이 해본 말이었다. 윌슨에게 친구가 없다는 것을 그도 확신할 수 있었다. 그는 아내조차 감당 못 하는 사람이었던 것이다. 잠시 후 방 분위기가 달라지기 시작했다. 미카엘리스는 새벽을 알리는 푸른빛이 창가에 어리자 무척 반가웠다. 5시경에는 등불을 꺼도 될 만큼 날이 밝았다.

윌슨은 멍한 눈으로 재의 골짜기를 바라보았다. 작은 회색 구름들이 환상적인 형태를 이루면서 약한 새벽바람을 타고 흘러갔다.

“아내한테 말했지.”

한동안 말이 없던 윌슨이 문득 중얼거렸다.

“나를 속일 수는 있어도 하느님은 절대 못 속인다고. 그러고는 아내를 창가로 데려갔지.”

그는 겨우 일어나 뒤쪽 창가로 가서 창문에 얼굴을 기댔다.

“그리고 이렇게 말했어. 하느님은 지금까지 당신이 무슨 짓을 했는지 다 알고 있어. 당신은 나를 속일 수는 있어도 하느님은 절대 못 속인다고.”

뒤에 있던 미카엘리스는 그가 T. J. 에클버그 의사의 눈을 바라보고 있다는 것을 깨닫고 깜짝 놀랐다. 어둠이 가시자 어스름한 빛 속에서 거대하고 흐릿한 눈이 떠오르기 시작한 것이다.

"하느님은 모든 것을 보고 계시지."

윌슨이 또다시 말했다.

"저건 광고판이에요."

미카엘리스는 그에게 사실을 깨우쳐주려고 했다. 그러나 그는 유리창에 얼굴을 바싹 갖다 대고 고개를 끄덕이며 한동안 서서 새벽이 밝아오는 것을 지켜보았다.

6시가 되자 미카엘리스는 몹시 피곤했다. 그래서 밖에서 차가 멈추는 소리가 들리자 고마운 생각마저 들었다. 어젯밤 다시 오겠다고 약속했던 사람 중 하나였다. 그는 세 사람의 식사를 준비했는데 그 남자와 둘만 먹었다. 미카엘리스는 윌슨이 조금 안정을 찾은 것 같아 눈을 좀 붙이러 집으로 갔다. 그리고 4시간 뒤에 정비소로 왔는데 윌슨이 보이지 않았다.

윌슨의 행적을 알아본 결과(그는 계속 걸어 다녔다) 그는 루스벨트 항구에 갔다가 개즈힐(실제로는 없는 지명이다.—옮긴이)로 가서 먹을거리를 샀으나 샌드위치는 먹지 않고 커피만 마셨다. 한낮이 될 때까지 개즈힐에 도착하지 못한 것을 보면 기운이 없어서 천천히 걸은 모양이었다. 여기까지는 그날 그의 행적을 설명할 수 있다. '미친 사람 같은 어른'을 보았다는 아이들도 있었고, 자동차를 타고 가면서 도롯가에서 자기네를 기이하게 쏘아보는 그를 봤다는 사람들도 있었다. 그러고 나서 3시간 동안 그를 봤다는 사람이 없었다. 미카엘리스에게 '알아낼 방법이 있다'고 했다는 말을 들은 경찰은 그 시간에 그가 분명 부근 정비소를 돌아다니며 노란색 차를 찾았을 거라고 추측했다. 그러나 정비소 사람들 중에 그를 본 사람이 없었다. 그러고 보면 그에게는 자신이 원하는 것을 좀더 쉽게 알아낼 방법이 있었는지도 모른다. 2시 30분쯤 그는 웨스트에그로 가서 누군가에게 개츠비의 집을 물었다. 그러니까 그 시간쯤 그는 개츠비의 이름을 알아냈던 것이다.

2시쯤 개츠비는 수영복으로 갈아입고 전화가 걸려오면 무조건 수영장으로 와서 알려달라고 집사에게 말했다. 그는 차고에 가서 운전기사의 도움을 받아 여름 내내 손님들이 유쾌하게 갖고 놀았던 에어매트리스에 공기를 넣었다. 그리고 기사에게는 무슨 일이 있어도 절대 오픈카를 차고 밖으로 몰고 나오지 말라고 일러두었다. 그런데 기사는 이상하다는 생각이 들었다. 차 앞쪽 펜더가 부서져 정비소에 맡겨야 할 듯했기 때문이다.

개츠비는 에어매트리스를 혼자 둘러메고 수영장으로 갔다. 가는 길에 잠시 멈춰 에어매트리스를 고쳐 메는 것을 보고 운전기사가 같이 들어주겠다고 했지만 그는 고개를 흔들며 괜찮다고 했다. 그러고는 금세 노란빛으로 물들기 시작한 나무 사이로 사라졌다.

집사가 졸음을 참아가며 4시까지 기다렸지만 전화는 단 한 통도 오지 않았다. 전화를 받을 사람이 자리를 비우고 한참 뒤에 전화가 왔는지도 모른다. 지금 생각하면 개츠비는 전화가 올 거라고 생각하지 않았고, 그래서 더 이상 신경 쓰지 않았을 것이다. 그렇다면 그는 오래전 따스했던 세상은 사라지고 없으며, 너무 오랫동안 단 하나의 꿈을 품었던 것에 대해 값비싼 대가를 치렀다고 생각했음에 틀림없다. 섬뜩하게 느껴지는 나뭇잎 사이로 생소한 듯 보이는 하늘을 올려다보며 장미꽃이 얼마나 흉측한지, 손질하지 않고 내버려 둔 잔디밭 위로 쏟아지는 햇볕이 얼마나 설익은 것인지 새삼 느끼고 몸서리를 쳤음에 틀림없다. 새로운 세계, 물질적이면서도 결코 현실적이지 않은 세계, 불쌍한 환영들이 공기처럼 꿈을 들이마시며 헤매다니는 세계……. 형체를 알아보기 힘든 나무 사이로 나타나 그를 향해 다가오는 저 잿빛 환영처럼.

운전기사(울프심의 부하였다)가 총소리를 들었다. 나중에 그는 당시 총소리를 그다지 신경 쓰지 않았다고 말했다. 나는 역에 도착하자마자 차를 달려 개츠비의 집으로 갔다. 노심초사하며 정면 계단을 뛰어 올라오는 나를 보고 사람들은 깜짝 놀란 표정을 지었는데, 그때 그들이 뭔가를 직감했다고 확신한다. 입을 다문 채 운전기사, 집사, 정원사, 그리고 나는 수영장으로 달려갔다.

수영장 한쪽 끝에서 깨끗한 물이 흘러나와 다른 쪽 끝에 있는 배수구로 빠져나갔기 때문에 어렴풋이 물이 흘러가는 듯 보였다. 흐른다고 할 수도 없는 잔물결을 따라 개츠비를 태운 에어매트리스가 이리저리 움직이며 배수구 쪽으로 떠내려갔다. 자디잔 물결 하나

일으키지 못하는 미미한 바람이라도 예상치 못한 짐을 싣고 예상치 못한 방향으로 흘러가는 에어매트리스를 가로막기에 충분했던 것이다. 에어매트리스는 떨어진 나뭇잎 뭉텅이에 부딪치자 천천히 돌면서 컴퍼스 다리처럼 물 위에 붉은 원을 그렸다.

우리가 개츠비를 들고 집으로 향한 뒤 정원사가 잔디밭에서 조금 떨어진 곳에서 윌슨의 시체를 발견했다. 어이없는 학살은 그렇게 막을 내렸다.

제9장

그로부터 2년이 지난 지금 나는 그날 낮과 그날 밤, 그리고 그 이튿날을 떠올리면 경찰과 사진기자, 신문기자들이 개츠비의 집 안팎에서 끊임없이 장사진을 이루고 있었던 기억밖에 없다. 정문 앞에 밧줄이 쳐지고 경찰 한 명이 지키고 서서 구경꾼들을 들어오지 못하게 막았으나, 아이들은 금세 우리 집 마당을 통해 들어갈 수 있다는 것을 알아냈다. 수영장에는 늘 어김없이 아이 몇 명이 모여 입을 떡 벌리고 서 있었다. 그날 오후 형사로 보이는 사람이 윌슨의 시체를 보며 자신에 찬 목소리로 '미친 사람'이라고 했는데, 뜻밖에 그 목소리가 권위를 인정받으면서 이튿날 조간신문 첫머리에 실렸다.

대부분 악몽 같은 기사들이었다. 열띤 필치로 써 내려가기는 했으나 드러난 현상만을 가지고 쓴 기사들은 진실과 거리가 멀었다. 윌슨이 자기 아내를 의심하고 있었다고 미카엘리스가 증언했을 때 나는 머지않아 이 사건이 치정극으로 비웃음을 사리라는 생각이 들었다. 그러나 캐서린은 할 말이 있을 텐데도 그 점에 대해 아무 말도 하지 않았다. 게다가 그녀는 놀라운 태도를 보였다. 늘 그렇듯 직접 그린 눈썹 아래 흔들리지 않는 시선으로 언니는 개츠비를 본 적도 없으며 남편과의 관계가 더없이 좋았다고 증언했다. 그녀는 자신이 한 말에 스스로 도취된 나머지 그렇게 비쳐지는 것 자체가 참을 수 없다는 듯 손수건에 얼굴을 파묻고 흐느꼈다. 그래서 윌슨은 '슬픔에 못 이겨 미쳐버린' 사람으로 가볍게 취급되면서 그저 단순한 사건으로 처리되었고, 지금까지 그렇게 알려져 있다.

그러나 이러한 것들은 사건과 동떨어진, 그야말로 본질에서 벗어난 것이었다. 나는 개츠비를 옹호하는 사람이 나밖에 없다는 것을 깨달았다. 그 불행한 사건을 전화로 알리자마자 그에 대한 수많은 억측과 질문들이 나에게 쏟아졌다. 처음에 나는 당황해서 어쩔 줄을 몰랐다. 하지만 그가 집 안에서 움직이지도 않고 숨도 쉬지 않고 아무 말도 하지 않은 채 누워 있는 시간이 길어질수록 내가 책임져야 한다는 생각이 점점 더 강하게 들었다. 왜냐하면 이 일에 신경 쓰는 사람이 아무도 없었기 때문이다. 사람이라면 누구나 마지막 순간 누리게 마련인 강렬한 개인적 관심 말이다.

개츠비를 발견하고 30분이 지난 뒤 나는 직감적으로 데이지에게 전화를 걸었다. 그러나 데이지와 톰은 그날 오후 일찌감치 집을 나가고 없었다. 그것도 짐을 챙겨서 말이다.

"어디로 간다는 말 없었소? 주소라도 말이오."

"없었습니다."

"언제 돌아온다는 말도 없었고요?"

"아무 말도 없었습니다."

"짐작 가는 곳은? 연락할 방법은?"

"모릅니다. 드릴 말씀이 없네요."

나는 개츠비를 위해 누군가를 데려오고 싶었다. 말없이 누워 있는 그에게 가서 이렇게 말하며 위안을 주고 싶었다.

"개츠비 씨, 무슨 수를 써서라도 당신을 위해 누군가를 데려오리다. 걱정 말고 나만 믿어요. 누구든 데려올 테니."

전화번호부에는 마이어 울프심이라는 이름이 등록되어 있지 않았다. 집사가 브로드웨이에 있는 그의 사무실 주소를 알려주어 안내에 전화를 걸어 번호를 수소문했다. 5시가 훨씬 지나서 알아낸 번호로 전화를 걸었으나 아무도 받지 않았다.

"한 번 더 연결해주십시오."

"세 번이나 연결했어요."

"정말 중요한 일입니다."

"안 받아요. 아무도 없나 봐요."

응접실로 돌아왔을 때 나는 문득 방을 가득 메우고 있는 사람들은 일 때문에 잠깐 들렀다 갈 뿐이라는 생각이 들었다. 그리고 그들이 한쪽 덮개를 젖히고 놀란 눈으로 개츠비를 볼 때면 내 머릿속에 개츠비의 항의가 떠올랐다.

"이봐요, 나를 위해 누구든 좀 데려오시오. 어떻게 좀 해보란 말이오. 혼자서는 도무지 견딜 수가 없소."

나를 보고 질문을 해대는 사람들을 물리치고 나는 위층으로 올라가 서둘러 그의 책상 서랍을 뒤졌다. 그에게 자기 부모가 죽었다는 말을 들은 적이 없다는 사실이 떠올랐던 것이다. 그러나 아무것도 찾을 수 없었다. 다만 잊혀진 폭력의 상징인, 벽에 걸린 댄 코디의 사진만이 내려다볼 뿐이었다.

이튿날 아침 나는 울프심 앞으로 쓴 편지를 집사에게 들려 뉴욕 그의 사무실로 보냈다. 개츠비의 주변에 대해 아는 것이 있으면 알려주고 다음 기차로 빨리 와달라는 내용이었다. 그 편지를 쓸 때만 해도 굳이 이러지 않아도 되겠거니 생각했다. 낮 12시가 되기 전에 데이지한테 전화가 걸려올 거라고 믿었던 것처럼 그도 신문을 보고 곧장 달려올 거라고 믿었다. 그러나 데이지의 전화도 없었고, 울프심도 오지 않았다. 경찰관과 사진기자와 신문기자들만 몰려들 뿐이었다. 집사가 울프심의 답신을 가지고 돌아왔을 때 나는 모든 사람들에 대해 저항감이 들었고, 아울러 개츠비와는 냉소적 유대감이 생기기 시작했다.

친애하는 캐러웨이 씨, 이번 일은 일생에서 가장 충격적인 일이어서 도무지 믿어지지 않습니다. 그자의 그런 미친 행동은 우리 모두로 하여금 생각하게 만드는군요. 하지만 지금 나는 대단히 중요한 업무에 얽매어 갈 수 없으며 이 일에 직접 나설 수도 없습니다. 내가 할 일이 있거든 나중에 에드거를 통해 편지로 알려주십시오. 이 소식을 접하고 나는 너무너무 큰 충격에 빠져 내 자신이 어디에 있는지도 모른 채 몸져누울 지경입니다.

당신의 친구

마이어 울프심

그리고 마지막에 이렇게 휘갈겨 썼다.

장례식 절차에 대해 알려주십시오. 그리고 그의 가족에 관해서는 아는 것이 전혀 없습니다.

그날 오후에 전화벨이 울리고 시카고에서 걸려왔다는 말을 들었을 때 나는 마침내 데이지로부터 온 것이라고 생각했다. 그러나 수화기 너머에서 가늘고 멀게 들리는 것은 남자 목소리였다.

"슬레이글입니다……."

"네?"

처음 듣는 이름이었다.

"대단한 소식 아닌가요? 전보 받으셨죠?"

"아뇨, 전보 같은 건 오지 않았습니다."

"파크가 곤란한 상황에 처했습니다. 카운터에서 증권을 넘겨주다가 붙잡혔어요. 바로 5분 전에 뉴욕으로부터 증권번호 회람장을 받은 겁니다. 뭐 좀 들은 거 없나요? 이런 촌동네에서는 도무지 알아볼 수가 있어야지요…….”

그가 다급하게 지껄였다.

“이봐요!”

나는 가쁜 숨을 몰아쉬며 상대의 말을 잘랐다.

“이봐요, 나는 개츠비 씨가 아닙니다. 개츠비 씨는 죽었습니다.”

저쪽에서 탄식을 지르더니 한동안 아무 말이 없었다. 그러고는 짧은 웅절거림과 함께 전화가 끊어졌다.

‘헨리 C. 개츠’라고 서명된 전보가 미네소타 주의 어느 도시로부터 도착한 것은 사건이 일어난 지 사흘째 되는 날이었던 것으로 기억한다. 전보에는 곧바로 출발할 테니 자기가 도착하기 전까지 장례식을 치르지 말아달라고 적혀 있었다.

그 사람은 개츠비의 아버지였다. 근엄한 분위기를 풍기는 그 노인은 슬픔에 겨운 나머지 기력이 없어 보였다. 9월 따뜻한 날씨에 싸구려 얼스터코트(띠를 두르게 되어 있는 길고 두꺼운 코트—옮긴이)를 걸치고 있었다. 그는 감정에 복받쳐 연신 눈물을 흘렸다. 내가 가방과 우산을 받아 들고 나서는 듬성듬성한 회색 턱수염을 하염없이 쓰다듬는 바람에 코트를 벗기느라 애먹을 지경이었다. 나는 곧 쓰러질 듯한 그를 음악실로 데리고 가서 의자에 앉히고 사람을 시켜 요기할 것을 가져왔다. 그러나 그는 아무것도 먹으려 하지 않았고, 들고 있던 컵에서 우유가 쏟아질 정도로 손을 덜덜 떨었다.

"시카고 신문에서 봤소. 시카고의 신문이란 신문에는 다 실렸더군요. 보자마자 오는 길이오."

그가 말했다.

"어떻게 기별해야 할지 몰랐습니다."

아무것도 눈에 들어오지 않을 텐데도 노인은 시선을 한곳에 두지 못하고 이리저리 옮겼다.

"미친놈이오. 단단히 미쳤던 게지."

그가 말했다.

"커피 좀 드시겠습니까?"

나는 억지로 권했다.

"아무것도 생각 없소이다. 이제 괜찮아요. 헌데 누구신지……?"

"캐러웨이라고 합니다."

"난 이제 괜찮으니 걱정 마시오. 그런데 지미는 지금 어디 있나요?"

나는 그의 아들이 누워 있는 응접실로 데리고 가서 그를 두고 나왔다. 아이들 몇 명이 계단을 올라와 홀을 흘끔거렸다. 내가 여기 오신 분이 누구라고 말하자 모두 아쉬운 듯 나갔다.

잠시 뒤 개츠 씨가 문을 열고 나왔다. 입을 맥없이 벌리고 붉어진 얼굴로 가끔씩 눈물을 뚝뚝 흘렸다. 그는 이미 죽음이 소스라치게 놀랄 일도 아닌 나이였다. 비로소 주위를 둘러보던 그는 천장이 높고 화려하며 다른 방들로 통하는 어마어마하게 큰 홀을 보고 슬픔과 놀라움, 자랑스러움이 뒤섞인 표정을 지었다. 나는 그를 부축해 위층 침실로 안내했다. 그가 코트와 조끼를 벗는 동안 나는 그에게 모든 절차를 연기해두었다고 말했다.

"어떻게 하실지 몰라서 그랬습니다, 개츠비 씨."

"내 성은 개츠요."

"……개츠 씨, 고인을 서부로 데려가고 싶으실 것 같아서 말입니다……."

노인은 고개를 흔들었다.

"지미는 동부를 더 좋아했소. 늘 동부를 좋아했지. 동부에서 이만큼 성공했으니까. 그런데 당신은 그 애 친구요?"

"네, 아주 친한 친구였습니다."

"알다시피 앞길이 창창한 아이였소. 아직 젊고 여기 이 머리가 비상했거든."

노인은 특이한 몸짓으로 자신의 머리를 만졌다. 나는 고개를 끄덕였다.

"살아 있었으면 크게 됐을 거요. 제임스 J. 힐(미국의 철도왕으로 피츠제럴드와 같은 고향 출신이다.―옮긴이)처럼 말이오. 그 사람은 나라를 건설하는 데 큰 공을 세웠지."

"그렇습니다."

나는 어름어름 대답했다.

그는 수놓은 침대보를 벗기려고 이리저리 만지다가 뻣뻣한 몸을 누이더니 곧바로 잠이 들었다.

그날 밤 어떤 사람이 놀란 목소리로 전화를 걸어 자신이 누구인지는 밝히지도 않고 대뜸 나한테 누구냐고 물었다.

"캐러웨이라고 합니다."

내가 말하자 그가 "아!"라고 마음이 놓이는 듯한 탄식을 내뱉었다.

"나는 클립스프링어입니다."

나도 마음이 놓였다. 개츠비의 장례식에 참석할 친구 하나가 생겼다고 생각했던 것이다. 신문 부고란에 올리고 싶었지만 구경꾼이 잔뜩 몰려들까 봐 몇 사람한테만 전화를 걸 참이었다. 그러나 참석할 만한 사람을 찾아내기가 쉽지 않았다.

"장례식은 내일입니다. 3시에 여기에서 할 겁니다. 또 오실 만한 사람이 있으면 대신 좀 전해주세요."

내가 말했다.

"물론, 그래야죠. 그런 사람이 있을 것 같지는 않지만 혹 만나게 되면 그렇게 전하죠."

그러나 그의 말투가 왠지 꺼림칙했다.

"물론 당신도 참석하시겠죠?"

"글쎄요, 애써보겠습니다. 아무튼 제가 전화를 드린 건……."

"잠깐만요."

내가 그의 말을 잘랐다.

"오겠다고 약속해주십시오."

"글쎄요, 사실은……. 솔직히 말씀드려서 일행이랑 그리니치(코네티컷 주의 도시—옮긴이)에 머물고 있거든요. 저만 떠나면 좋아하지 않을 겁니다. 야유회 같은 거라서. 물론 노력은 해보겠습니다만."

참다못해 내 입에서 "흥!"이라는 소리가 튀어나왔다. 저쪽 목소리가 갑자기 흥분한 것으로 보아 그 소리를 들은 게 분명했다.

"제가 전화드린 건 신발 때문입니다. 그 집에 제 신발을 두고 왔거든요. 번거롭겠지만 어떻게 집사에게 시켜서 좀 보내주시겠어요? 테니스화인데 없으면 몹시 곤란하거든요. 받을 주소는 B. F.……."

나는 더 이상 듣지 않고 전화를 끊어버렸다.

나는 개츠비를 볼 면목이 없었다. 한 신사에게 전화를 걸었더니 그는 개츠비가 그렇게 돼도 싸다는 식으로 말했다. 그에게 전화를 한 내가 잘못이었다. 그는 개츠비가 내놓은 술을 마시고 얼근하게 취해 개츠비를 험담하던 인간들 중 하나였기 때문이다. 그런 사람에게는 전화를 걸지 말았어야 했다.

장례식 날 아침 나는 마이어 울프심을 만나러 뉴욕으로 갔다. 그러지 않고서는 도저히 그의 얼굴을 볼 수 없을 것 같았다. 엘리베이터 안내원이 알려준 사무실 문에는 '스와스티카 지주회사'라는 간판이 붙어 있었다. 문을 밀고 들어갔을 때는 인기척이 들리지 않았다. 몇 번이나 큰 소리로 "계십니까?"라고 부르자 칸막이 뒤에서 잠시 옥신각신하는 소리가 들리더니 마침내 안쪽 문에서 예쁘장하게 생긴 유대인 아가씨가 나왔다. 그녀는 까만 눈동자로 적의를 품은 듯 나를 하나하나 훑어보았다.

“아무도 안 계십니다. 울프심 씨는 시카고에 가셨습니다.”

아가씨가 말했다.

앞에 한 말은 분명 거짓말이었다. 누군가 안에서 휘파람으로 〈로사리오〉를 제멋대로 부르고 있었던 것이다.

“캐러웨이라는 사람이 찾아왔다고 전해주시오.”

“시카고에 있는 그분을 지금 데려올 수는 없잖아요?”

바로 그때 문 안쪽에서 “스텔라!”라고 부르는 소리가 들렸다. 분명 울프심의 목소리였다.

“명함을 놓고 가면 전해드릴게요.”

아가씨가 다급하게 말했다.

“저 안에 계시잖소?”

아가씨는 내 앞으로 한 걸음 다가서더니 화가 난 듯 두 손으로 엉덩이를 쓸어내렸다.

“젊은 사람들은 멋대로 들어오려고 한다니까. 그러는 데 아주 진저리가 난다고요. 시카고에 있다며 시카고에 있는 줄 알아요.”

아가씨가 야단치듯 말했다.

내가 개츠비의 이름을 대자 그녀가 “어머!”라더니 다시 한번 나를 훑어보았다.

"잠깐만요……, 성함이 뭐라고 하셨죠?"

그리고 그녀는 안쪽 사무실로 사라졌다. 이윽고 마이어 울프심이 문간에 나타나더니 점잖게 손을 내밀었다. 그는 나를 사무실로 들이더니 엄숙한 목소리로 우리 모두에게 슬픈 시기라고 말했다. 그러고는 시가를 권하더니 말했다.

"그 사람을 처음 만났을 때가 생각나는군요. 갓 제대한 젊은 소령이 무공 훈장을 잔뜩 달고 있더군요. 얼마나 쪼들렸으면 줄곧 군복만 입고 있었지. 옷을 살 돈이 없었던 거지요. 그가 33번가의 와인브레너 당구장에 불쑥 들어와 일자리를 구한다고 했을 때 처음 봤어요. 이틀 동안 아무것도 못 먹었다더군요. 그래서 내가 '점심이라도 같이 합시다'라고 말했지요. 그는 30분 만에 4달러어치 넘게 먹었답니다."

"당신이 그 사람한테 그 일을 주선해줬군요?"

내가 물었다.

"물론이오. 내가 아주 새사람으로 만들어주었지."

"아, 네."

"아무것도 없는 그를 말이오. 시궁창에서 그를 건져낸 것이오. 그 사람은 처음 봤을 때부터 잘생긴 데다 신사적인 젊은이였소. 옥스퍼드를 나왔다길래 쓸모 있겠다 싶었지. 우선 그를 미국 재향군인회에 들여보냈는데 높은 자리에 올라가더군. 얼마 뒤 올버니에서 내 고객의 일을 봐주었소. 모든 면에서 나하고 아주 가까웠소."

그는 짧고 통통한 손가락 2개를 쳐들며 덧붙였다.

"우리는 늘 함께했소."

1919년 월드시리즈 때도 두 사람이 협력 관계였는지 궁금했다.

잠시 뒤 내가 말했다.

"이제 그는 죽었습니다. 그와 가장 가까웠다고 하시니 오늘 오후 장례식에 꼭 참석하실 거라고 믿겠습니다."

"나도 가고 싶소."

"그럼 오시면 되겠군요."

그의 콧수염이 살짝 떨렸고, 눈물이 그렁그렁한 채 고개를 흔들었다.

"하지만 갈 수 없소……. 그 사건에 연루될 수 없소."

그가 말했다.

"연루될 일은 없습니다. 이제 다 마무리된 사건이니까요."

"어쨌든 사람이 살해된 일에 관여하고 싶지 않소. 거리를 둬야 해요. 나도 젊었을 때는 그러지 않았소. 친구가 죽으면 무슨 일이 있어도 끝까지 곁에 남았소. 감상적이라고 생각할지 모르지만 어쨌든 그랬소. 그 끝이 아무리 험하다 해도 말이오."

나는 그가 나름의 이유로 장례식에 참석하지 않기로 마음을 굳혔다는 것을 알고 자리에서 일어났다.

"대학을 나왔소?"

그가 뜬금없이 물었다. 한순간 나는 그가 '거래선' 얘기를 꺼낼 속

셈이라고 생각했다. 그러나 그는 고개만 끄덕이고 악수를 건넸다.

"죽은 다음이 아니라 살아 있을 때 우정을 나눕시다. 친구가 죽은 뒤에는 모든 것을 그냥 흘러가는 대로 내버려두자는 것이 내 원칙이오."

그의 사무실에서 나왔을 때 이미 어둑어둑했고 가랑비가 내리고 있었다. 나는 웨스트에그로 돌아와 집에 가서 옷을 갈아입고 이웃집으로 건너갔다. 홀에 들어서자 개츠 씨가 감정에 복받쳐 서성거리고 있었다. 그는 아들과 아들의 재산에 대한 자부심이 갈수록 커지자 나한테 뭔가를 보여주고 싶었던 것이다.

"지미가 이 사진을 보냈소."

지갑을 꺼내는 그의 손이 떨렸다.

"보시오."

개츠비의 저택 사진이었다. 얼마나 많은 사람이 만졌는지 가장자리가 갈라지고 손때가 잔뜩 묻어 있었다. 그는 "이걸 좀 보시오!"라며 집을 하나하나 가리켰다. 그러고는 내가 얼마나 감탄 어린 시선으로 보는지 살폈다. 얼마나 많이 그 사진을 보여주었는지 그에게는 실물보다 그 사진이 더 실제 같은 모양이었다.

"지미가 이걸 나한테 보내왔소. 참 멋지지 않소? 아주 잘 찍었어."

"정말 멋지군요. 최근에 아드님을 만나신 적이 있습니까?"

"이태 전에 나를 찾아와 집을 사주고 갔소. 지금 그 집에서 살고 있지. 그 녀석이 집을 떠날 때 식구들 모두 당혹스러워했는데 지금 생각해보면 다 이유가 있었던 것 같소. 제 앞에는 창창한 미래가 있다는 것을 알고 있었던 거요. 성공하고 나서 나한테 잘하더구려."

그는 사진을 집어넣기가 못내 아쉬운지 미적거리며 조금 더 들고 있었다. 그는 지갑에 사진을 넣고 나서 호주머니에서 《호펄롱 캐시디》(카우보이 소설—옮긴이)라는 닳아 떨어진 책 한 권을 꺼냈다.

"이것 좀 보시오. 그 애가 어렸을 때부터 읽었던 책이오. 이걸 보면 알 수 있을 거요."

그는 뒤표지를 펼쳐 내가 바로 읽을 수 있도록 책을 돌려서 보여주었다. 맨 마지막 빈 면에 '계획표—1906년 9월 12일'이라는 제목과 함께 그 밑에 다음과 같이 적혀 있었다.

기상	오전 6:00
아령 및 벽 타기	오전 6:15~6:30
전기학 및 기타 공부	오전 7:15~8:15
일	오전 8:30~오후 4:30
야구와 운동	오후 4:30~5:00
연설 연습, 자세 및 발성 연습	오후 5:00~6:00
발명에 필요한 공부	오후 7:00~9:00

- 결심 -

새프터스 혹은 ×××(읽을 수 없었다)에서 시간 낭비하지 말 것

연초나 씹는담배 삼갈 것

이틀에 한 번씩 목욕할 것

유익한 책이나 잡지를 매주 한 권씩 읽을 것

매주 5달러(줄이 그어져 있었다) 3달러씩 저축할 것

부모님에게 잘할 것

"우연히 발견한 거요. 이 정도면 어떤 녀석인지 아시겠죠? 어때요?"

그가 말했다.

"네, 잘 알 것 같군요."

"지미는 성공할 아이였지요. 언제나 이런 걸 정해두고 실천하면서 살았으니까. 자기 능력을 높이려고 얼마나 노력했는지 아시오? 늘 열심이었지. 한번은 아비더러 돼지처럼 지저분하게 먹는다길래 때린 적도 있소."

노인은 책을 덮기 싫은 듯 한 줄 한 줄 큰 소리로 읽고 나서 그윽한 눈길로 나를 바라보았다. 내가 그 목록을 적어두었다가 그대로 따라 하기를 바라는 듯했다.

3시 조금 전에 플러싱에서 루터교 목사가 도착했다. 나는 무심중에 창밖을 내다보며 다른 차는 없나 하고 살펴보았다. 개츠비의 부친도 그랬다. 시간이 지나 하인들이 홀에 들어와 기다리는데 그가 불안스럽게 눈을 깜박거리며 힘없는 목소리로 비가 와서 그런가 보다고 걱정했다. 목사가 여러 차례 시계를 들여다보는 것을 보고 나는 한쪽으로 그를 데리고 가서 30분만 더 기다려달라고 부탁했다. 그러나 별 소용 없었다. 아무도 오지 않았던 것이다.

5시쯤 자동차 세 대가 제법 쏟아지는 가랑비 속을 나란히 달려 묘지 입구에 도착했다. 너무 새까매서 무섭게 느껴지기까지 한 비에 젖은 영구차가 맨 앞에 달렸고, 개츠 씨와 목사, 그리고 내가 리무진으로 그 뒤를 따랐다. 이어서 하인 네댓 명과 웨스트에그의 우체부가 개츠비의 스테이션왜건을 타고 따라왔다. 누구나 할 것 없이 비에 젖었다. 입구를 지나 묘지 안으로 들어섰을 때 자동차 한 대가 진창의 흙탕물을 튀기며 우리 뒤를 쫓아오는 소리를 듣고 나는 돌아보았다. 그는 석 달 전 어느 날 밤 개츠비 서재의 책을 보고 감탄해 마지않던 올빼미 눈 모양의 안경을 쓴 남자였다.

그 뒤 그를 한 번도 보지 못했다. 나는 그가 어떻게 장례식 소식을 알았는지 도무지 짐작이 가지 않았다. 더구나 나는 그의 이름도 모르고 있었다. 그의 두꺼운 안경 위로 비가 내리퍼부었다. 그는 안경을 벗어서 닦더니 개츠비의 무덤에 가려진 천막이 벗겨지는 것을 지켜보았다.

나는 잠시 개츠비를 떠올려보았으나 그가 너무 멀리 떠나버렸다는 생각밖에 들지 않았다. 데이지가 조전은 물론 조화 한 송이 보내지 않았다는 사실을 노여운 감정 없이 떠올릴 뿐이었다.

"숨진 자에게 비가 내리니 복되도다."

누군가 이렇게 중얼거리자 올빼미 눈 모양의 안경을 쓴 남자가 씩씩하게 "아멘!"이라고 했다.

우리는 비를 맞으며 제각기 서둘러 자동차 있는 곳으로 왔다. 입구 옆에서 올빼미 눈 모양의 안경을 쓴 남자가 나에게 말했다.

"그 집에는 아직 못 가봤습니다."

"다른 사람들도 아무도 안 왔습니다."

"그럴 리가요? 그 집에 왔던 사람만 수백 명일 텐데."

그는 믿을 수 없다는 듯이 말했다. 그리고 또다시 안경을 벗어 닦고는 말했다.

"가엾은 사람."

내가 아직까지 또렷하게 기억하는 것 중 하나는 크리스마스 때 대학 예비학교에서, 그다음에는 대학에서 서부로 돌아온 일이었다. 시카고보다 더 먼 곳으로 떠나는 사람들은 12월 어느 날 저녁 6시에 낡고 어둠침침한 유니언 역에 모여 휴일을 즐길 생각에 벌써부터 마음이 들뜬 시카고 친구들과 얼른 작별 인사를 했다. 다양한 학교 여학생들의 털 코트, 옛 친구를 발견하고 머리 위로 손을 흔들어 아는 체하고 하얀 입김을 뿜어대며 수다를 떨던 일들도 기억한다. "넌 오드웨이 집으로 갈 거니? 허시 집으로 갈 거니? 아니면 슐츠 집?" 하고 서로 초대받은 날짜를 맞춰보던 모습도 기억난다. 장갑 낀 손으로 꼭 쥐고 있던 길쭉한 초록색 기차표도 기억한다. 마지막으로 선로에 서 있던 '시카고, 밀워키 앤드 세인트폴' 철도회사의 칙칙한 노란색 기차가 그 자체로 크리스마스인 듯 흥겨워 보였던 기억도 생생하다.

기차가 역을 벗어나 겨울밤 속으로 미끄러져 들어가면 흩날리는 진짜 눈이 반짝이며 차창을 스쳐갔고, 희미한 불빛을 비추는 자그마한 위스콘신 역을 지나면 날카롭고 거칠거칠한 공기가 감돌았다. 저녁을 먹고 추운 객차 복도를 걸으면서 우리는 그 공기를 한껏 들이마셨다. 그 공기 속으로 완전히 스며들기까지 한 시간 동안 우리는 기이하게도 이 지역과 하나가 되어가는 기분을 느꼈다.

그곳이 나의 고향 중서부다. 밀밭과 넓디넓은 평원, 이제는 자취를 감춘 스웨덴 사람들의 동네가 아니었다. 들뜬 가슴으로 올라탔던 청춘의 귀향 열차, 서릿발 선 어둠 속의 가로등과 썰매의 방울소리, 창문 불빛을 받아 눈 위로 드리운 크리스마스트리 화환의 그림자, 그런 것들이었다. 나는 그것의 한 부분이다. 기나긴 겨울이 숙연하게 느껴지고, 지금도 수십 년째 가문의 이름만 대면 어디인지 알 수 있는 도시의 캐러웨이 가에서 태어난 것이 나는 자랑스럽다. 이제 나는 그것이 결국 서부의 얘기였다는 것을 깨달았다. 톰과 개츠비, 데이지와 조던 그리고 나는 모두 서부 사람이다. 어쩌면 우리 모두는 똑같은 결함을 가지고 있었는지 모른다. 바로 동부 생활에 적응하지 못한 결함 말이다.

동부 지방에 푹 빠져 있던 때, 말하자면 오하이오 주 너머로 무질서하게 분포되어 팽창한 듯한 따분한 도시들, 아이들과 노인들을 제외한 대부분의 사람들이 시시콜콜한 것까지 캐묻는 그런 도시보다 동부 지방이 훨씬 낫다는 것을 절감했을 때도 동부 지방은 어딘가 뒤틀려 있었다. 특히 웨스트에그는 지금도 기괴한 꿈속에 나타나곤 한다. 그곳을 생각하면 엘 그레코(17세기 에스파냐 화가—옮긴이)가 그린 밤 풍경이 떠오른다. 흐릿한 달이 떠 있는 음산한 밤하늘 아래로 예스러우면서 괴상하게 생긴 수백 채의 집들이 웅크리고 있는 그림 말이다. 그 앞 보도에는 하얀색 연미복을 입은 남자 4명이 하얀 이브닝드레스를 입고 잔뜩 술에 취한 여자를 들것에 싣고 걸어가고 있다. 여자의 팔은 들것 아래로 축 늘어져 있는데 그녀의 손에는 차갑게 빛나는 보석이 끼워져 있다. 그들은 가까운 어느 집으로 들어간다. 잘못 들어간 것인데 아무도 여자의 이름을 알지 못하고 아무도 개의치 않는다.

개츠비가 죽은 뒤 내 머릿속을 떠나지 않는 동부 지방의 모습은 바로 이런 것이었다. 눈으로 직접 본 동부의 모습을 떠올리기 힘들 만큼 뒤틀린 모습으로 뇌리에 박힌 것이다. 그래서 가냘픈 나뭇잎이 연기가 되어 푸른 하늘로 피어오르고, 빨랫줄에 널린 옷가지들이 차가운 바람에 빳빳해질 무렵 나는 고향에 돌아가기로 마음먹었다.

하지만 떠나기 전에 한 가지 해야 할 일이 있었다. 귀찮고 거북한 일이어서 모른 척 그냥 넘어가는 게 좋을지도 몰랐지만 마무리 짓고 싶었다. 저 무심한 바다가 친절하게도 내 쓰레기까지 쓸어갈 거라는 생각으로 방관하고 싶지 않았다. 나는 조던 베이커를 만나 우리에게 일어났던 그 일과 그 뒤 내가 겪은 일들을 얘기했다. 그녀는 큰 의자에 가만히 누워 내 이야기를 들었다.

골프복을 입은 조던을 보고 마치 멋있게 그린 삽화 같다고 생각했던 기억이 난다. 턱을 살짝 치켜든 모습, 낙엽 빛깔의 머리카락, 무릎에 올려놓은 손가락 없는 골프 장갑 색처럼 그을린 연갈색 얼굴빛까지. 내 얘기가 끝나고 나서 그녀는 앞뒤 설명 없이 대뜸 약혼했다고 말했다. 조던이 고개를 한 번만 끄덕하면 곧바로 결혼할 남자가 몇 명 있기는 했지만 왠지 그녀가 거짓말을 하는 것 같았다. 그러나 나는 일부러 놀란 척했다. 잠시 나는 실수를 하고 있는 게 아닌지 얼른 다시 생각해보았다. 하지만 결국 일어나 작별 인사를 했다.

"어쨌든 당신이 일방적으로 나를 떠난 거예요."

조던이 불쑥 말했다.

"전화로 나를 거절했잖아요. 지금은 미련 같은 게 남아 있지 않지만 그때는 처음 겪는 일이라 한동안 멍했죠."

악수를 나누고 조던이 덧붙였다.

"아, 그리고 생각나세요? 자동차 운전을 가지고 옥신각신했던 것 말이에요."

"그럼요. ……자세한 내용까지는 기억 안 나지만."

"당신은 이렇게 말했죠. 부주의한 운전자는 다른 부주의한 운전자와 마주치기 전까지만 안전할 뿐이라고. 그럼 나는 부주의한 운전자를 만난 셈이겠죠? 그렇지 않나요? 내가 너무 경솔했나 봐요. 당신에 대해 엉뚱한 추측을 하다니 말이에요. 당신이 꾸밈없고 솔직한 사람이라고 생각했어요. 드러내지는 않지만 당신도 그 점에 대해 자부심을 가지고 있다고요."

"나는 서른 살이오. 자신을 속이고 그것을 긍지로 생각하기에는 당신보다 다섯 살이나 더 먹었어요."

내가 말했다.

그녀는 아무 말도 하지 않았다. 나는 화가 나기도 하고, 그녀를 사랑하는 마음도 조금 느껴지고, 또 몹시 후회스러운 마음도 가지면서 그 자리를 떠났다.

10월 마지막 주 어느 날 오후에 나는 우연히 톰 뷰캐넌을 만났다. 5번가에서 그는 늘 그렇듯 재빠르고 내닫는 듯한 발걸음으로 내 앞을 걸어가고 있었다. 자기 앞을 가로막기만 하면 금방이라도 덤벼들어 물리칠 기세로 두 손을 조금 앞으로 뻗고 연신 두리번거리는 눈길을 따라 머리가 잽싸게 움직이고 있었다. 나는 그를 앞서지 않으려고 천천히 걸어갔는데 그가 보석상 앞에서 걸음을 멈추고 미간을 찌푸리며 쇼윈도를 들여다보더니 갑자기 돌아서서 나에게 다가와 악수를 건넸다.

"왜 그래, 닉? 나하고 악수하는 게 꺼림칙한 모양이지?"

"그래. 내가 자네를 어떻게 생각하는지 알 거 아닌가?"

"이 사람, 돌았군. 돌아도 완전히 돌았어. 도대체 왜 이러나?"

그가 성마르게 지껄였다.

"자네, 그날 오후 윌슨한테 뭐라고 했나?"

나는 캐묻는 투로 말했다.

그는 입을 굳게 다물고 나를 쳐다보았다. 그 순간 나는 윌슨의 행적을 확인할 수 없었던 몇 시간에 대해 내 짐작이 틀리지 않았음을 알았다. 나는 발길을 돌렸으나 그가 따라오더니 내 팔을 덥석 잡았다.

"사실을 말했을 뿐이야. 우리가 떠날 준비를 하고 있을 때 그가 현관문 앞에 나타났어. 그래서 하인한테 없다고 하라고 시켰지. 그렇게 말했는데도 무턱대고 위층까지 밀고 올라오는 거야. 아주 미쳐 날뛰는 것이 차 주인이 누군지 얘기 안 하면 나를 죽일 태세였어. 집 안에 있는 동안 줄곧 호주머니에 들어 있는 권총을 잡고 있었다고."

그는 한번 해보자는 듯이 갑자기 말을 멈췄다.

"내가 말했다고 해서 뭐 어때? 그런 일을 당해도 싼 자 아닌가. 그놈이 데이지를 홀린 것처럼 자네까지 홀린 거야. 냉혈한 같으니라고. 머틀을 개처럼 치고는 그대로 달리다니."

나는 어떤 말도 할 수 없었다. 있다면 그건 사실이 아니라는, 입밖에 꺼낼 수 없는 진실뿐이었다.

"난들 아무렇지도 않았다고 생각하나? 그 아파트를 내놓으러 가서 찬장에 있는 염병할 그 개 비스킷 깡통을 보고 털썩 주저앉아 애처럼 울었다고. 정말 너무 끔찍한 일이야……."

나는 그를 용서할 수도 없고 그렇다고 이해할 수도 없었다. 그러나 그는 자신이 정당하다고 생각했다. 모든 것이 경박하고 제멋대로였다. 톰과 데이지는 지극히 경솔한 인간들이었다. ……물건이나 사람을 망가뜨리고는 금전이든 무시든 자신들이 함께할 수 있는 것이라면 무엇이든 앞세운 다음 자신들은 은근슬쩍 그 뒤에 숨어버리는, 그렇게 해서 저희가 버린 쓰레기를 남이 치우게 만드는 그런 인간들이었다.

나는 톰과 악수했다. 악수를 하지 않는 것이 오히려 못나 보였던 것이다. 꼭 무슨 어린아이를 상대로 얘기하는 것 같았기 때문이다. 그는 진주 목걸이(또는 커프스단추 한 쌍)를 사러 보석상으로 들어갔고, 나는 촌스러운 결벽증을 영원히 떨쳐버렸다.

내가 떠날 때까지도 개츠비의 저택은 비어 있었다. 그 집 잔디 역시 우리 집 잔디처럼 제멋대로 무성하게 자라 있었다. 마을의 한 택시 기사는 그 집 문 앞을 지나 차를 세우면 요금을 받기 전에 꼭 손가락으로 집 안쪽을 가리켰다. 아마도 사고가 났던 날 밤 그가 데이지와 개츠비를 이스트에그까지 태워주었고, 그래서 자기가 본 것을 가지고 이야기를 지어냈는지 모른다. 나는 그 이야기를 듣고 싶지 않아 기차역에서 그 기사의 차를 일부러 피했다.

나는 토요일이면 뉴욕에서 하룻밤을 보냈다. 개츠비의 그 눈부시게 화려한 파티가 아직도 생생했기 때문이다. 그의 정원에서 끊임없이 흘러나오는 음악 소리와 어렴풋이 들리는 웃음소리, 차도를 오가는 자동차 소리가 귓가에 맴돌았던 것이다. 하루는 밤에 진짜 자동차 소리가 들렸고 헤드라이트 불빛이 그의 집 앞 계단을 비췄다. 그러나 나는 누구인지 살펴보지 않았다. 그 사람은 아마 지구 반대편에 머물다가 파티가 끝난 줄 미처 모르고 달려온 마지막 손님이었으리라.

떠나기 마지막 날 밤 나는 짐 가방을 꾸리고 자동차를 식료품점에 판 다음 개츠비의 저택으로 건너가 어마어마하고 어처구니없는 몰락을 다시 한번 바라보았다. 한 아이가 하얀 계단에 깨진 벽돌로 마구 쓴 음란한 욕설이 달빛에 선명하게 비쳤다. 나는 그것을 구둣발로 문질러 지웠다. 그러고는 해변으로 내려가 모래 위에 활개를 펼치고 누웠다.

바닷가 저택들은 이제 대부분 문이 닫혔고 오직 해협을 건너는 여객선의 희미한 불빛만이 천천히 움직이고 있을 뿐 다른 불빛은 찾아볼 수 없었다. 달이 더 높이 떠오르면서 실체감 없던 집들이 녹아 사라지자 나는 한때 네덜란드 선원들의 눈을 통해 꽃피었던 이 오래된 섬이 어떤 곳인지 비로소 알게 되었다. 이 섬은 신세계의 생기 가득한 초록빛 가슴이었다. 이 섬에서 사라진 나무들, 개츠비의 저택으로 이어진 길을 내면서 사라진 그 나무들은 인간의 궁극적이며 가장 원대한 꿈을 속삭이며 유혹했다. 속절없이 사라질 매혹적인 순간, 인간은 이 대륙을 본 그 순간 숨을 멈췄을 것이다. 이해할 수도 없고 감히 누릴 수도 없는, 자신이 느낄 수 있는 가장 경이로운 무언가와 역사상 마지막으로 마주하며 자기도 모르게 심미적 사색에 빠졌을 것이다.

나는 그곳에 앉아 오랜 옛날 그 미지의 세계에 골몰하다가 개츠비가 데이지의 집이 있는 쪽 부두 끝머리에서 반짝이는 초록 불빛을 처음 보았을 때 어떤 경이로움을 느꼈을까 생각해보았다. 그는 멀고 먼 길을 거쳐 이 푸른 잔디밭까지 왔다. 그는 자신의 꿈이 손을 뻗으면 충분히 붙잡을 수 있는 거리에 있는 듯했다. 그는 그 꿈이 자신을 등지고, 밤하늘 아래로 공화국의 어두운 벌판이 펼쳐져 있는 도시 너머 드넓고 아득한 곳으로 사라졌다는 것을 미처 깨닫지 못했다.

개츠비는 초록 불빛을 믿었다. 해마다 우리에게서 조금씩 멀어지는, 기쁨으로 충만한 미래를 믿었던 것이다. 그 미래가 공교롭게도 우리를 비켜 갔다고 해서 문제 될 건 없다. 내일 우리는 팔을 더 멀리 뻗고 더 빨리 달려갈 것이다……. 그러면 마침내 어느 화창한 날 아침이…….

그러므로 우리는 물결을 헤치는 배처럼 끊임없이 과거로 떠밀려 가면서도 결국은 그것을 거슬러 앞으로 나아가는 것이다.

F. 스콧 피츠제럴드

Francis Scott Key Fitzgerald, 1896.9.24~1940.12.21

1896년 미국 중서부 미네소타 주 세인트폴에서 에드워드 피츠제럴드와 몰리 매퀼런 사이에서 태어났다. 유년기에 피츠제럴드는 가구 사업을 하다 실패하고 프록터앤드갬블(P&G)의 세일즈맨으로 취직한 아버지를 따라 뉴욕 주를 이리저리 떠돌아다니며 생활했다. 그러다 열두 살 되던 해(1908년) 아버지가 실직하면서 고향으로 돌아와 세인트폴아카데미에 입학했다.

세인트폴 시절 피츠제럴드는 글쓰기에 재능을 보여 처음으로 쓴 희곡 〈레이먼드 저당의 비밀〉이 학교 문예집에 실렸다(1909년). 이후 뉴저지의 가톨릭 학교 뉴먼스쿨을 졸업하고 프린스턴대학교에 입학했다(1913년).

프린스턴 재학 시절 피츠제럴드는 몇 편의 희곡을 쓰는 것으로 글쓰기를 계속했다. 이때 부유층이었던 열여섯 살의 지니브러 킹을 사귀었으나 피츠제럴드가 가난하다는 이유로 결국 헤어졌는데, 이 경험이 훗날 피츠제럴드의 작품에 중요한 모티프를 제공했다.

대학 3학년(1915년) 때 질병을 이유로 학교를 떠났는데, 사실은 다른 활동에 빠져 공부를 제대로 하지 않아 학점 미달로 낙제했기 때문이었다. 1년 뒤 다시 학교로 돌아갔지만 여전히 낙제를 면하지 못했고 1917년(21세) 학교를 떠나 미국 육군 소위로 임관했다.

피츠제럴드는 장교 생활을 하면서 자신의 첫 작품인 장편소설 《낙원의 이쪽(*This Side of Paradise*)》을 집필하기 시작했다. 피츠제럴드가 붙인 이 책의 원래 제목은 '낭만적인 에고이스트'였으나 출판사에서 '낙원의 이쪽'이라고 바꿔 출간했다. 1918년(22세) 뉴먼스쿨 시절부터 알고 지냈던 셰인 레슬리를 통해 스크리브너 출판사에 원고를 보냈으나 출판을 거절당했다. 이후 몇 차례 개작과 거절을 되풀이했다.

《낙원의 이쪽》을 집필하는 동안 피츠제럴드는 한 댄스파티에서 대법관의 딸 젤더 세이어를 만났다(1918년). 제1차세계대전이 끝난 뒤 1919년(23세) 2월 제대하고 뉴욕의 광고 회사에 근무하면서 젤더와 약혼했지만 미래가 불확실하다는 이유로 6월에 파혼당했다. 그러나 9월 스크리브너 출판사에서 《낙원의 이쪽》을 출간하기로 결정되자 젤더를 다시 찾아가 그녀와 약혼했다.

1920년(24세) 3월 《낙원의 이쪽》을 출간함과 동시에 여러 단편소설이 팔리면서 피츠제럴드는 일약 스타 작가가 되었고, 책을 출간한 지 일주일 만에 젤더와 결혼했다. 첫 작품이 문단과 독자들에게 동시에 인정받으면서 하루아침에 엄청난 부와 명예를 가져다주자 피츠제럴드 부부는 돈을 흥청망청 쓰면서 화려한 나날을 보냈다. 피츠제럴드는 스크리브너 출판사에서 자신의 책 열 권을 내기로 하고 돈을 빌렸는데 빚을 지고 돈을 빌리는 행태가 계속 되풀이되었다.

첫 작품이 성공한 뒤 여세를 몰아 첫 단편집《말괄량이들과 철학자들(*Flappers and Philosophers*)》(1921년), 매거진 〈메트로폴리탄〉에 연재했던 장편소설《저주받은 아름다운 것(*The Beautiful and Damned*)》(1921년), 두 번째 단편집《재즈 시대의 이야기(*Tales of the Jazz Age*)》(1922년)를 출간했다.《저주받은 아름다운 것》은 워너브러더스에 판권이 팔려 영화로 만들어지기도 했다.

피츠제럴드가 자신의 최고 걸작이자 세 번째 장편소설《위대한 개츠비(*The Great Gatsby*)》에 대한 아이디어를 얻은 것은 부촌인 롱아일랜드에서 파티와 술에 절어 살 때였다. 1924년(28세) 피츠제럴드는 파리와 니스에서 생활하면서《위대한 개츠비》(원래 제목은 '황금 모자를 쓴 개츠비'였다)를 집필하기 시작했다. 그가 새로운 작품에 빠져 지내는 동안 그의 아내 젤더는 프랑스인 조종사와 사랑에 빠졌다. 두 사람의 관계가 정리되기는 했지만 피츠제럴드에게는 이미 돌이킬 수 없는 일이었다. 그해 가을《위대한 개츠비》를 탈고한 뒤 수정을 거쳐 다음 해(1925년) 4월에 출간되자마자 엄청난 호평과 함께 판매에도 성공을 거뒀다. 그러나 책값이 워낙 싸서 돈을 많이 벌지는 못했다.《위대한 개츠비》의 성공 이후 피츠제럴드는 유럽과 할리우드를 오가면서 생활했는데, 파리에서 어니스트 헤밍웨이와 이디스 워튼을 만나 교류하기도 했다.

1927년(31세) 피츠제럴드는 열일곱 살의 여배우 로이스 모랑을 만났다. 그녀는《밤은 부드러워》의 로즈메리 호이트의 모델이 되기도 했다. 그의 외도로 인해 부부 싸움이 잦아지면서 젤더는 신경쇠약 증세를 보이기 시작했다. 1930년 파리에 머무는 동안 젤더가 발작을 일으키자 그녀를 스위스의 요양원에 입원시키고, 피츠제럴드는 파리와 스위스를 오가며 생활했다. 1931년 가족은 미국으로 돌아왔지만 젤더의 증상은 점점 더 악화되어 정신병원 입원을 반복했다.

이런 와중에 출간된 것이 바로 피츠제럴드의 네 번째 장편소설《밤은 부드러워(*Tender Is the Night*)》(1934년)다. 이 작품은 웬만큼 성공을 거두기는 했으나 피츠제럴드가 기대한 만큼은 아니었다. 이후 오랜 지병이나 마찬가지였던 알코올중독은 갈수록 심각해졌다. 그는 1937년(41세) 어마어마하게 축적된 빚을 갚기 위해 할리우드로 가서 MGM과 6개월 계약을 맺고 여러 편의 시나리오 작업을 했는데 그중 하나가 〈바람과 함께 사라지다〉다. 이곳에서 그는 칼럼니스트 셰일러 그레이엄을 만났다. MGM과는 재계약이 이루어지지 않았으나 유니버설, 파라마운트, 21세기폭스 등에서 의뢰를 받아 시나리오 작업을 했다.

1939년 피츠제럴드 가족은 쿠바로 여행을 떠났는데 그곳에서 피츠제럴드가 술에 취해 난동을 부렸고 의사는 그가 술을 끊지 않으면 1년 내에 죽을 것이라고 경고했다. 이것이 이들 부부의 마지막 여행이었다. 1940년 젤더는 다시 정신병원에 입원했고 피츠제럴드는 할리우드로 옮겨갔다.

그는 알코올중독으로 인한 병고에 시달리면서 재기하기 위해 할리우드를 소재로 한 소설《마지막 거물(*The Last Tycoon*)》을 집필하던 중 연인 셰일러 그레이엄의 집에서 심장마비로 사망했다. 그의 나이 마흔네 살이었다. 젤더는 1948년 입원해 있던 정신병원에서 발생한 화재로 인해 목숨을 잃었다.

처녀작으로 일약 성공을 거둔 피츠제럴드는 일명 '잃어버린 세대'(lost generation)의 대표 작가다. '잃어버린 세대'란 제1차세계대전을 통해 파괴와 무자비함을 경험하면서 삶의 방향과 가치관을 잃어버린 지식인 혹은 예술가들을 일컫는다.

어니스트 헤밍웨이, 윌리엄 포크너로 대표되는 이들 세대는 파리를 중심으로 방랑하면서 미국 사회를 회의적으로 바라보고 비판했다. 그러나 한편으로 새로운 희망이 무엇인지, 새로운 가치가 무엇인지를 작품 속에서 모색하고자 했다. 이런 점에서 이들은 유럽의 영향을 벗어나 독특한 사상과 기법으로 미국 문학을 구축한 첫 세대 작가라고 할 수 있으며, 그 중심에 서 있었던 사람이 바로 피츠제럴드다.

이들 '잃어버린 세대'가 20대를 살았던 미국은 전쟁 이후 전례 없는 번영을 누렸으며 적은 돈으로도 풍요롭게 살 수 있었던 시기였다. 말하자면 신흥 부자들이 대거 등장했던 때였다. 쉽게 버는 만큼 사람들은 쉽게 향락에 빠져들었고, 돈과 쾌락에 탐닉하는 그들의 정신과 도덕성은 반대로 더욱 피폐해졌다. 확실성과 불확실성, 만족과 불만, 안정과 불안정이 공존하던 미국의 1920년대를 흔히 '재즈 시대'라 부르는데, 이 시대의 사회상이 가장 잘 투영된 작품이 바로《위대한 개츠비》다.

《위대한 개츠비》는 1920년대 미국에서 물질문명이 가장 발달했던 동부 뉴욕, 그중에서도 세습 귀족과 신흥 부자들이 모여 살던 롱아일랜드를 배경으로 가난한 청년 개츠비가 자신의 이상을 찾아 헤맸으나 결국 무참히 깨지고 마는 일련의 과정을 통해 미국인들이 그토록 열망했던 '아메리칸 드림'의 허상을 여실히 보여준다.

남의 여자가 된 첫사랑 데이지는 개츠비가 그토록 찾아 헤매던 이상이며, 톰 뷰캐넌과 데이지는 도덕성을 잃어버린 물질만능주의를 대변한다. 작품에서 톰과 데이지(물질주의)에 의해 개츠비의 꿈과 이상이 좌절되었지만, 피츠제럴드가 말하고자 했던 것은 이러한 '아메리칸 드림'의 허상뿐만이 아니었다. 도덕적으로 타락하고 정신적으로 공허한 사람들보다 풍요한 삶을 살면서도 도덕적으로 타락하지 않고 비록 좌절과 실패가 눈앞에 보이더라도 꿈과 이상을 실현하기 위해 노력하는 개츠비야말로 위대한 인간이며, 이것이 바로 미국의 새로운 희망이라는 것을 말하고자 했다.

The Classic Books

위대한 개츠비

초판 1쇄 인쇄 2012년 12월 20일
초판 2쇄 발행 2013년 4월 8일

지은이 F. 스콧 피츠제럴드 | **옮긴이** 북트랜스 | **펴낸이** 신경렬 | **펴낸곳** (주)더난콘텐츠그룹

상무 강용구 | **기획편집부** 차재호 · 민기범 · 성효영 · 윤현주 · 서유미 | **디자인** 서은영 · 박현정
마케팅 김대두 · 견진수 · 홍영기 · 서영호 | **교육기획** 함승현 · 양인종 · 지승희 · 이선미 · 이소정 | **콘텐츠기획** 임영묵
디지털콘텐츠 최정원 · 박진혜 | **관리** 김태희 · 양은지 | **제작** 유수경 | **물류** 김양천 · 박진철
기획 추지영

출판등록 2011년 6월 2일 제25100-2011-158호 | **주소** 121-840 서울시 마포구 서교동 395-137
전화 (02)325-2525 | **팩스** (02)325-9007
이메일 book@ibookroad.com | **홈페이지** http://www.ibookroad.com
ISBN 978-89-91239-97-5 04840